De verrassing

Van Jet van Vuuren verscheen eveneens
bij Ambo|Anthos *uitgevers*

Gifspoor
Vluchtweg
Obsessie

Jet van Vuuren

De verrassing

Ambo|Anthos
Amsterdam

MIX
Papier van verantwoorde herkomst
FSC® C014496

Eerste druk 2021
Vierde druk 2022

ISBN 978 90 263 6234 7

Omslagontwerp Studio Jan de Boer

Verspreiding voor België:
Veen Bosch & Keuning uitgevers nv, Antwerpen

Dinsdag

1

Met ingehouden adem dept Jennifer het zandkleurige vloerkleed waarop Rex zojuist heeft gekotst. De gal die haar Franse buldog de laatste tijd spontaan uit zijn maag perst is taai en kleverig en laat een lelijke gele plek achter op en tussen de wollen draden. Jennifer is dol op Rex, hij is als een kind voor haar, maar op momenten als deze vervloekt ze hem.

Het is de schuld van Hugo. Als hij zich niet zo onmogelijk had opgesteld, dan zat Rex nu gewoon thuis aan de Lange Linschoten bij de oppas en hoefde Jennifer het arme beestje niet van hot naar her te slepen tijdens haar werk als interieurstyliste. Rex houdt niet van autorijden, dat weet Hugo. Maar Hugo zal het worst wezen of het maagje van Rex gevoelig is.

Hugo, haar charmante en tevens gewelddadige echtgenoot die haar een maand geleden dwong te vertrekken omdat er een andere vrouw in zijn leven is gekomen. Een twintig jaar jonger exemplaar dat wél met hem naar bed wil en niet klaagt dat hij snurkt. Een blonde, slanke vrouw met volle borsten en een stevige kont. Eentje met wie hij kan pronken bij zijn vriendjes. Het was zíjn huis, riep hij, nadat zij zich uit wanhoop had teruggetrokken in haar eigen slaapkamer.

'Bullshit,' riep ze toen nog naar hem vanachter de afgesloten deur.

De boot, de sportwagen, de motor, die waren van Hugo. Maar het huis stond op hun beider naam, klaar, dat was ooit vastgelegd. Pas toen Hugo dreigde haar deur in te trappen, bond ze in. Ze had geen puf meer om hem tegen te spreken. Integendeel, met alle moed die ze nog kon verzamelen heeft ze haar koffer gepakt en is ze zo snel mogelijk hiernaartoe gevlucht. Naar haar boshuisje.

Het huisje – dat zij ooit op aanraden van hun accountant als beleggingsobject heeft gekocht en dat doorgaans als natuurhuisje wordt verhuurd – is de komende maand gelukkig nog beschikbaar.

Zou Hugo haar huisje kunnen afpakken?

Niet aan denken nu. Ze is moe, zo moe en opgebrand dat ze beter even niet over haar bezittingen kan nadenken. Al die jaren van oneerlijke strijd breken haar de laatste tijd op. Hugo met zijn gokschulden, zijn losse handjes en zijn kwaaie dronk. Dat ze het nog tien jaar met hem heeft uitgehouden is voornamelijk te danken aan haar eigen optimistische levenshouding. Sommige vriendinnen noemen dat naïef, anderen vinden het masochistisch, Jennifer weet beter. Op dat punt kent ze zichzelf helaas maar al te goed. Ze weet waar het vandaan komt en is ermee vertrouwd geraakt. Met smoesjes bedenken, uitwegen zoeken en doen alsof ze van de trap is gevallen, per ongeluk tegen een deur is op gelopen of gestruikeld over een los tapijt... Ja, ja, vanaf welk moment is ze gaan geloven in die onzin?

Ze staat op en laat de vaatdoek in de emmer met sop vallen. Vertwijfeld schudt ze haar hoofd. Misschien komt het doordat ze nu al een maand alleen is dat ze zich afvraagt hoe het toch komt dat zij, juist zij, van wie anderen zeggen dat ze zo krachtig is, zich altijd achter die stomme verzinsels verschuilt.

Ze slikt de opkomende emoties weg. Ze moet nu niet gaan janken, dat bederft haar make-up die ze vanochtend zo zorgvuldig heeft aangebracht. Ze denkt aan de tijd die haar nog rest om te vertrekken en loopt haastig de kleine badkamer in. Ze spoelt het sop door de wc, sluit de deksel van de bril en zet de emmer op de wasmachine. Ze droogt haar handen en draait zich naar de spiegel boven de wastafel. In het onbarmhartige licht van het tl-buisje dat daarboven hangt, ziet ze iemand die meer weg heeft van een junkie dan van een geslaagde styliste.

De ingevallen wangen en donkere kringen onder haar ogen vallen niet langer te verbloemen met foundation. Bij de wortels van haar mahoniebruine haar tekent zich een scherpe lijn af van de grijze uitgroei. Ze is achtenveertig, nog maar net in de menopauze en volgens vriendinnen een mooie, rijpe vrouw. Maar Jennifer ziet voornamelijk diepe fronsrimpels, klutsknieën, hangborsten en platte billen.

De strakke truitjes zijn al een tijdje verbannen naar het achterste deel van de kledingkast, net als de strings die ze verruild heeft voor boxershorts en degelijke katoenen onderbroeken. Tegenwoordig draagt ze nog uitsluitend wijdvallende jurken of truien met diepe hals om haar decolleté en opvliegers de ruimte te geven. Wanneer heeft ze voor het laatst een skinny jeans gedragen of op torenhoge hakken gelopen? Het lijkt eeuwen geleden.

Een lichte schok gaat door haar heen als ze beseft dat het niet alleen de zoveelste uitbarsting van Hugo was die ertoe geleid heeft dat ze de strijd met hem heeft opgegeven, maar ook haar veranderende lichaam. Wist ze hem vroeger te behagen met haar sexy verschijning en goedmaakseks, sinds een jaar is ze daarmee gestopt. Ook omdat ze voelde dat Hugo weer eens vreemdging. Ze kon het niet langer opbrengen om zich voor hem uit te dossen als een callgirl om hem te behagen; om seks te hebben met iemand die haar het ene moment uitschold voor kutwijf, gore hoer, smerige intrigante of erger: haar dood wenste, en het andere moment vroeg of ze lekker geslapen had.

Hugo's buitenechtelijke avonturen en wisselende stemmingen mogen haar dan met regelmaat tot wanhoop hebben gedreven, wat haar écht raakte – realiseert ze zich opnieuw, nu ze naar haar grauwe spiegelbeeld staart – was die laatste opmerking van hem, vlak voordat hij haar de deur uit zette. Een opmerking die voor Jennifer de doodsteek betekende.

'Weet je Jen, het is dat je je haar verft, maar, godsklere, wat ga jij op je moeder lijken,' had Hugo met een vette grijns op zijn gezicht gezegd.

Vanaf dat moment werd voor Jennifer alles anders.

2

Lodewijk sluit de deur van zijn meubelwinkel en groet de eigenaar van de naastgelegen boekhandel die ook op het punt staat te vertrekken.

'Goed gedraaid vandaag?'

Lodewijk knikt. 'Ik mag niet klagen,' zegt hij op neutrale toon.

Zonder de buurman aan te kijken draait hij de sleutel om in het slot. Het gaat die kerel niets aan dat de meeste mensen zijn deur voorbijlopen en liever naar IKEA gaan. Goddank verkoopt hij de laatste tijd veel ruwhouten op maat gemaakte tafels, landelijke meubels waarvoor je niet bij IKEA terechtkunt. Lodewijk laat de tafels voor een habbekrats in Roemenië maken en verkoopt ze dan hier voor het driedubbele. Zijn klanten zijn voornamelijk jonge stellen. Tweeverdieners met ten minste drie kinderen. Ze verkiezen duurzaamheid boven die plastic troep uit Zweden. Het is het soort stel dat Marktplaats en eBay afspeurt op zoek naar niet bij elkaar passende meubels en hun interieur dan eclectisch noemt. Het is de trend, en wat Lodewijk geleerd heeft in de dertig jaar dat hij nu zijn meubelzaak heeft, is dat hij altijd de trend moet volgen. Zonder die tafels kan hij wel inpakken. De torenhoge huur van het winkelpand staat in geen enkele verhouding met zijn omzet. Afgeplakte etalages van collega-middenstanders die het na de economische crisis niet gered hebben, bepalen het beeld in de straat.

'Nou, fijne avond dan maar,' zegt de boekhandelaar.

Lodewijk draait zich om en neemt hem wat beter in zich op. Hij kan zich niet herinneren de man ooit eerder gezien te hebben. Meestal waren het vrouwen die de boekhandel runden.

De in een ribfluwelen colbertje gestoken veertiger – zwart coltruitje, spijkerbroek, baard en dik brilmontuur – kijkt hem vriendelijk aan. Lodewijk vraagt zich af hoe hij het hoofd boven water houdt. Lezen mensen tegenwoordig nog boeken?

'Ja, hetzelfde,' zegt Lodewijk. 'Laten we hopen op betere tijden,' voegt hij eraan toe.

De man fronst even alsof hij Lodewijk niet helemaal begrijpt, maar trekt dan meteen zijn mond weer in een glimlach. 'Ach, ja, we slepen ons er wel doorheen. Het is fijn dat er nog mooie boeken verschijnen en...' Hij werpt een vluchtige blik op de etalage van Lodewijk. '... mooie meubels natuurlijk,' zegt hij snel, alsof hij nu pas ziet wat voor winkel er naast hem zit.

Lodewijk knikt. Hij voelt zich ongemakkelijk worden onder de blik van zijn buurman.

'Ik hou meer van boeken dan van meubels,' zegt Lodewijk. Hij schrikt van zijn eigen oprechtheid.

De man fronst opnieuw. 'Misschien kan ik u dan verblijden met deze voorpublicatie?' zegt hij. Hij haalt een dun boekje uit zijn tas dat nog het meeste op een tijdschrift lijkt en overhandigt het aan Lodewijk.

Lodewijks vingers trillen als hij het boekje aanpakt. Hij zou minder moeten drinken.

'Aha, dat is mooi, bedankt. Ik ga het lezen.'

Lodewijk kijkt naar het omslag, dat bestaat uit een foto van een omgeploegde akker met een Hollandse wolkenlucht erboven. Ietwat bevreemd neemt hij de titel in zich op. *Verandering*. Het woord roept nog meer ongemak bij Lodewijk op.

Snel laat hij het boekje in de zak van zijn wollen blazer glijden en perst hij zich weer in de rol van de gelikte middenstander. Hij neemt zijn roze stropdas tussen zijn vingers en legt hem over zijn gezette buik.

'Ik laat u weten wat ik ervan vind, goed?' zegt hij op bekakte toon. 'Maar nu moet ik me echt haasten. Mijn vrouw wacht met eten. Als ik niet op tijd ben, zwaait er wat, haha,' voegt hij er brallerig aan toe.

Daarop draait hij zich om. Met grote stappen beent hij in de richting van de parkeergarage. Hij opent de deur naar de lift en terwijl hij de nauwe ruimte in stapt, grijpt hij naar zijn borst en krijgt hij het gevoel dat hij stikt. Happend naar adem rukt hij de gebreide sjaal van zijn hals. Zweetdruppeltjes parelen op zijn voorhoofd. Haastig maakt hij de bovenste knopen van zijn overhemd los en laat de stropdas vieren. Voetje voor voetje bereikt hij zijn auto. Pas als hij is ingestapt en zijn ademhaling weer langzaam normaal wordt, vraagt hij zich af waarom hij zojuist glashard tegen die man heeft staan liegen.

3

'Jennifer? Stoor ik?' vraagt Sylvia. Ze heeft de telefoon zojuist op de luidspreker gezet. Langs haar heen raast het verkeer op de A27 in de richting van Utrecht. Aan de andere kant van de lijn klinkt een schor geluid. Ze denkt een 'nee' te horen, maar meteen daarop wordt de verbinding verbroken. Sylvia werpt via haar achteruitkijkspiegel een blik op Kai, die met een pruillip op zijn telefoon staart. Het pukkelige gezicht van haar tienerzoon gaat voor het grootste deel schuil onder zijn cap. Zijn blonde piekhaar heeft hij achter zijn oren gestreken en uit die oren hangen draadloze Apple-airpods.

Ondanks het feit dat Sylvia de passagiersstoel helemaal naar voren heeft geschoven, drukken de lange benen van Kai in de rugleuning en kraken de veren bij iedere beweging die hij maakt. Wie had ooit gedacht dat Kai zou uitgroeien tot zo'n boomlange, dunne jongen van veertien? Het lijkt alsof het gisteren was dat ze hem voor het eerst naar de basisschool bracht. Haar lieve, blonde kleuter met zijn vlezige beentjes en de donkere ogen van Boudewijn. Hun enige kind, dat Sylvia in haar eentje moest grootbrengen nadat Boudewijn, op de dag dat Kai werd geboren, te horen gekregen had dat hij een hersentumor had. De zestien maanden die daarop volgden, stonden voornamelijk in het teken van Boudewijns genezing, die er niet kwam.

Kai was nog een peuter toen hij zijn vader verloor. En soms, op een dag zoals vandaag, waarop hij onhandelbaar is, vraagt Sylvia zich af of het daaraan ligt dat Kai zo is geworden. Aan het feit dat hij nooit een vader heeft gehad die hem corrigeerde.

'Ik ben er weer, Syl.' De stem van Jennifer galmt opnieuw door de auto en haalt Sylvia uit haar gepeins. 'Ik zit ook op de weg.'

Jennifer klinkt erg gespannen. Iets wat Sylvia gewend is van haar jongere zusje. Ze bellen elkaar bijna wekelijks. Of eigenlijk belt Jennifer háár meestal. En het gaat altijd over het werk dat haar zo opslokt.

'Ik had eerst een opdracht in Vinkeveen en daarna moest ik meteen door naar Amsterdam voor een interview in een lifestylemagazine. Het moet allemaal nog even klaar zijn voor kerst. O, god, wat ben ik uitgeput.'

Sylvia glimlacht, haar zusje is altijd uitgeput. Ze zal maar niet zeggen hoe uitgeput ze zelf is na vandaag.

'En dan is Rex ook nog ziek,' verzucht Jennifer.

'Rex?'

'Mijn buldog, Sylvia, kom op, dat heb ik toch verteld?'

'O, ja, sorry, ik was het even vergeten... Ik...' Sylvia aarzelt. Zal ze het zeggen? Beter van niet, nog niet, misschien maar helemaal niet. Wat schiet ze ermee op?

'Wanneer zien we elkaar weer, Syl? Heb je het druk? Zullen we deze week lunchen, morgen of donderdag bijvoorbeeld?'

'Eh... ja, ik heb het druk, maar dat is goed, Jennifer. Ik eh... waar ik voor bel, is mammie. Je weet toch dat ze...'

'Mammie? Wat nu weer?' Jennifers stem gaat een octaaf omhoog.

Terwijl de hysterische uitschieters van Jennifer de kleine ruimte vullen, kijkt Sylvia in haar spiegel naar Kai, die haar aandacht probeert te trekken. Hij heeft zijn oortjes uitgedaan en steekt zijn middelvinger op.

'Kan dat stomme wijf haar bek niet houden?' snauwt hij.

Sylvia gaat er niet op in en kijkt weer voor zich op de weg, naar de auto's die afremmen voor een naderende file.

'Mammie wordt deze week tachtig, dat was je toch niet vergeten, Jennifer?'

'Eh, nee, joh... Ik bedoel, ja, ik heb het te druk gehad, wanneer is ze ook alweer jarig?'

'Zondag. Heb je de app niet gelezen? Ze heeft gisteren in onze groepsapp laten weten dat ze ons dit weekend bij haar thuis verwacht. Ze schreef dat ze een verrassing heeft.'

Sylvia hoort haar zusje zuchten en mopperen. Niet dus.

'Dit weekend? Maar dan wilde ik met Hugo...'

Gekraak op de lijn, Jennifer valt weer weg en de ingesprektoon vult de auto. Sylvia remt af voor de file. Kai roept vanaf de achterbank dat hij honger heeft.

'Hebben ze je dan op dat politiebureau niets gegeven?' Sylvia werpt een bezorgde blik over haar schouder.

Bozig schudt Kai zijn hoofd.

'We zijn bijna thuis,' zegt Sylvia.

Ze denkt aan het avondeten dat ze al heeft klaargezet nadat ze haar laatste klant had uitgelaten. Op dat moment belde iemand van de politie haar op en vroeg of zij haar zoon wilde komen halen. Ze schrok zich rot, ze was de hele dag al ongerust geweest, ze had een voorgevoel gehad. Ze had Kai niet kunnen bereiken. Hij kon spijbelen van school, met zijn vrienden op pad gaan of een nacht blijven slapen bij een van zijn gamevriendjes, Sylvia had overal begrip voor, ze probeerde een toffe moeder te zijn, maar de afspraak was dat hij liet weten waar hij uithing.

Vandaag had hij niets van zich laten horen.

Hij was betrapt op diefstal bij een slijter. De winkelier had aangifte gedaan. Dit was de eerste keer dat Kai in aanraking kwam met de politie. Nu kan ze het voor zichzelf nog wegzetten als een kwajongensstreek, als iets wat dwarse pubers van veertien nou eenmaal doen. Uitdagen, grenzen verleggen, kijken hoe ver je kunt gaan. Maar wat als...

De file trekt op, langzaam rijdt Sylvia verder. Over een half-uur zijn ze thuis, in de galerijflat vier hoog in Lunetten. Ze zal niet meteen moeilijk gaan doen, eerst moet Kai wat eten en tot zichzelf komen. Misschien dat ze erover zal beginnen na het nieuws, of na een van de series op Netflix die ze nog moet afkijken.

Over die Apple-oortjes, en van wie Kai die heeft gekregen.

Van zijn zakgeld kan hij ze niet betaald hebben.

Ze is een slappe moeder, ze weet het, al veertien jaar is ze zich daarvan bewust. Maar Kai is alles wat ze heeft. Boudewijn en zij waren zo blij toen ze na jaren van vruchteloze pogingen eindelijk op haar veertigste zwanger raakte. Ze wist meteen dat het eenmalig zou zijn. Ze wist ook dat ze haar kind een heel andere jeugd zou geven dan haar eigen jeugd was geweest.

In niets wilde ze op mammie lijken.

Daarom heeft ze Kai zo verwend en verpest. Het is haar schuld als het straks uit de klauwen loopt.

'Fuck man, ja, in mijn brakka. Nee, naar osso. Ja, man... lauw...'

Sylvia kijkt in de spiegel naar Kai. Haar puberzoon in zijn oranje Daily Paper-hoody en donkerblauwe cap met Levi's erop. Hij rolt met zijn ogen en gebruikt woorden die Sylvia niet kent. Ze doet geen moeite meer om ze te begrijpen. Waarom zou ze? Dat heeft toch geen zin. Kai noemt haar al maanden geen mama meer, maar boomer.

Ach, het gaat vanzelf weer over, die puberteit.

'Alles goed, Kai?' vraagt ze als Kai driftig begint te schelden. 'We zijn zo thuis, schat. Ik maak spaghetti, jouw lievelingseten.'

4

Meteen na thuiskomst schopt Lodewijk zijn knellende gaatjesschoenen uit en werpt hij zijn sjaal en blazer over de kapstok. Rillend trekt hij zijn stropdas los, het is koud in huis. Terwijl hij op de thermostaat van de cv tikt, schuift hij met zijn kousenvoeten de post op de deurmat aan de kant. Bij het zien van de hoeveelheid blauwe enveloppen vloekt hij. Die verdomde belastingdienst. Hij heeft nog nooit zoveel aanslagen gehad als sinds zijn scheiding. Wat een aasgieren, om hem vlak voor de kerstvakantie nog even te willen plukken. Een nijdige grom ontsnapt uit zijn mond als hij de enveloppen opraapt. Zonder ze te openen loopt hij naar de woonkamer en smijt ze bij de overige niet-opengemaakte post op de eettafel.

Meteen gaat hij naar het tafeltje naast de tv waar zijn whisky staat. Hij vult een glas tot de helft, en terwijl hij de drank door het glas laat rollen, pakt hij de afstandsbediening en richt die op de wand waar de flatscreen hangt. De kamer vult zich met het geluid van een reclame van Albert Heijn. Die verwijst naar de komende feestdagen en de manier waarop je die aan een rijkgevulde dis met familie kunt doorbrengen. Lodewijk neemt een slok whisky en zet de tv op stil.

De feestdagen. Oef, die van vorig jaar liggen nog vers in zijn geheugen. Het kerstdiner bij mammie, wat een ramp was dat, het liep volledig uit de klauwen. Misschien moet hij dit jaar hun familiefeest maar eens overslaan.

Hij pakt zijn telefoon uit zijn broekzak, ploft op de bank en legt zijn voeten op het lage tafeltje ervoor. Met één voet schuift hij de volle asbak met sigarenstompjes opzij. Verstoord kijkt hij naar de as die eruit valt. Hij zou minder moeten roken.

Nog een slok whisky.

Hij drukt zijn bril tegen zijn voorhoofd om beter te kunnen lezen en concentreert zich op zijn telefoon. Nerveus scrolt hij door zijn berichten. Verdomme, weer niks van Carla.

Een slok whisky.

Had hij dan verwacht dat ze hem zou schrijven? Ja, dat had hij verwacht. Hij verwacht het iedere dag. Tegen beter weten in hoopt hij dat zijn ex hem een appje zal sturen, om hem te laten weten dat ze er spijt van heeft. Spijt van haar keus om van hem te scheiden. Omdat ze hem zijn avontuurtje vergeeft. Omdat ze ook wel inziet dat het niet zomaar iets was. Sterker nog, dat zij het had kunnen zien aankomen. Een avontuurtje. Jezus, wat een woord.

Twee slokken whisky.

Lodewijk strijkt door zijn golvende grijze lokken. Geen wijkende haargrens, en dat op zijn leeftijd. Menig man zou een moord doen voor zo'n haardos. Menig man pleegt overspel. Overspel, ook al zo'n woord. Alsof hij een spelletje met haar speelde. Hij is er de man niet naar. Hij is een keiharde werker. Waar had hij de tijd vandaan moeten halen om buiten de pot te pissen? Hij is niet het type vreemdganger, zoals een paar vrindjes van de sociëteit dat wel zijn en daarover opscheppen. Dat wist Carla toch? Dat hij in wezen een saaie en voorspelbare man is?

Nog een slok whisky, en nog een, en nog een.

Het was verdomme zijn eerste en enige grote liefde die hij na al die jaren opzocht. Carla had hem zelfs aangemoedigd om te gaan. Ze wist hoe erg het voor hem geweest was. Het offer dat hij als jonge student had moeten brengen voor de zaak. Alles voor de zaak. Papa had het zo bedacht. Papa, die de zaak ooit heeft overgenomen van Lodewijks grootvader, die hem op zijn beurt weer had overgenomen van zijn vader. Hun meubelzaak was begin twintigste eeuw al in het bezit van de familie. De roerige jaren dertig, zoals Lodewijk zijn hele jeugd te horen heeft gekregen. Tot vlak na de recessie, van vader op zoon...

Carla schonk hem geen zoon maar een dochter. Josje, Lodewijks oogappel, vernoemd naar zijn moeder Josefien. Josje studeert kunstgeschiedenis. Net zoals hij vroeger.

De laatste slok whisky uit het glas. De alcohol verhit zijn slokdarm, glijdt naar beneden en brandt in zijn maag.

Zijn duim trilt boven het schermpje. Carla, hij heeft haar naam nog steeds bovenaan staan bij zijn favorieten. Hij hoeft er maar op te drukken of de telefoon gaat over.

Verdomme, Maria zit opnieuw in zijn hoofd. Hij had haar via Facebook gevonden. Ze hadden eerst wat met elkaar geappt en toen een paar keer gebeld. Hij is er naar Carla toe meteen heel open over geweest. Op haar aanraden is hij toen voor een weekend naar Italië vertrokken. Carla en hij waren al zo lang samen en zo vertrouwd met elkaar, dat zij er geen enkel probleem mee had dat hij Maria nog eens wilde opzoeken.

De ontmoeting werd één grote teleurstelling.

Lodewijk ziet zichzelf weer liggen op dat hotelbed ergens langs de snelweg in de buurt van Milaan. De ramen stonden open, het was broeierig warm en het geluid van langsrazend verkeer woei met de geur van uitlaatgassen naar binnen. Hij kuste haar en na de nodige drank kwam het tot onhandige seks. Hoe hij ook zijn best deed Maria te beminnen, het ging niet meer. Zijn pik hing slap tussen zijn ballen. De jaren dat ze elkaar niet meer gezien hadden, hadden hun tol geëist. Ze hadden nu allebei hun eigen gezin, kinderen; ze waren oud geworden. Het vuur van de passie was geslonken tot een miezerig waakvlammetje dat bij de minste ademtocht voorgoed zou doven. Ze waren geen studenten meer, met mooie strakke lijven en een veelbelovende toekomst in het verschiet. Die toekomst van toen was het verdrongen verleden van nu geworden.

Hij had nooit aan Carla moeten vertellen wat er daar in Italië met Maria was gebeurd. In dat opzicht is hij een doodgoeie sukkel die altijd een rotsvast vertrouwen heeft gehad in zijn huwelijk. Hij had verwacht dat Carla het zou begrijpen. Maar Carla bleek minder goed bestand tegen zijn oprechtheid, ze noemde hem een bedrieger en vroeg een echtscheiding aan.

Lodewijk schudt vertwijfeld zijn hoofd en komt overeind van de bank. Hij schuift zijn bril weer op zijn neus, loopt naar het tafeltje met drank en schenkt zichzelf nog een vol glas whisky in.

Als hij zijn aandacht weer op de tv richt ziet hij hoe het beeld zich afwisselend vult met een kale misdaadverslaggever en een stel jonge mensen aan een desk die elkaar bevragen. Lodewijk vermoedt dat de kale man ooit zwart haar moet hebben gehad. Hij heeft gitzwarte ogen en dito wenkbrauwen, en met kracht in zijn stem probeert hij de anderen duidelijk te maken hoe het zit tussen goed en kwaad.

Kwaad...

Een flinke slok whisky glijdt naar binnen. De drank verdooft het denken en de pijn.

Carla is al een halfjaar bij hem weg. Hij zou het gewoon tegen Jennifer en Sylvia kunnen zeggen. Dat hij in de stront zit, dat het geld bijna op is, dat de zaak niet goed gaat en hij noodgedwongen verhuisd is naar een kaal en ongezellig rijtjeshuis in een klotebuurt.

Carla en Josje wilden in het grote huis aan het park blijven en hij, sukkel, vond alles best. Hij ging ervan uit dat het tijdelijk was. Diep in zijn hart weet hij dat hij zichzelf voor de gek houdt. Waarom houdt hij tegenover zijn zussen en zijn moeder toch die verdomde schijn op van de geslaagde zakenman met een gelukkig huwelijk? Hij kotst van zichzelf en tegelijkertijd probeert hij alle doemgedachten die zijn hoofd bestoken weg te drukken door zich vast te klampen aan zijn laatste strohalm. Nu het water hem aan de lippen staat, moet zij hem helpen.

Voor haar heeft hij indertijd zijn leven opgeofferd en zijn grote liefde, Maria, in Milaan achtergelaten. Hij, de goede zoon, de enige man in het gezin die de zaak kon overnemen.

Godverdomme, hij begint weer te zweten. Zijn hartslag versnelt. Angstig legt hij een hand op zijn hartstreek. Het is de hoogste tijd dat zij hém nu gaat redden.

Mammie.

5

Jennifer parkeert haar rode Kia Picanto naast het boshuisje. In het schijnsel van de koplampen ziet ze iemand langs haar tuin lopen. Het is een man met donker haar in een lange, camelkleurige winterjas. Hij kijkt rond alsof hij verdwaald is.

Jennifer krijgt de neiging uit te stappen en hem te vragen wat hij hier doet, maar iets weerhoudt haar daarvan. Een paar jaar geleden is hier in de buurt, ook rond deze tijd van het jaar, een vrouw dood aangetroffen, ze was verkracht en neergestoken. Het heeft uitgebreid in de krant gestaan, de politie deed onderzoek en vond geen dader.

Hugo deed er toen nog lollig over, hij zei dat het boshuisje in de wintermaanden verhuurd kon worden aan mensen die van thrillers hielden. Hij had zelfs al een prijs in zijn hoofd om de huur te verhogen.

Hugo houdt er soms macabere gedachten op na. Eigenlijk weet Jennifer nooit precies of hij nou iets meent of dat hij weer eens een onsmakelijke grap maakt. In het begin van hun relatie vond ze dat nog leuk, die humor van hem die vaak op het randje is.

Ze opent het portier van haar auto en als ze ziet dat de man is doorgelopen, loopt ze het onverlichte tuinpad op. Ze rilt, het is fris. Een heldere sterrenlucht kondigt een koude nacht aan. Het zou weleens kunnen gaan vriezen. Vandaag hoorde ze bij een van haar klanten dat er een witte kerst is voorspeld.

Bij dat soort nieuws gaat Jennifers hart meteen sneller kloppen. Haar liefde voor de kerstsfeer gaat zelfs zo ver dat ze soms in augustus al de dozen met kerstballen van de vliering haalt. Domweg omdat haar exclusieve verzameling ballen en pegels veel te bijzonder is om er maar zo kort van te genieten. Ze legt de mooiste ballen dan als fruit in een schaal en soms, als ze daar zin in heeft, drapeert ze er ook nog lampjes omheen. Als Hugo zou weten wat ze voor sommige ballen heeft betaald, dan zou hij onmiddellijk in de stress schieten.

Kerst is de enige tijd van het jaar dat Jennifer helemaal losgaat in haar drang om er iets moois van te maken. Dan baadt de gevel van het huis in een zee van licht. Net als de tuin en de bomen waarin ieder jaar wel weer een paar nieuwe kerststerren of sneeuwpoppen van knipperende neonverlichting hun opwachting doen.

Vorig jaar is ze gevallen voor een kerstman in een arrenslee met zeven rendieren. Het was nog een hele toer om die op het dak te hijsen. Zonder de hulp van een vriendin was het haar nooit gelukt. Er was één minpuntje: al die pracht en praal leverde haar zo'n buitensporig hoge energierekening op dat Hugo haar verbood om dit jaar de tuin te verlichten.

Dat maakt nu niets meer uit. Het zal daar aardedonker blijven.

Dat doet Jennifer denken aan het kerstdiner van vorig jaar. Hugo kon het toen niet laten om halverwege het familiediner bij mammie opmerkingen te maken over mammies zuinigheid. Hij vroeg of ze aandelen had bij Aldi. Lodewijk mengde zich met zijn dronken kop in het gesprek en deed er nog een schepje bovenop door te zeggen dat mammie niet voor niets zo rijk was geworden. Hoe rijker, hoe gieriger, zei hij altijd. En toen Sylvia daar lacherig aan toevoegde dat er dan na mammies dood voor hen genoeg zou overblijven om te erven, werd mammie furieus en wees hen stante pede de deur. Jennifer weet niet of mammie hen ooit nog had willen zien als Carla op dat moment de gemoederen niet een beetje gesust had en Josje het niet voor haar oma had opgenomen. Daarom maakt de uitnodiging in de groepsapp haar des te nieuwsgieriger. Wat zou mammie voor verrassing hebben?

Achter de voordeur begint Rex te blaffen als hij iemand hoort lopen. Jennifer versnelt haar pas. De arme schat, hij is de laatste tijd zo vaak alleen.

'Verdomme, die stomme eikel van een Hugo ook,' moppert ze.

Haastig loopt ze op de voordeur af.

'Mevrouw Van de Berg?'

Jennifer draait zich verschrikt om. De man in de lange winterjas is haar tuin in gelopen. Even is Jennifer van slag, ze wordt al tien jaar niet meer met haar meisjesnaam aangesproken. Na haar huwelijk met Hugo heeft ze onmiddellijk zijn achternaam aangenomen. Mevrouw Van Haeften klonk zoveel deftiger dan Van de Berg. Bovendien is dat de naam van hun familiebedrijf, waar zij nou eenmaal niets mee heeft. De zaak van papa en Lodewijk...

'Ik eh... ja?'

De man loopt op Jennifer af en stelt zich voor als Kooijmans. Hij heeft ijskoude handen en het valt Jennifer op dat hij net zo praat als Hugo, een tikkeltje bekakt en met een rollende r.

'Ik ben de advocaat van Hugo,' zegt hij. 'Ik had begrepen dat u hier geen postadres heeft? Vandaar dat ik u de stukken even persoonlijk kom brengen.'

'De stukken?' Jennifer voelt haar hartslag versnellen. Ze rilt weer. De huivering trekt over haar hele lichaam.

'Misschien kunnen we even binnen praten?' zegt Kooijmans luid, wijzend op de deur waarachter het geblaf van Rex steeds hysterischer wordt. 'Het is nogal fris.'

'Geen sprake van,' zegt Jennifer. 'Ik ken u niet, ik laat niet zomaar iemand binnen, wie zegt dat u echt advocaat bent?' Ze trilt op haar benen, gedachten aan Hugo en zijn ballenvriendjes, en hoe ze over vrouwen praten – alsof het 'dingen' zijn waarmee je voornamelijk seks hebt – dringen zich op. Hoewel de man een vriendelijke uitstraling heeft, moet ze onwillekeurig ook weer aan die vermoorde vrouw denken. Ze zit hier verdomme wel alleen in het donkere Doornse bos. Wie helpt haar als het erop aankomt? Rex?

'Ik heb een hond,' zegt ze op kordate toon als Kooijmans nog een stap dichter in haar richting komt.

'Ik hoor hem.' Kooijmans lacht.

Jennifer is van haar stuk. Ze slikt. Ze voelt zich in de maling genomen door de man met de mooie tanden en de gulle lach. Hij lijkt zelfs op Hugo. Hij is vast een vriendje van het corps.

Rex blaft nog harder. Hij moet uit. Straks heeft hij in huis zijn behoefte gedaan.

Kooijmans lijkt haar onrust te voelen. Hij verplaatst een donkere lok die voor zijn ogen valt achteloos over zijn hoofd. Dan trekt hij zijn tas naar zich toe, ritst hem open en haalt er een grote bruine envelop uit.

'U hoeft niet meteen te tekenen, maar het zou beter zijn om dat wel te doen,' zegt Kooijmans. Hij wacht even. Met enige aarzeling in zijn stem gaat hij verder. 'Hugo kan het u moeilijk maken. Nu zit er nog een aardig bedragje aan vast. Het is aan u. Lees het anders even rustig door, ik ben op dit nummer te bereiken.'

Jennifer staart naar de vingers van Kooijmans waartussen een visitekaartje zit. Terwijl ze de envelop en het kaartje van hem aanpakt, glijdt haar blik opnieuw over de man die voor haar staat. De lach op het gezicht is weg. Donkere ogen bewegen onrustig van de deur waarachter Rex tekeergaat naar de tas waarin een telefoon begint te rinkelen. Zodra Kooijmans het toestel tevoorschijn heeft gehaald en ziet wie er belt, drukt hij hem uit.

'Ik ga het bekijken,' zegt Jennifer. 'Verder nog iets?'

Haar stem beeft, ze is kwaad en bang tegelijk. Wat moet ze doen als die kerel niet weggaat? Ze reikt naar haar schoudertas, stopt de spullen die ze zojuist heeft aangepakt erin en haalt haar eigen mobiel eruit.

'Ik kan ieder moment gebeld worden,' zegt ze, terwijl ze het toestel omhooghoudt. 'Mijn zus komt eten.'

Liegen gaat haar maar zelden goed af. Tegenover Hugo lukt dat sowieso nooit. Alleen over haar blauwe plekken kan ze met een stalen gezicht onwaarheden vertellen.

Kooijmans grijnst. 'Prima,' zegt hij. 'Ik wacht af, maar nogmaals, Hugo is een ongeduldige man. Nou ja, dat hoef ik u vast niet uit te leggen. Hij zou graag zien dat we dit voor de kerstdagen afronden.' Weer die lach. Zelfverzekerd en ook minachtend, denkt Jennifer. Misschien weet hij dat Hugo haar slaat? Kooijmans draait zich om, en voordat hij de tuin uit loopt werpt hij een keurende blik op het huisje. Alsof hij de waarde ervan taxeert, zo secuur neemt hij alles in zich op.

Jennifer heeft haar kookpunt bereikt. 'Hugo kan in de stront zakken!' schreeuwt ze.

Kooijmans haalt zijn schouders op en loopt weg.

Machteloos staart Jennifer hem na. De beweging doet haar denken aan de man van het makelaarskantoor met wie ze vandaag een gesprek had. Haar belangrijkste klant, die ook al zo onverschillig tegen haar deed. 'In deze tijd van schaarste op de woningmarkt kopen mensen blind een huis,' zei hij. Waarmee hij aangaf haar niet langer als styliste nodig te hebben om de boel te pimpen.

En nu is daar ook nog Hugo met zijn advocatenvriendje. Ze kan wel raden wat er in die envelop zit. O, god, waarom komt alles tegelijk? Wat moet ze straks zonder werk, zonder huis en zonder Hugo's geld? Vertwijfeld loopt ze op de voordeur af. Rex stopt onmiddellijk met blaffen en begint te janken als de deur van het slot wordt gedraaid.

'Koest maar, schatje,' zegt ze, verlangend naar haar enige troost op dit moment, haar lekkere knuffeldiertje.

Een natte hondenneus wordt tegen haar enkels gedrukt als ze naar binnen stapt. Jennifer bukt zich om Rex op te tillen. En terwijl ze het diertje extra stevig tegen zich aan houdt, merkt ze dat de plek rond zijn knobbelige staart zacht en vochtig aanvoelt. Het dringt niet meteen tot haar door. Pas als Rex zielige klaagtonen uitstoot en zich probeert los te rukken, ruikt Jennifer de poeplucht aan haar handen.

6

'Maar Lodewijk, ik kan Kai toch niet een heel weekend alleen laten?' roept Sylvia aan de telefoon tegen haar broer. Paniekerig kijkt ze naar de deur van Kais kamer, waarachter een geluidsbom afgaat. Kai heeft zich met een bord spaghetti opgesloten en geeft geen gehoor aan zijn moeders smeekbedes om de muziek zachter te zetten.

'Dan neem je hem maar mee, het is belangrijk dat we er dit weekend voor mammie zijn. Tachtig is niet zomaar een leeftijd. Zeker na het kerstdiner van vorig jaar hebben we iets goed te maken. Ik wil daar graag met jullie over praten, hoe we dat gaan aanpakken. Hoe we mammie kunnen laten voelen dat we van haar houden. Dat is tenslotte in ons eigen belang. Heb je Jennifer al gebeld? Ik krijg haar niet te pakken. Ze reageert ook niet op de groepsapp.'

Sylvia slaakt een zucht en nadat ze de deur naar de gang heeft gesloten, loopt ze de keuken in om haar bord met spaghetti in de magnetron te zetten. Ze zet de telefoon op de speaker en legt hem op het aanrecht.

'Ik heb Jennifer gebeld, Lodewijk, ze weet ervan, maar ze had het druk, ze zou me terugbellen.'

'Druk, druk, haha, waarmee heeft Jennifer het dan zo druk? Met het verschuiven van Boeddhabeeldjes en het doorbladeren van behangboeken?' sneert Lodewijk.

Sylvia slikt. Waarom doet Lodewijk toch altijd zo neerbuigend als het over hun jongere zusje gaat? Is hij daar zo langzamerhand niet te oud voor? Die frustratie over de zaak zit bij hem zo diep dat het Sylvia soms beangstigt. Iedereen weet dat Jennifer meer kwaliteiten heeft, en belangstelling om de zaak te runnen.

Arme Lodewijk, hij had de pech de enige zoon te zijn.

Als oudste van de drie is Sylvia altijd de katalysator geweest. Maar sinds Kai in de puberteit zit en al haar aandacht vraagt, breekt het geruzie tussen haar broer en hun jongere zusje haar steeds meer op.

'Je hebt gelijk, het lijkt me een goed plan om de koppen bij elkaar te steken. We moeten op één lijn zitten als we naar mammie gaan. Zullen we iets afspreken? Even van tevoren lunchen, bij jou om de hoek? Ik kan morgen,' zegt ze. 'Jennifer kan ook. Ik heb rond het middaguur twee klanten, maar die kan ik doorschuiven naar een ander tijdstip.'

Stilte.

'Lodewijk? Ben je er nog?'

'Ja, ja, sorry, zus, ik ben moe. Slecht geslapen en zo. Mij best, morgen lunchen. Rond een uur of één? Dan reserveer ik vast.'

'Ik laat het zo weten, ik stuur even een appje naar Jennifer, oké?'

Het antwoord van Lodewijk gaat verloren in de aanzwellende muziek die uit Kais kamer komt. Sylvia krimpt ineen bij de diepe bas die donker en dreigend door haar lichaam dreunt en tegen haar eigen hartslag ingaat.

Ze drukt de telefoon uit, loopt de gang in en beukt met

haar vuisten op de deur van haar zoons kamer. Ze bonkt en schreeuwt net zo lang totdat het volume omlaag gaat en de deur van het slot wordt gedraaid.

'Ja?' Kai kijkt haar verveeld aan.

Eén hand zit in de zak van zijn trainingsbroek en in de andere houdt hij het lege spaghettibord vast. Hij vraagt of er nog meer is. Zijn onverschillige gedrag drijft Sylvia tot wanhoop. Ze zou willen zeggen dat het eten op is, dat hij het kan bekijken, dat ze niet een van zijn vriendjes is, maar zijn moeder. Dat hij blij mag zijn dat ze voor hem kookt. Maar ze weet ook dat als ze ook maar één millimeter tegengas geeft, ze hem nog meer aanmoedigt. Met gespeelde kalmte pakt ze het bord van hem aan.

'Ik zal kijken,' zegt ze op neutrale toon. 'Maar ik moet eerst nog een paar telefoontjes plegen voor mijn werk. Fijn dat je je koptelefoon opzet, schat.'

Ze trilt van woede en houdt haar adem in als Kai iets mompelt in die straattaal die ze niet begrijpt. Ze draait zich om, loopt weg en kijkt niet om, ze recht haar rug en loopt terug naar het aanrecht. Haar nagels krassen over het bord van Kai. Ze zou het bord tegen de grond willen smijten en als een bezetene op de scherven willen gaan dansen. Ze zou er net zo lang op stampen tot er alleen nog poeder overblijft. Daarna zou ze Kai uit zijn kamer sleuren, hem door elkaar schudden en gillen dat ze er helemaal klaar mee is, met dat pestgedrag van hem.

Ze telt tot tien en houdt zich in. Ook als de deur van Kais kamer met een klap wordt dichtgesmeten, telt Sylvia door: '... zeven, acht, negen...'

Geen ruzie, geen ongelijke strijd met een jongen van veertien.

Ze wacht en luistert.

Stilte. De muziek staat uit.

Dit keer heeft ze gewonnen. Ze zet het bord op het aanrecht en trekt de magnetron open om haar eigen bord met eten eruit te halen. Een ping van een binnenkomend appje leidt haar af. Ze werpt een blik op de tafel en ziet dat het bericht van 'Mammie' komt. De naam die ze aan hun groepsapp hebben gegeven.

Ze zucht, ze verwacht dat Lodewijk niet langer geduld heeft. Ze opent de app en leest de naam van Jennifer.

Ik ben zo benieuwd naar mammies verrassing, zullen wij haar ook verrassen? Misschien een winters reisje aanbieden of zo? Mammie houdt van sneeuw, ik wil wel met haar meegaan.

Sylvia fronst. Dit is wel het laatste wat ze had verwacht, dat haar zusje met mammie op reis wil. Jennifer en mammie, die twee zijn als water en vuur. Wat heeft Jennifer hiertoe doen besluiten? En wat vreemd dat ze dit in de groepsapp zet. Nu weet mammie er ook van. Nadenkend zet Sylvia haar bord op tafel, ze steekt haar vork in de warme tomatenmassa en rolt de pasta eromheen.

Ze besluit niet terug te appen maar te bellen. Na één keer overgaan neemt Jennifer op. Sylvia schrikt, haar zusje klinkt schor en verkouden.

'Jen? Ben je ziek?'

Jennifer antwoordt niet. Sylvia hoort een snik, gesnuif en een nasale stem die ontkennend reageert.

'Oké, je klinkt verkouden. Maar luister, ik lees net je appje. Jij wilt toch niet echt met mammie op reis? Jullie zouden elkaar afmaken en...'

'Sylvia, ik meen het, en je hebt gelijk. Ik denk dat het goed is om oude strijdbijlen te begraven en mezelf juist nu, aan het eind van mammies leven, over bepaalde dingen heen te zetten. Jij bent altijd degene geweest die de vrede bewaard heeft en ons als gezin bij elkaar heeft gehouden. Daar ben ik je dankbaar voor, lieve zus, maar nu...'

Sylvia trekt een wenkbrauw op. Heeft ze echt haar zusje Jennifer aan de lijn? Wat is er met haar aan de hand?

'Hé, maar we zien elkaar morgen.' Jennifers stem klinkt ineens weer helder en kordaat. De kikker is weg, ze heeft weer de regie. Precies zoals Sylvia van haar gewend is.

'Lodewijk stuurde me net een berichtje, hij had jou gesproken, zei hij. Hij zei dat we gaan lunchen om ons goed voor te bereiden op het weekend. Leuk! Ik ben er,' zegt Jennifer en zonder afscheid te nemen verbreekt ze de verbinding.

Stomverbaasd staart Sylvia naar haar telefoon. Ze schudt haar hoofd. De wereld om haar heen lijkt sneller te draaien dan zij kan bijhouden.

Ze gooit het op de spanningen die ze de laatste tijd heeft om Kai. Vandaag heeft ze hem nog van het politiebureau mee naar huis gekregen, maar wat moet ze doen als hij voor een zwaarder delict wordt opgepakt, wordt vastgehouden, wordt opgesloten en veroordeeld?

Ze denkt weer aan de Apple-oortjes. Ze moet met hem praten, ze moet hem op het hart drukken dat het zo niet langer gaat. Als hij zich niet aanpast, zal ze andere stappen moeten nemen. Haar ademhaling stokt, haar trek is weg, ze schuift het bord van zich af en neemt een besluit.

Kai is dol op zijn oma. Mammie heeft altijd een zwak gehad voor de ondeugendheid van haar kleinzoon, zoals ze dat noemt. Hoezeer mammie ook op haar geld zit, Kai weet altijd wat van haar los te peuteren voor zijn spaarpot. Ja, misschien is dit wel de beste straf voor Kai, denkt Sylvia. Als zij dit weekend naar mammies verjaardag gaat, blijft Kai thuis.

Woensdag

7

Ondanks het feit dat ze zich gehaast heeft komt Jennifer twintig minuten later dan afgesproken het restaurant binnenlopen. Vlug werpt ze een blik in de spiegel die naast de kapstok hangt. Ze ziet er verkleumd uit. Vandaag heeft ze haar haren opgestoken en een oranje coltruitje boven haar jeans aangetrokken. Ze heeft zich vergist in het weer. Haar dunne herfstcolbertje is niet bestand tegen deze gure decemberwind.

'Van de Berg,' zegt ze tegen het meisje bij de ingang dat vraagt op wiens naam de reservering staat. 'Lodewijk van de Berg,' voegt ze eraan toe als het meisje peinzend op het beeldscherm blijft staren.

Jennifer zal binnenkort ook weer de familienaam moeten gebruiken. Nadat ze gisteravond de bruine envelop had opengemaakt, trof ze daarin de papieren voor de echtscheiding aan. Hugo laat er geen gras over groeien. Hij heeft in de brief een datum opgenomen waarop hij verwacht dat ze haar spullen komt ophalen. Uit alles blijkt dat zij ooit met haar verliefde hoofd bij hem is ingetrokken en dat het huis op zijn naam staat. Hij betaalt de hypotheek en de vaste lasten, zoals hij altijd al gedaan heeft. Hugo verdient nou eenmaal veel meer dan zij en Jennifer heeft er nooit bij stilgestaan dat zij bij een scheiding op straat zou komen te staan.

Ze kon het niet geloven, maar nadat ze alles nog eens goed had doorgelezen, bleek dat Hugo gelijk had. Ze moest maar een advocaat zoeken, schreef hij, en hij voegde eraan toe dat ze dat ook kon laten. Als ze zichzelf kosten wilde besparen kon ze ook Hugo's advocaat de zaak laten vertegenwoordigen.

Jennifer loopt weer rood aan als ze denkt aan die Kooijmans met zijn zelfvoldane grijns. Dat nooit! Ze mag dan indertijd zo stom geweest zijn om de huwelijkspapieren blind te tekenen, nu moet ze zorgen dat ze genoeg geld heeft om in haar eigen levensonderhoud te voorzien. Bovendien is ze een bepaalde luxe gewend, en met alleen de inkomsten uit haar bedrijfje kan ze dat wel vergeten. Na lang piekeren heeft ze gisteren besloten dat mammie haar dan maar moet helpen. Wie anders? Mammie heeft genoeg geld. Het enige obstakel is hun slechte verstandhouding. Daar moet ze vanaf nu aan gaan werken. Deze lunch komt daarom goed uit. Ze zal zich meewerkend moeten opstellen naar haar broer en zus.

'Het is dat tafeltje daar in de hoek,' zegt het meisje. Ze wijst naar een ronde tafel bij het raam dat uitkijkt over het terras.

Jennifer werpt een blik op de tafel. Ze ziet de brede rug en ronde schouders van Lodewijk, en het geblondeerde haar van Sylvia licht op. Die twee zijn druk in gesprek en hebben geen oog voor hun omgeving. Even gaat het door Jennifer heen dat ze het over haar en Hugo hebben, maar dat slaat natuurlijk nergens op. Niemand weet dat zij noodgedwongen in haar boshuisje zit en dat Hugo wil scheiden.

En dat blijft zo.

Ze moet zich aan haar plan houden en vooral niet laten merken dat het slecht met haar gaat. Ze recht haar schouders, voelt even of haar knot nog goed zit en verbergt haar zenuwen achter een geforceerde glimlach. Met opgeheven hoofd stapt ze de zaal van het restaurant binnen.

Het is opvallend druk. Veel mannen in pak met een telefoon in de aanslag hebben nog even voor de feestdagen een zakenlunch gepland. Jennifer voelt de blikken van sommige mannen op haar gericht. Ze is nog steeds mooi, Hugo kan de pot op.

Lodewijk en Sylvia zien haar niet aankomen. Als ze bijna bij de tafel is, vangt ze nog net een flard van het gesprek op. Ze hoort Sylvia zeggen dat het altijd zo gegaan is en zij daardoor de meeste rechten heeft, waarop Lodewijk antwoordt dat hij vindt dat de tijden zijn veranderd en Josje evenveel aanspraak kan maken. Sylvia opent haar mond, maar zwijgt als Jennifer haar blikveld vult.

'Sorry dat ik te laat ben, ik zat vast in een file, ik had een haastklus.' Jennifer voelt de onderzoekende ogen van Sylvia en ontwijkt haar blik. Haar grote zus die feilloos aanvoelt wanneer zij liegt. Ze loopt op Lodewijk af, en terwijl ze hem op zijn schouder klopt, geeft ze hem een vluchtige kus op zijn wang.

'Dag grote broer van me,' zegt ze liefjes.

De priemende blik van Sylvia is nog steeds voelbaar. Lodewijk draait zich iets om.

'Hè hè, daar ben je dan eindelijk. We hadden het net over de zaak en wie hem straks gaat overnemen als ik ermee stop,' zegt hij.

Jennifer kijkt naar Sylvia. Het valt haar op dat ze uiterst gespannen is. Ze heeft rode vlekken in haar hals en bijt aan een los velletje op haar onderlip. Als hun blikken kruisen, rolt Sylvia even met haar ogen, waaruit Jennifer opmaakt dat het besproken onderwerp tot irritaties leidt.

'O, ben je dan van plan te stoppen?' vraagt Jennifer.

Waarschijnlijk verklaart dat de gespannen houding van haar zus. Indertijd had Sylvia graag de zaak overgenomen van papa, en net als zijzelf was zij daar veel geschikter voor dan Lodewijk. Maar papa's besluit stond vast, Lodewijk ging in de zaak. Uit rancune maakte Sylvia haar rechtenstudie niet af en ging reizen.

'Nee, nou, eh... nu nog niet, maar wie weet over een tijdje. Ik ben ook al tweeënvijftig, en...'

'En wat vindt Carla daarvan?' vraagt Jennifer. Ze is ondertussen gaan zitten en wuift zichzelf koelte toe met de menukaart.

Lodewijk gaat niet in op de vraag, maar zegt dat hij witte wijn heeft besteld en vraagt of ze snel wil kijken wat ze wil eten.

'Ik moet zo weer terug naar de winkel,' zegt hij. 'Wil je water?' Zijn stem trilt een beetje, net als zijn hand. Hij morst op de tafel als hij haar glas vult met het bubbeltjeswater.

Jennifer heeft liever plat water, maar zegt er niets van. Ze is al te laat aangekomen en de sfeer is om te snijden.

Sylvia schuift ongemakkelijk heen en weer op haar stoel. Als haar telefoon begint te zoemen, verzucht ze dat het Kai is.

'Sorry, ik ben even weg. Doe mij maar de salade van het huis en daarna de gerookte zalm,' zegt ze, terwijl ze haar stoel naar achteren schuift en opstaat.

Jennifer knikt. Ze staart naar de menukaart, en alsof ze zich nu pas – nu Hugo van haar wil scheiden – bewust wordt van de exorbitant hoge prijzen achter de gerechtjes, vraagt ze zich opnieuw af hoe dat straks moet als ze van haar eigen geld moet rondkomen.

Ze slaat haar ogen op naar Lodewijk. Misschien moet ze hem vertellen van haar ophanden zijnde scheiding. Haar rijke broer met zijn mooie huis aan het park, waar hij met zijn gelukkige gezinnetje woont. Van hem kan ze altijd geld lenen, dat weet ze zeker, maar wil ze dat?

'Zo, dus jij hebt het lekker druk?' zegt Lodewijk. 'Dat is mooi, zusje, en hoe is het met Hugo? Ik heb hem laatst nog gesproken, hij had mij om advies gevraagd...'

Jennifer verstijft. 'Advies? Hoezo? Wanneer dan en waar ging dat over?'

Even gaat het door haar heen dat Lodewijk al op de hoogte is van haar huwelijksproblemen met Hugo. Vlug drukt ze die gedachte weg. 'Wat leuk, Lodewijk, Hugo vraagt jou om advies? Ik ben benieuwd, vertel es?'

Lodewijk verschiet van kleur. Hij pakt zijn glas water en neemt een grote slok. Het valt Jennifer op dat hij schrikt. Jennifer kent haar man, die schuwt louche beleggingszaakjes en witwaspraktijken niet. Het is een rat. Dat blijkt nu maar weer eens, zoals hij haar behandelt door zonder waarschuwing een advocaat op haar dak te sturen. Onderzoekend kijkt ze Lodewijk aan. Als het om geld gaat is haar broer niet al te snugger, misschien moet ze hem waarschuwen voor Hugo.

'Gaan jullie verhuizen, Lodewijk? Want dan... Er zijn meer makelaars die je kunt raadplegen, hè?'

Lodewijk zet zijn glas neer. Hij knijpt zijn ogen tot spleetjes. Jennifer ziet hem peinzen.

'Nee, wij gaan niet verhuizen. Ik eh... ik druk me verkeerd uit. Het is eh... ik vergis me. Het was andersom... het is voor Josje, ik zoek een appartement voor haar,' zegt Lodewijk.

Jennifer hoort weer die trilling in zijn stem. Lodewijk draait zich een halve slag en wenkt dan de bediening. Hij vraagt waar de wijn blijft en tikt geïrriteerd op zijn horloge.

'Dit is een zakenlunch, we hebben niet de hele dag de tijd,' moppert hij.

De man maakt excuses en neemt meteen de bestellingen op. 'En wat wil jij? Ben je er al uit?' vraagt hij aan Jennifer.

Jennifer kijkt op de kaart. Ze vraagt zich af wat er mis is met Lodewijk. Heeft ze hem ergens mee beledigd? Stom van haar, ze kent haar broer, hij voelt zich al snel door zijn jongere zusje weggezet als onbenullig.

'Doe mij maar hetzelfde als Sylvia,' zegt ze wanneer Lodewijk ongeduldig met zijn vingers op de tafel begint te trommelen. Jennifer klapt de menukaart dicht en kijkt Lodewijk stuurs aan. Wat denkt hij wel niet, om haar zo neerbuigend te behandelen. Het doet haar aan vroeger denken, toen ze nog jong waren en hij regelmatig de baas over haar speelde. Ze opent haar mond om er een opmerking over te maken, maar juist op dat moment is Sylvia terug. En terwijl die zich bij hen voegt, slikt Jennifer de hatelijke woorden in die op haar tong liggen.

Er valt een stilte.

Sylvia neemt plaats tegenover Jennifer en legt de telefoon naast haar bord. Ze trekt een van de bovenste knoopjes van haar jurk open en lacht flauwtjes naar Lodewijk. De rode vlekken in haar hals zijn er nog, ze hebben zich zelfs uitgebreid naar haar wangen, waar een paarsrode gloed overheen ligt. Misschien komt het door haar eigen misère, maar Jennifer is zich meer dan ooit bewust van de sfeer tussen Sylvia en Lodewijk. Het enige wat ze kan verzinnen is dat die met het aanstaande weekend te maken heeft. Daarvoor zijn ze hier, om afspraken te maken, om niet nog eens mammie tegen zich in het harnas te jagen. Ze zullen mammie eensgezind een gezamenlijk cadeau geven.

Jennifer kijkt naar haar broer en zus en concludeert dat ze maar weinig afweet van hun levens. Ze moet scherper zijn, beter opletten op wat er om haar heen gebeurt. Het wordt tijd dat ze dat kleine-zusje-imago van zich afwerpt.

'Oké, jongens, vertel: is er iets wat ik nog niet weet? Gaat het om het cadeau voor mammie?' vraagt ze. 'Vooruit, wat wordt het? Iets kostbaars? We moeten maar eens flink uitpakken, vinden jullie niet?'

Lodewijk en Sylvia kijken haar verbaasd aan. Geen van beiden reageert.

Jennifer knippert met haar ogen. Nu weet ze zeker dat Lodewijk en Sylvia iets voor haar verborgen houden. Het is maar goed dat ze Lodewijk niet in vertrouwen heeft genomen. Hij noch Sylvia hoeft te weten hoe belangrijk mammies geld momenteel voor haar is.

Vrijdag

8

De takken van de bomen zijn kaal, een wazig decemberzonnetje verlicht de ramen van de villa. Jennifer rijdt de laan in van haar geboortehuis en parkeert haar auto tegenover de villa, waar een grasstrook loopt. 'Het meisje van de burgemeesterswoning' werd ze genoemd. Haar vader was geen burgemeester, maar de eigenaar van een meubelzaak. Terwijl ze hier voor de deur in de auto zit, komen de herinneringen weer naar boven.

Het huis dat mammie van haar ouders heeft geërfd en waar Jennifer met haar broer en zus is opgegroeid, ligt er nog precies zo bij als toen ze hier met haar vriendinnen rolschaatste. Links naast de voordeur zijn de ramen van de slaapkamer van mammie, rechts de ramen van de voorkamer, waar de open haard meestal brandt en het zitje met de tv is. Rondom het huis strekt zich de tuin uit. In de zomer bloeit het hier en staat het vol met hoge planten. Nu is alles kaal en dor, waardoor de oprit naar de garage en de naastgelegen parkeerplaats ogenschijnlijk naadloos overgaan in het gazon. Jennifer hoeft niet om het huis heen te lopen om te weten hoe het daarachter is. Daar is de eetkamer, met de hoge ramen en openslaande deuren die uitzicht bieden over het gazon met de dennenbomen. Daar is ook het kelderraam. Het raam met de spijlen dat bij de kelderkamer hoort en waarachter zij in haar jeugd menig keer zat opgesloten. Alles is onveranderd gebleven.

Jennifer ziet zichzelf weer lopen in haar paarse legging met witte beenwarmers. De keus van mammie, die wilde dat iedereen slank en fit bleef en zich net zo uitdoste als Jane Fonda.

Mammie, die iedere dag een work-out deed voor de video van Jane. Dan rekte en strekte ze haar lichaam in een knalgeel aerobicspakje met oranje beenwarmers eronder. Mammie, die voor vrouwenrechten opkwam en zich feministe noemde zonder zelf ooit naar een betaalde baan te hoeven zoeken. Mammie, die uit een puissant rijke familie van textielhandelaren kwam en zich met gemak een rits bedienden en een kok kon veroorloven, kookte zelf en dwong het gezin om koolhydraatarm te eten. Mammie, die hun de groentes rauw voorzette.

Volgens Lodewijk heeft mammies obsessie voor gezond voedsel ertoe geleid dat hun vader veel te dik werd. Hoe meer mammie ging diëten, hoe meer papa zich volvrat met snacks.

Papa's dood kwam geheel onverwacht. Toen hij stierf was Jennifer achttien, Lodewijk bijna tweeëntwintig en Sylvia aan het backpacken in Australië, waar niemand haar kon bereiken. Lodewijk studeerde kunstgeschiedenis en had een Italiaans vriendinnetje. Maria, heette ze. Jennifer heeft haar nooit ontmoet. Die kans werd haar door papa's dood ontnomen.

Ze weet het nog precies. Het was hoogzomer en midden in de schoolvakantie toen Lodewijk papa aantrof op de vloer van het magazijn. De arts dacht aanvankelijk aan een hartinfarct, maar later bleek dat papa was gestikt in een visgraat. Het bakje met friet en mayonaise stond nog onaangeroerd op een van de dozen met schemerlampen. Wat papa thuis niet kreeg, at hij dubbel en dwars tussen de middag op de zaak. Patat, gebakken vis, hamburgers, frikadellen...

Na papa's dood gedroeg mammie zich nog idioter. Ze werd broodmager. Maandenlang dronk ze uitsluitend sherry en rookte ze kleine sigaartjes. Het is een wonder dat ze de tachtig heeft gehaald.

Jennifer kijkt om zich heen. Ze is hier lang niet geweest. De laatste keer was met dat klotekerstdiner van vorig jaar. Nog even en het is weer kerst, waar en met wie zal ze die vieren? In ieder geval niet met Hugo. Als mammie hen voor het diner uitnodigt zal ze een smoes moeten verzinnen voor Hugo's afwezigheid. Maar dat komt later wel. Nu brandt de vraag of mammie tot inzicht is gekomen en hen dan eindelijk gaat verrassen met een mooie schenking. Tijdens de lunch met Sylvia en Lodewijk vonden ze alle drie dat ze mammie mild moeten stemmen. Geen geruzie en geen hatelijke opmerking over erfenissen. Ook waren ze het erover eens dat ze mammie een reisje naar keuze zouden aanbieden. Bij die gedachte voelt Jennifer een knoop in haar maag, ze moet er niet aan denken om mammie daarbij te vergezellen zoals ze Sylvia en Lodewijk beloofd heeft.

Ze richt haar blik weer op de villa. Naast de garage staat de auto van Sylvia. Een oude Toyota waar Boudewijn nog in reed. Jennifer vraagt zich af hoe haar zus dat toch doet. Rondkomen van een weduwepensioentje en haar inkomen als pedicure en dan ook nog zo'n puberzoon opvoeden. Ze moet er niet aan denken zo te eindigen als haar zus, in een galerijflat in Lunetten.

Gelukkig heeft zij zelf geen kinderen. Zij heeft Rex.

Ze werpt een blik over haar schouder op de buldog die als een kindse bejaarde in zijn tuigje zit te hijgen en te kwijlen. Soms heeft ze spijt dat ze voor dit ras heeft gekozen. Maar als Rex haar dan met die glazen stuiters boven die platte neus aankijkt, smelt ze.

'Hé, Jen, doe eens open!' De stem van Sylvia dringt opeens de auto binnen. Ze trekt aan het dichte portier en tikt nerveus tegen het zijraampje. Haar gezicht is vlammend rood. Ze maakt een overspannen indruk.

Jennifer heeft haar niet zien aankomen.

Rex gromt een beetje. En terwijl Jennifer het raampje laat zakken moet ze opnieuw denken aan de lunch van eergisteren, toen zag Sylvia er ook zo verhit uit.

'Hoi, hoi, jij bent er al. Hoe gaat het?' vraagt Jennifer.

'Ja, goed, maar mammie...' hijgt Sylvia. Ze bukt zich naar de rand van het raampje en legt haar handen erop. 'Ik begrijp er niets van... Ze had ons toch gevraagd vandaag al te komen?'

Jennifer twijfelt. 'Eh, ja, maar hoezo?'

'Ze is niet thuis. Je weet dat ze mij de sleutels van het huis heeft gegeven voor als er iets met haar zou gebeuren. Ik woon tenslotte van ons drieën het dichtste bij haar en ben het flexibelst.'

Jennifer fronst haar voorhoofd. Is dit een stil verwijt?

'Maar ik ben net binnen geweest en alles is keurig opgeruimd,' gaat Sylvia haastig verder. 'Het bed is onbeslapen en mammies badkamer lijkt in geen dagen gebruikt... Ik snap er niets van...' Ze hapt naar adem.

Jennifer neemt Sylvia wat beter in zich op. De afwezigheid van hun moeder staat niet in verhouding met haar heftige reactie. Er moet iets anders spelen. Iets waar Jennifer nu niet naar wil vragen. Ze heeft al genoeg aan haar hoofd.

'Kalm maar, Syl, er zal niets zijn,' sust ze. 'Je kent onze moeder... altijd in voor verrassingen...'

Verrassingen... Een lichte schok gaat door Jennifer heen. Doemgedachten bestoken haar ineens weer, ze denkt aan de aangekondigde scheiding van Hugo, ook al zo'n verrassing...

Niet bij stilstaan. Bovendien heeft ze een oplossing gevonden. Mammie wordt haar oplossing. Daarom moet ze zich dit weekend aan haar voornemens houden en lief zijn voor haar familie. Te beginnen met Sylvia. Ze forceert een glimlach en opent het portier. Als ze is uitgestapt en tegenover Sylvia staat, pakt ze haar zus bij haar arm en trekt haar naar zich toe.

'Kom,' zegt ze, waarna ze Sylvia een luchtkus geeft. 'Laten we even op Lodewijk wachten. Er is fris en droog weer voorspeld, misschien kunnen we dit weekend met mammie naar buiten? Ik heb mijn wandelschoenen bij me,' voegt ze er gniffelend aan toe.

Als Sylvia met een afwezig knikje reageert, geeft Jennifer haar een duwtje in de richting van het huis.

'Hup! Ga jij vast koffiezetten? Mammie zal even naar het dorp zijn voor een boodschap. Misschien is ze naar de bakker om iets lekkers bij de koffie te halen. Nou, wat denk je?'

Sylvia aarzelt.

Jennifer wordt ongeduldig.

'Maar haar auto's staan in de garage,' zegt Sylvia. 'Mammie gaat nooit zonder auto ergens naartoe, dat weet je.'

'Auto's? Heeft ze er dan twee? Ze rijdt toch in die oude Kever?'

'Ja, die staat er ook nog. Hé, je hoeft me niet zo kwaad aan te kijken, ik wist dit ook niet.'

'Bespottelijk,' zegt Jennifer korzelig. 'Wat is het voor een auto? Nog zo'n aftands ding?'

Sylvia schudt haar hoofd. 'Integendeel, het is een nieuwe BMW. En ja, ik weet het, maar het is mammies eigen geld en daarom...'

'Een nieuwe BMW?! Jezus! Doe maar duur. Haar eigen geld? Straks is het ons geld, Syl. Kom op, bel haar. Dan kunnen we het meteen over haar uitgavenpatroon hebben. Ik moet nu eerst Rex bevrijden.'

Jennifer opent het portier van haar auto, en alsof Sylvia nu pas door lijkt te hebben dat er een hond achterin zit, trekt ze een afkeurend gezicht.

'Hè, nee, Jennifer, ik ben allergisch voor huisdieren. Dat weet je toch? Pollen, hooikoorts, kattenharen, honden... Waarom heb je hem meegenomen?'

'Jammer voor jou, ik kon Rex niet alleen laten,' zegt Jennifer bits.

'Is Hugo dan niet thuis?'

Jennifer schudt haar hoofd. 'Nee! Hugo heeft mij...'

Shit, ze zou zich bijna verspreken. Snel draait ze zich om naar de auto en terwijl ze zoete woordjes tot Rex richt, hoort ze Sylvia weglopen. Opgelucht blaast ze uit.

'Het komt goed, baby,' zegt ze tegen de Franse buldog. En ze steekt haar roodgelakte nagels in de gerimpelde nek van de hond om hem even lekker achter zijn oren te kriebelen. 'Alles komt goed, mijn mammie gaat daarvoor zorgen.'

9

Gespannen loopt Lodewijk de winkel uit. Hoewel hij blind kan vertrouwen op George – zijn vaste verkoopmedewerker en vrijgezel met een groot hart voor de zaak –, vinkt hij de zaken af die hij met George heeft doorgenomen.

De zending nieuwe tafels die hij vandaag verwacht, de sierkussens die nog moeten worden uitgepakt, de bestelling op een metershoge spiegel met goudkleurige lijst voor een Italiaans restaurant en het afstorten van de kas, dat altijd op zaterdagochtend gebeurt...

Alsof George dat na tien jaar niet zou weten.

Lodewijk bespeurde een zekere irritatie bij George toen hij hem vroeg of hij de code van het alarm nog wist. Dertig jaar een winkel drijven, Lodewijk kan zich niet voorstellen hoe zijn leven er zonder uit zal zien. Hij raakt dat ingeroeste verantwoordelijkheidsgevoel nooit meer kwijt, net als het bijbehorende paniekgevoel dat hem de laatste tijd steeds vaker overvalt. Het steekt ook nu weer de kop op. Terwijl hij het hoofd koel moet houden nu het weekend bij zijn moeder voor de deur staat.

Hij haast zich naar zijn auto. Bij iedere stap die hij zet, voelt hij zijn hart sneller slaan. Het gaat niet goed met hem. Carla hield hem nog redelijk in het gareel. Ze kookte gezond, had zijn alcoholgebruik onder controle en op zondag gingen ze samen fietsen of wandelen. Nu eet hij alleen nog fastfood, en bewegen doet hij slechts als hij het gaspedaal van zijn Volvo indrukt.

Lodewijk voelt tranen opkomen. Hij is geen man voor een mislukt huwelijk. Vloekend veegt hij over zijn gezicht. Verdomme, die kutwijven ook. Hij zou weer eens goeie seks moeten hebben. Sinds zijn huwelijkscrisis doet hij het nog uitsluitend met zichzelf. Straks raakt hij impotent, durft hij het niet meer, moet hij aan de viagra. Klote!

Hij opent het portier van zijn auto. Voordat hij instapt trekt hij zijn double-breasted blazer uit. Het is het enige jasje dat nog lekker zit, omdat het dankzij de jersey stof soepel over zijn buik valt. Als hij het jasje op de achterbank werpt, valt er iets uit de zak. Het is het boekje dat Lodewijk eerder deze week van zijn buurman de boekhandelaar heeft gekregen. Verstoord bukt hij zich naar de vloer tussen de stoel en de achterbank, raapt het op en stapt in. Gedachteloos legt hij het boekje daarna naast hem op de stoel en start de auto. Pas als hij wil wegrijden, wordt zijn aandacht opnieuw getrokken door de titel, en ditmaal laat hij die nog wat beter tot zich doordringen.

Verandering, of waarom het nooit te laat is om opnieuw te beginnen luidt de volledige titel.

En alsof de woorden speciaal tot hem gericht zijn, kan Lodewijk zich er niet meer van losmaken. Even voelt hij weer die druk op zijn borst, als hij denkt aan het komende weekend en hoe hij zijn best zal moeten doen om in de rol van pater familias te blijven. Tegelijk vraagt hij zich af of hij dat eigenlijk wel is, en of hij niet door anderen in die rol is gedrukt.

Door zijn vader, zijn grootvader, zijn zussen... Mammie en daarna door Carla... Al die invloeden van buitenaf... Godsamme... Het heeft een zwakke man van hem gemaakt.

Hij slaat met zijn vuist op het stuur en richt zijn blik weer vooruit. Hoogste tijd om daar verandering in te brengen. Deze maand is de feestmaand, de cadeaumaand, dan moet hij het hebben van het kleine spul aan woonaccessoires. Verlichting, dozen, manden, bijzettafeltjes, vazen, spiegels en onnoemlijk veel kaarshouders met diverse kaarsen. Ja, in december ruikt zijn winkel niet alleen naar boenwas maar naar naaldbossen en lavendelvelden van de niet aan te slepen hoeveelheid geurstokjes.

Een nieuwe impuls zet hem aan het denken.

Bij hun lunch heeft hij het met Sylvia over zijn opvolger gehad. Hij wil stoppen met de zaak, iets anders gaan doen; zijn dromen najagen. Dus toen hij haar vertelde dat Josje geen belangstelling had voor de meubelzaak, schoof zij meteen zichzelf als opvolger naar voren. Er zit nogal wat oud zeer bij Sylvia, die het nooit heeft kunnen verkroppen dat papa haar niet in de zaak wilde hebben. Lodewijk heeft gezegd dat hij over het voorstel zou nadenken. Maar wat moet hij met Sylvia en die hersenloze puberzoon van haar? Alleen de naam al van die jongen, Kai. Een naam die klinkt als rotte vis. Lodewijk gruwelt als hij aan de jongen denkt, maar waar hij echt tegen opziet is het idee dat mammie aan de weet komt dat Sylvia de zaak wil overnemen. Als oud-voorvechtster voor vrouwenemancipatie zal mammie dat onmiddellijk toejuichen.

Sylvia, die zo graag in de zaak wilde, wat papa verbood. De teleurstelling daarover straalt nog steeds van haar af. Sylvia, die uit wroeging daarover nooit haar rechtenstudie heeft afgemaakt, noch enige kennis van meubels heeft. En zij, die eerder iemand is van twaalf ambachten en dertien ongelukken, zou het familiebedrijf in de schoot geworpen krijgen?

De gedachte daaraan bezorgt Lodewijk acuut nog meer hartkloppingen. Daarom is dat andere idee, wat hem net te binnen schoot, zoveel beter. Hij doet de zaak gewoon over aan George. Sylvia is zo arm als een kerkrat, van haar hoeft hij geen geld te verwachten, maar bij George is dat een heel ander verhaal. Die heeft zich laatst nog laten ontvallen dat hij er warmpjes bij zit. Hij is kortgeleden verhuisd en heeft aan de verkoop van zijn flat flink wat geld overgehouden. Lodewijk kent George, die zal niet zomaar met geld gaan smijten, het is een harde werker en een calvinist. Hij houdt van de zaak en kent de klanten. De overdracht gebeurt stiekem, mammie hoeft er niets van te weten.

Lodewijk voelt hoe ditmaal een prettige opwinding zijn hart sneller doet slaan. Hij mikt op januari, dat zou dan écht een nieuw begin betekenen. Hij recht zijn schouders. Ja, dit voornemen geeft hem een flinke boost.

Hij denkt nog verder door. Stel, hij komt met dit plan nog voor de kerst naar buiten. Dat is het al bijna, dan heeft hij bij mammie wat extra geld losgepeuterd en kan hij Carla en Josje trakteren op een tripje naar de sneeuw. Net zoals ze vroeger deden, toen ze met z'n drieën in de kerstvakantie naar Zweden gingen. Mooi hotel, goed eten, een beetje langlaufen en daarna lekker in de sauna... Lodewijk ziet het voor zich: hun scheiding was een vergissing, zal Carla zeggen.

Met een tevreden lach op zijn gezicht rijdt Lodewijk weg. Het komt goed, hij voelt het, het leven is nog de moeite waard. Hij werpt een blik op het boekje naast hem op de stoel en laat het woord 'verandering' eens goed tot zich doordringen.

Het is niet zomaar een woord, het is een teken. Een teken dat hij ervoor moet openstaan, voor het lot dat hem niet alleen maar ongunstig gezind is. Ook het goede kan hem overkomen, dat vergeet hij vaak. Ja, in geen tijden heeft hij zich zo vol levenslust gevoeld als nu, sterker nog: hij voelt zich verlicht.

Zo zie je maar, soms moet je even aangezet worden tot iets nieuws. Hij zal die aardige man van de boekhandel daar volgende week met een flesje wijn voor bedanken.

Maar nu eerst naar mammie.

10

'Als jij nou gewoon je oude slaapkamer neemt en die hond daarin opsluit, dan heb ik daar verder geen last van,' roept Sylvia vanuit de keuken. 'Ik slaap wel beneden, in mammies kamer.'

Jennifer heeft Rex op de grond gezet en de voordeur achter zich dichtgedaan. Ze houdt even haar pas in en kijkt om zich heen. De grote hal waar alles nog precies hetzelfde is als in haar jeugd – hetzelfde versleten Perzische tapijt met daarop de grote ronde eikenhouten tafel waarop altijd een vaas met bloemen staat – is opmerkelijk schoon en opgeruimd. Ze mag hier dan een klein jaar niet geweest zijn, zo lang ze zich kan herinneren was het hier rommelig als je binnenkwam. Dan struikelde je over schoenen, laarzen en tassen die mammie in de buurt van de kapstok had laten slingeren. Ook op de tafel, waar anders altijd snuisterijen, tijdschriften en boeken liggen te wachten om ergens in huis een plek te krijgen, staat nu alleen de lege bloemenvaas. 'Misschien is mammie bloemen halen?' roept ze.

Ze zet haar weekendkoffertje neer en beweegt zich in de richting van de keuken. Rex loopt snuivend achter haar aan.

'Moet dat nou?' zegt Sylvia, wijzend op Rex die snuffelend de keukenvloer inspecteert.

Jennifer blijft onverstoord om zich heen kijken.

'Zeg, Jen, ik wil niet moeilijk doen, maar heus, ik nies straks de hele boel bij elkaar als die hond hier blijft,' gaat Sylvia verder. Ze slaat haar armen over elkaar, leunt tegen het aanrecht en probeert Jennifers aandacht te krijgen.

'Het is inderdaad vreemd,' zegt Jennifer. Ze schiet in de lach. 'Hier is het ook al zo clean. Jezus, heeft mammie een nieuwe werkster? Eentje die ook opruimt? Nou ja, en wat denk je van al die apparaten? Had mammie die koffiemachine al, Syl? En die quooker? En moet je daar kijken, een vaatwasser! Mammie met een vaatwasser? Is ze gek geworden?'

'Geen idee,' zegt Sylvia. Ze lacht niet, en draait zich om. Ze zucht. Terwijl ze de koffiemachine van water voorziet, moppert ze over de pilletjes tegen allergieën die ze thuis heeft laten liggen.

'Weet je, ik bel mammie even om te laten weten dat we er zijn,' zegt Jennifer. 'Misschien is ze gewoon een blokje om. Ze wandelt toch tegenwoordig? Je kent haar, altijd even fit en energiek.'

Sylvia zet met een vermoeid gebaar koffiebekers op een dienblad.

Jennifer maakt haar schoudertas open en haalt haar telefoon tevoorschijn. Ze ziet meteen dat Hugo heeft geappt. Drie berichten, die allemaal betrekking hebben op het ondertekenen van de echtscheidingspapieren.

'Fuck!'

Kwaad veegt ze over de berichten en scrolt dan naar het nummer van haar moeder. De telefoon gaat vier keer over en dan krijgt ze de voicemail.

'U luistert naar het antwoordapparaat van Josefien van de Berg. Op dit moment ben ik niet in de gelegenheid om...'

‘Kut! Voicemail,’ zegt Jennifer. Ze houdt het toestel omhoog naar Sylvia, die haar verstoord aankijkt.

‘Ik weet het, ik heb dat natuurlijk ook al geprobeerd,’ zegt ze. ‘Al meerdere keren zelfs. Ik heb haar ook geappt, ik was hier vanochtend even na negenen. Ze had me gevraagd om vroeg te komen, zodat ik kon helpen met het voorbereiden van de lunch.’

‘O? En dat zeg je nu pas?’ Jennifer loopt verongelijkt naar Rex toe en tilt hem op. En met de hond als een stokbrood onder haar arm geklemd beent ze kwaad de keuken uit. ‘Laat maar weten als de koffie klaar is, wij gaan naar boven,’ roept ze.

In de hal pakt ze haar koffer, drukt Rex nog iets steviger tegen zich aan en loopt dan moeizaam balancerend de trap op. Halverwege blijft ze staan en kijkt om.

‘O, en Syl, rot voor je dat je allergisch bent voor hondenharen,’ roept ze luid. ‘Maar Rex blijft niet alleen in de slaapkamer. Misschien heeft mammie een homeopathisch middeltje in haar badkamer staan?’

Zo, dat is eruit. Het is mooi geweest, altijd maar luisteren naar wat anderen te zeggen hebben of rekening moeten houden met gevoelige typetjes als Sylvia. Jennifer had eerder deze week al het gevoel dat zij bewust overal buiten gehouden werd, dat is nu bevestigd. Niet alleen Lodewijk en Sylvia hebben hun onderonsjes, zelfs mammie heeft liever dat Sylvia met de lunch helpt en sleutels van het huis heeft. Waarom eigenlijk? Alsof dit niet ook háár ouderlijk huis is.

Met een verhit hoofd zeult ze haar koffer en Rex de trap op.

Als iedereen haar dan overal buiten houdt, moet ze zelf maar in actie komen. Nu ze binnenkort met advocaten gaat stoeien, kan ze meteen uitzoeken hoe het zit met haar deel van de erfenis. Straks hoeft ze niet met mammie op reis te gaan naar een of andere spa in de bergen om te slijmen voor geld, maar kan ze gewoon een voorschotje op haar kindsdeel opeisen.

Kijken hoe Sylvia en Lodewijk dan op haar reageren. Of ze haar dan nog steeds als dat jonge, domme zusje behandelen.

11

'Ja, ik weet dat ik niet in paniek hoef te raken, maar hij is gisteravond niet thuisgekomen. Vandaag had hij geen school. Hij heeft op vrijdag alleen het eerste uur les, en dat viel uit. Moet er nu geen AMBER Alert uitgaan?' vraagt Sylvia aan de politieman die ze aan de telefoon heeft.

Er valt een lange stilte aan de andere kant van de lijn. Ze hoort getik op een toetsenbord. Boven op de overloop klinkt de stem van Jennifer. Sylvia loopt snel naar de keukendeur en geeft die een zetje, zodat hij dichtvalt. Jennifer hoeft niet te weten dat Kai is vermist. Althans, zo noemt Sylvia het. De politieman daarentegen zegt dat weglopers – zoals hij dat noemt – over het algemeen binnen achtenveertig uur vanzelf weer thuiskomen.

'Hij is veertien,' zegt Sylvia met een trilling in haar stem.

Een kind nog, zou ze eraan willen toevoegen, maar de politieman heeft alweer het woord genomen.

'Wanneer heeft u voor het laatst contact met hem gehad?' vraagt hij.

Sylvia peinst. Ze had gisteren een drukke werkdag. Toen ze de laatste cliënt uitliet was het ver voorbij etenstijd. Halfacht,

acht uur? Ze heeft Kai toen nog geappt. Hij heeft ook nog teruggeschreven. Hij was met vrienden op pad. Ze aten pizza's, ze hoefde zich geen zorgen te maken. Om elf uur thuis, schreef ze. Daarop reageerde hij met een opgestoken duimpje.

'Dat is nu dus bijna vijftien uur geleden,' constateert de man.

'Ja, zoiets.'

De politieman vraagt waar Kai doorgaans naartoe gaat en wie zijn vrienden zijn. Sylvia verzucht dat ze de ouders van zijn beste vriend gisteravond al gebeld heeft.

'Ze gamen samen. Maar volgens de moeder van dit vriendje had zij Kai al een tijdje niet gezien.'

'Waar bent u nu?' vraagt de politieman.

'Thuis. Eh, nee, ik bedoel, ik ben in mijn ouderlijk huis. Mijn moeder is dit weekend jarig. Kai heeft een sleutel van onze flat, hij weet waar ik ben en...' Sylvia laat een stilte vallen. Hij komt regelmatig bij zijn oma, zou ze willen zeggen, maar dat was vroeger zo, voordat hij ging puberen.

De politieman zegt dat Sylvia op sociale media kan kijken of Kai iets heeft gepost. Hij zegt er ook bij dat de politie Kai niet meteen als vermist wil registreren, dat is een zwaar middel. Eenmaal op internet blijft het op internet. En straks, als Kai weer thuis is, kan zo'n bericht vervelende gevolgen voor hem hebben.

Sylvia zucht als de man nogmaals de gegevens checkt. Het thuisadres van Sylvia, het adres van mammie en de telefoonnummers van Sylvia en Kai. Voor alle zekerheid geeft ze ook nog het vaste nummer van haar moeder. Ze heeft er spijt van dat ze Kai niet heeft meegenomen.

'Omdat hij weet dat ik het weekend hier ben en...'

'Het hele weekend?'

'Ja, eh, Kai en ik hadden afgesproken dat hij voor het eerst een paar dagen alleen thuis mocht blijven. Hij moest me natuurlijk wel appen en bellen...'

'Aha, ik begrijp het, mevrouw. Tja, ligt de verantwoordelijkheid dan ook niet een beetje bij uzelf?'

'Ik... Maar... Hoe bedoelt u?'

'U gaat een heel weekend weg, laat uw zoon alleen thuis, en als hij dan besluit om van zijn vrijheid te genieten, raakt u in paniek.'

Het machteloze gevoel dat Sylvia sinds gisteravond in zijn greep heeft slaat om in woede. Ze schraapt haar keel, en juist als ze wil zeggen dat ze van de politie meer had verwacht dan alleen maar een vragenlijst die ze moet beantwoorden, komt Jennifer de keuken binnen.

'Zo, dan gaan we jou nu eten geven,' zegt ze tegen Rex die onder haar arm lijkt vastgeklonken. Met een blikje hondenvoer in haar hand loopt ze op de servieskast af.

Sylvia draait zich een halve slag en wijst op haar telefoon.

'Is het mammie?' vraagt Jennifer. Ze opent de servieskast en haalt er een schaaltje uit.

Sylvia schudt haar hoofd. De man in haar oor vraagt of ze nog vragen heeft.

'Ik eh... nee, maar eh... wanneer weet ik nu meer?' vraagt Sylvia.

'U kunt het beste uw zoon blijven appen en bellen. Mevrouw, misschien maakt u zich zorgen om niets en zit uw zoon inmiddels gewoon thuis of slaapt hij zijn roes uit bij een van zijn vrienden. Zullen we afspreken dat u vanavond nogmaals contact met ons opneemt? Heus, de ervaring leert dat jongens van die leeftijd vaker weglopen en terugkomen.'

'Goed, ja, dank u wel.'

Sylvia drukt de verbinding weg en grijpt zich vast aan het

aanrecht. Ze slikt en knippert de tranen uit haar ogen.

'Belangrijk telefoontje?' vraagt Jennifer.

Sylvia kijkt naar haar zusje dat het blikje hondenvoer opendraait en een deel van de inhoud in een verfijnd Chinees porseleinen dessertschaaltje schudt. Hardhandig zet ze het schaaltje op de grond en plaatst daarna met evenveel kracht de hond ervoor. Het dier schrokt het schaaltje in één keer leeg.

Sylvia weet niet of het door de misselijkmakende geur van het hondenvoer komt of door de onzekerheid over haar verdwenen zoon, maar haar middenrif trekt ineens samen. Ze slaat een hand voor haar mond en rent naar de hal waar de wc is. Net op dat moment gaat de deurbel.

Sylvia kijkt opzij. Achter het zijraam naast de voordeur staat Lodewijk.

12

Lodewijk werpt een blik door het raam, hij ziet Sylvia lopen. Ze moet hem ook zien. Tot zijn verbazing doet ze niet open, maar verdwijnt ze in de wc. Hij fronst zijn voorhoofd en belt nogmaals aan.

Eigenlijk bespottelijk dat alleen Sylvia een sleutel van mammies huis heeft. Ook daar zal hij dit weekend eens wat van zeggen. Hij drukt zijn neus tegen het glas en terwijl hij ertegenaan tikt, ziet hij nu ook een hond lopen.

Jennifer, die er vlak achteraan komt, kijkt op van haar telefoon en zwaait naar hem.

'Ha broer,' zegt ze afwezig als ze de deur voor hem opendoet. 'Ik moet even reageren, het is mammie.' Ze wijst op de telefoon.

Lodewijk fronst opnieuw. Mammie? Aan de telefoon?

Hij pakt zijn koffer op, loopt de hal binnen en kijkt om zich heen. Hij beseft tot zijn schande dat hij hier in geen maanden is geweest. De zaak en die klotescheiding gingen voor. Mammie en hij belden elkaar zo nu en dan. Zij had er alle begrip voor dat hij niet langskwam. Dan kwam ze met verhalen over hun vader die ook nooit tijd had voor het gezinsleven. Lodewijk voelt een schuldgevoel opkomen, en meteen drukt hij het weg. Het is fijn dat hij niets over zijn scheiding heeft verteld tegen mammie, want straks als hij zijn plannen doorzet, komt het allemaal goed.

Mammie heeft haar best gedaan. Het is opgeruimder dan ooit, en dat verbaast hem. Als hij naar de trap loopt, voelt hij iets bij zijn enkels kriebelen. Hij kijkt omlaag en ziet dat de hond zijn broekspijpen besnuffelt. In een reflex geeft Lodewijk het dier een schop. Hij houdt niet van honden. En zeker niet van zo'n smerig, klein, naar adem happend monster als dit beest.

Onwillekeurig vraagt hij zich af of dít mammies verrassing is.

Hij hoopt van niet. Met een boog stapt hij om de viervoeter heen en loopt door naar boven. Naar de oude studeerkamer van zijn vader. Een kamer die kort na zijn vaders dood door mammie is leeggehaald en vanaf die tijd wordt gebruikt als logeerkamer. Lodewijks eigen kamer is een paar jaar geleden verbouwd tot fitnessruimte. Daar doet mammie haar oefeningen en ontvangt ze haar pilatesvriendinnen, haar masseuses en haar personal trainer.

Lodewijk wordt al moe bij de gedachte om daar de deur te openen.

Hij loopt de overloop op, slaat links af naar de logeerkamer die tegenover Jennifers oude kamer ligt en hoort dan ineens beneden Sylvia uitvallen tegen Jennifer. Hij vangt iets op over mammie en dat het geen wedstrijdje is.

Hij houdt zijn pas in, en op het moment dat hij terugloopt om beter te kunnen verstaan waar de twee over kibbelen, slaat de keukendeur dicht en wordt het weer stil.

Lodewijk voelt een zwaarte op hem drukken die hem de adem beneemt. Hier te zijn in mammies huis samen met zijn zussen, het roept herinneringen op uit zijn jeugd waar hij geen zin in heeft. Terwijl hij een blik naar beneden op de hal werpt, vraagt hij zich af waar mammie is. Als ze nog op bed ligt, dan moet ze nu wel wakker geworden zijn van het geschreeuw. Vlug herpakt hij zich. Hij moet zich niet van de wijs laten brengen. Hij kijkt op zijn horloge – tien voor elf – en legt dan zijn hand op de deurklink van de logeerkamer.

Nadat hij de deur heeft geopend, blijft hij even op de drempel staan. Verbeeldt hij het zich, of ruikt het hier nog steeds naar papa's sigaren?

Het voelt ongemakkelijk om in deze kamer te zijn. Hoewel er op de plek van het bureau nu een kledingkast staat en de boekenkast met interieurboeken plaats heeft moeten maken voor een boxspring, weet hij nog precies hoe het hier vroeger was. Toen hij als kleine jongen op een krukje naast het bureau zat. Zijn vader – steevast met een sigaar in de mond en een borrel onder handbereik – bladerde dan samen met Lodewijk door een van de vele designboeken uit zijn kunstboekencollectie. Zijn vaders voorkeur ging uit naar art deco, terwijl Lodewijk meer viel op de voorloper daarvan: art nouveau. Waarvoor hij later een studiereis naar Italië maakte.

Lodewijk drukt de opkomende tranen weg. Hij realiseert zich dat dit de eerste keer wordt dat hij in deze kamer slaapt. Verbeelding of niet, de geur van sigaren doet hem ook naar een sigaar verlangen. En meer dan dat.

Hij trekt zijn koffer de drempel over, legt het bakbeest – volgens Carla neemt hij altijd veel te veel kleren mee – op bed en ritst de deksel open. Twee van zijn beste whisky's liggen boven op de lamswollen truien. Hij pakt het whiskyglas dat ertussen ligt, blaast het stof eruit en draait het in gedachten verzonken om in zijn hand. Het roept nog meer herinneringen op, Maria zit weer in zijn hoofd, net als Italië en zijn studie.

Om zichzelf niet gek te maken opent hij de kledingkast en trekt met een fikse ruk een van de lades open. Een stapeltje slopen, washandjes en handdoeken verschuift, en een grote gele envelop die op de bodem van de la ligt vangt Lodewijks aandacht. De envelop zit in een doorzichtig plastic mapje met een elastiek eromheen. Er zit een sticker op waarop zijn moeder iets heeft geschreven. Lodewijk neemt de bril van zijn neus en om het beter te kunnen lezen buigt hij zich over het mapje. Met samengeknepen ogen leest hij de naam van een notariskantoor en de woorden: 'Na mijn dood te openen.'

13

'Hij is boven, ja, dat zeg ik toch. Toen jij op de wc zat. Ik weet het ook niet. Roep hem zelf,' snauwt Jennifer.

Ze roert het derde suikerklontje door de koffie in haar beker en blijft op haar telefoon staren.

Sylvia schudt meewarig haar hoofd. Ze begrijpt niet waarom Jennifer ineens zo kortaf doet. Doorgaans is haar zusje uitgelaten aan het woord over projecten, opknaphuizen en de nieuwste snufjes op stylinggebied, nu lijkt ze opgeslokt te worden door iets anders. Iets wat haar uit balans brengt en kwaad maakt.

'Kom op Jennifer, laten we niet ruziën, het is al erg genoeg dat mammie vastzit in Duitsland. Wat een gedoe zeg, een kerstmarkt! Hoe verzin je het. Ik begrijp alleen niet waarom ze dat niet aan mij heeft laten weten. Ik heb haar vanmorgen zo vaak geappt en geprobeerd te bellen. Als ze me op tijd had gewaarschuwd, was ik thuisgebleven en dan was Kai misschien niet...' Sylvia houdt abrupt haar mond. Ze kan maar beter niks over Kai zeggen.

Jennifer staart op haar telefoon.

Sylvia neemt een slokje thee. Ze wrijft over haar maag, ze

voelt zich nog steeds niet lekker en heeft in plaats van koffie voor zichzelf thee gezet. Ze legt de schuld bij het slaapgebrek van de afgelopen nacht. Dat in combinatie met de weeïge lucht van dat hondenvoer... Haar hoofd tolt.

Een ping van een binnenkomend appje verstoort de stilte.

'Het is bij jou,' zegt Jennifer nors, zonder op te kijken.

Sylvia draait zich om en staat op. Zou dat Kai zijn, of de politie? Haar telefoon, die ze bij het theezetten op het aanrecht heeft laten liggen, begint nu zachtjes te zoemen. Een anoniem nummer verschijnt op het display. Voordat Sylvia opneemt, leest ze het appje dat van haar moeder komt.

Zorg jij voor het huis? Ik zit in Duitsland en weet niet wanneer ik weer thuis ben. Alles is ingesneeuwd hier.

'Hallo? Met wie spreek ik?' zegt Sylvia als het aan de andere kant van de lijn stil blijft. Ze drukt het toestel tegen haar oor om ervan verzekerd te zijn dat ze niets mist. 'Ben jij dat Kai?'

Haar stem beeft. De verbinding wordt verbroken. Meteen daarna verschijnt er weer een appje. In tegenstelling tot wat ze had gehoopt komt het bericht opnieuw van haar moeder.

Let je een beetje op Jennifer? Het gaat niet goed met haar, ze wil met mij op reis. Dat wil ze niet zomaar, daar zit iets achter.

Sylvia zucht.

'Is dat mijn lieve neefje?' vraagt Jennifer met een grote grijns op haar gezicht.

Sylvia schudt haar hoofd.

'Gut, Syl, je ziet helemaal grauw, ben je ziek?'

Sylvia ademt diep in en uit. Ze spant haar kaken. Wat moet

ze zeggen? Haar blik dwaalt over Jennifer. Het jurkje dat ze droeg toen ze hier aankwam heeft ze verruild voor een blauwe trainingsbroek. Ze draagt er een oversized jeanshemd op, wat haar dikker maakt. Het donkere haar heeft ze bij elkaar gebonden in een staartje. Als ze ziet dat Sylvia haar aanstaart, haalt ze haar leesbril van haar neus.

'Syl? Alles goed?'

'Ja, het was niets. Een klant die een afspraak wilde verzetten,' zegt Sylvia vlug. Ze vraagt zich af wie het was die haar belde.

'Oké, jij hebt het ook behoorlijk druk, hè? Wat zijn we toch gezegend met onze banen. Hoeveel vrouwen hebben dat, die zelfstandigheid. Wij hebben tenminste geen mannen nodig om...'

'Geen mannen?' De keukendeur gaat open en Lodewijk stapt naar binnen. 'Mag ik me hier nog wel begeven?' vraagt hij en lacht kort. Hij loopt op Sylvia af en ter begroeting geeft hij haar een kus op haar wang. Ze ruikt dat hij gedronken heeft.

'Hoi,' zegt Jennifer. Ze legt haar telefoon op tafel. 'Kom erbij, we moeten iets vertellen over mammie...'

Lodewijks gezicht verstrakt. 'Is er iets met haar gebeurd?'

Hij kijkt naar Sylvia. Maar Sylvia heeft even geen zin om te reageren.

'Nou ja, gebeurd, het is maar hoe je het bekijkt,' antwoordt Jennifer. 'Mammie zit met een vriendin in Dresden. Kerstinkopen doen en glühwein drinken.'

'Dresden?' Lodewijk reageert korzelig. 'Zo, en waarom weet ik dat niet?'

'Ik wist het ook niet,' zegt Sylvia.

'Precies, ze stuurde mij een appje,' gaat Jennifer trots verder. 'Ze zit daar in een hotel, ze zijn overvallen door de sneeuw.'

'Nou lekker dan, dan kan ik net zo goed weer naar huis gaan,' zegt Lodewijk. 'George zal raar opkijken als ik morgen binnenkom. Had-ie eindelijk eens het rijk alleen...'

'Waarom zou je dat dan doen?' onderbreekt Sylvia hem. 'We kunnen toch gewoon hier blijven? Er is genoeg eten voor een heel weekend en...'

Ze hoort het zichzelf zeggen en het klinkt raar in haar eigen oren. Het liefste zou ze meteen weggaan, weg van die hond, weg van die alcoholverslaafde broer en weg van haar narcistische zusje. Een lichte schok gaat door haar heen. Ze denkt aan Kai, ze kan niet weggaan. Ze hoopt dat de politieman gelijk krijgt. Dat Kai na een avondje doorzakken met vrienden gewoon naar huis gaat en dat er niets vreselijks met hem is gebeurd. Als hij dan thuiskomt, wil hij haar daar vast niet aantreffen. Ze had beloofd weg te blijven, hem te vertrouwen. Kai, verdomme ook.

Lodewijk knijpt zijn ogen tot spleetjes. 'En?' vraagt hij.

'En we zouden eens wat langer kunnen stilstaan bij wat ons als familie bindt,' zegt Sylvia om maar iets te zeggen.

Er valt een stilte.

Lodewijk tuit zijn lippen, hij strijkt door zijn haar. Sylvia voelt de argwaan van hem afstralen.

'Als een voorproefje op het kerstdiner?' vervolgt ze met een klein stemmetje. 'Wat vind jij, Jennifer?'

Jennifer zit alweer op haar telefoon. 'Hm?'

'Dat wij hier blijven, met ons drieën, om te zien wat ons bindt.'

'Wat ons bindt?' Jennifer kijkt op. 'Haha.' Haar blik gaat van Sylvia naar Lodewijk. 'Maar dat is toch niet zo moeilijk, Syl, wij weten toch wat ons bindt? Mammie!'

'O ja?' zegt Lodewijk. Ongeloof klinkt door in zijn stem. Hij wrijft in zijn handen. 'Ben je het gesprek tijdens onze lunch vergeten? Toen werd duidelijk wat ons hier samenbrengt en waar we onze stinkende best voor moeten doen. Niet voor mammie, maar voor mammies geld.'

Weer valt er een stilte. Die duurt maar kort, want nu klinkt er een ping in Lodewijks broekzak. 'Dat zal George zijn,' verzucht hij. Hij pakt de telefoon uit zijn zak en kijkt op het display.

'Verdomd, het is mammie.' Verschrikt kijkt hij om zich heen, alsof hun moeder ieder moment tevoorschijn kan komen en dat ze gehoord heeft wat hij zei over haar geld.

Jennifer gniffelt. 'Nou vooruit, kom op, wat zegt ze?'

Lodewijk kijkt weer op zijn telefoon. 'Ze schrijft dat ze wil dat wij hier blijven tot ze weer thuis is.'

'Belachelijk,' zegt Jennifer. 'Alsof we niets beters te doen hebben. Nodigt ons eerst uit en gaat dan naar Duitsland. Als ze de weerberichten had gevolgd, had ze kunnen zien dat ze daar zou insneeuwen. Ik ga hier niet op haar zitten wachten.'

'Hm...' zegt Lodewijk, starend naar het telefoonschermpje. 'Misschien dat je van gedachten verandert als je weet dat mammies verrassing morgen arriveert...?'

14

Jennifer doet zachtjes de voordeur achter zich dicht. Ze is met Rex naar het dorp geweest en zit niet te wachten op het geweeklaag van Sylvia over allergieën of de spiedende blik van Lodewijk. Ze ziet haar broer maar zelden, en de manier waarop hij naar haar kijkt is niet bepaald fijn. Vanaf dat hij hier binnenstapte neemt hij haar zo wantrouwend op dat het lijkt alsof hij ervan op de hoogte is dat ze gaat scheiden. Het zou zomaar kunnen dat hij haar in de gaten moet houden van Hugo.

Stelletje klootzakken.

Ze kijkt om zich heen en werpt een blik naar boven. Niemand te zien. Haastig loopt ze naar de tafel, waar ze de zojuist aangeschafte spullen neerzet. Ze heeft flink toegeslagen en zichzelf alvast wat kerstcadeaus gegeven. Onder welke boom de pakjes komen te liggen en waar die boom zal komen te staan, daarover heeft ze nog niet nagedacht. Wel weet ze dat ze ongezien haar kamer moet zien te bereiken. Lodewijk hoeft niet te weten met hoeveel aankopen zij is thuisgekomen. Hij zou dat meteen kunnen doorbrieven aan Hugo.

Hugo en Lodewijk. Misschien kent Lodewijk zelfs de advocaat van Hugo? Misschien heeft Hugo daarover advies aan haar broer gevraagd? Lodewijk gaat om met dat soort mensen: artsen, notarissen, juristen, allemaal notabelen die net als hij bij zo'n herenclub zitten. Jennifer is vergeten hoe die club heet, een soort genootschap van ballen is het. Ja, nu ze erover nadenkt, weet ze haast wel zeker dat Hugo tegen Lodewijk heeft gezegd dat ze geen cent van hem krijgt. Ze kent Lodewijk, die is vast en zeker bang om straks voor haar te moeten zorgen. Wat zei hij nou laatst tijdens hun lunch? Dat hij op zoek is naar een etage voor Josje? Een hele etage voor een kind van amper twintig! Pff, iedereen doet maar. Terwijl zij straks in een vakantiehuisje op een bungalowpark zit, woont de dochter van haar broer ergens op een peperdure etage in Amsterdam. Niet bij stilstaan nu.

Ze trekt haar handschoenen uit, maakt haar sjaal los en pakt vervolgens de papieren zakken en plastic tassen weer bij elkaar. Glunderend glijdt haar blik langs de tas waarin een kuitlange, mosgroene leren jas zit. Haar beste aankoop ooit. Precies dat maatje-meer dat daar in die winkel op haar had gewacht. Net zoals die zwart-witte sneakers met die groene tong, of die kaplaarzen voor in de sneeuw. Ze heeft in geen tijden kaplaarzen gekocht. Hm, een witte kerst, dromerig geniet ze van dat vooruitzicht. Die extra warme truitjes, vestjes, sokken... ze kon ze niet laten liggen. Ze wordt zo blij dat ze bijna vergeet dat bij de laatste winkel haar creditkaart geblokkeerd bleek. Beschaamd rekende ze af met haar pinpas. Haar bankrekening is nu bijna leeg. Het is te gek voor woorden dat Hugo haar creditkaart blokkeert. Ze had hem nooit moeten machtigen.

Ze voelt dat het haar weer kwaad maakt, en dat is dom. Ze kijkt opnieuw naar boven. Alles blijft stil.

Fuck. Als Lodewijk ook maar een ietsepietsie zou begrijpen van haar troostaankopen, dan zou hij misschien haar kant kiezen in plaats van die van Hugo. Maar bij Lodewijk draait alles om zijn eigen, veilige gezinnetje. Josje en Carla in hun villa aan het park... Walgelijke snobs met hun wansmaak. Voor iemand met een meubelzaak heeft haar broer bepaald geen stijlgevoel, terwijl zij... Hm, zij zou meteen die kolossale varkensblazen schemerlampen, hoogpolige tapijten en barokke spiegels de deur uit keilen.

'Vlug, vlug,' zegt ze tegen Rex als hij piepend voor de trap gaat zitten. Ze drukt haar vingertoppen in de gespierde billetjes van de buldog en zet hem aan tot vaart. Rex gromt, hapt opzij en verroert zich niet.

'Oké, mij best. Dan blijf jij even hier en gaat het vrouwtje alleen naar boven om snel haar spulletjes weg te brengen. Ik ben zo terug. Maar ik wil geen gepiep, hoor je me?'

De buldog begint hevig te snuiven als Jennifer de trap op loopt.

'Jennifer, ben jij dat?'

Jennifer is bijna boven als ze Sylvia hoort roepen. Meteen houdt ze haar pas in. Zonder geluid te maken draait ze zich om. Ze ziet de badkamerdeur naast mammies slaapkamer opengaan. Sylvia steekt haar hoofd om de hoek. Haar lange blonde haar zit in een badhanddoek gedraaid en ze draagt een veel te krappe badjas. Waarschijnlijk die van mammie.

Jennifer wacht even. Dan ademt ze diep in, zet haar tassen neer en loopt terug naar beneden. Rex draait piepend om zijn as en ziet het als een kans om opgetild te worden.

'Jennifer?' Sylvia loopt de hal in.

'Ja, ja, ik ben het,' antwoordt Jennifer. 'Ik moest even iets pakken uit mijn kamer, ik heb Rex net uitgelaten, en jij? Lekker gebadderd in mammies bad?'

Sylvia glimlacht. Ze dept met de handdoek haar vochtige hals.

'Klopt. Ik was moe, ik neem het ervan,' zegt ze. 'Ik heb in mammies medicijnenkastje iets tegen hooikoorts en allergieen gevonden, dus nu we toch hier blijven... Zo, jij hebt flink toegeslagen. Leuke dingen gekocht?' Sylvia wijst op de spullen die op de trap staan en kijkt naar de volle shopper die nog om Jennifers schouder hangt.

'Ik eh... Ja, joh, het kost hier allemaal geen drol. Best leuk om in ons oude dorp te shoppen. Ik ben er zo lang niet geweest en ze hebben hier zulke goeie winkels, niet die eenheidsworst zoals bij...'

Ons, wil ze zeggen.

Doe nou niet steeds alsof Hugo er nog is.

Ze slikt even en neemt Sylvia nog wat beter in zich op.

'Jij mag dan nog steeds je oude figuurtje hebben, bij mij zet alles wat ik eet zich om in vet. Hier, moet je kijken...' Jennifer knijpt in een van haar heupen.

Sylvia lacht een beetje.

'Maar ach, wat zeur ik nou, nu ik hier toch ben, maak ik er maar het beste van. Trouwens, geld moet rollen. Ik verdien genoeg en als Huug wil dat ik er goed uit blijf zien...'

Daar gaat ze weer, laat ze nou ophouden over Hugo.

'Hoe doe jij dat toch, Syl? Met jouw inkomen en zo'n geldverslindende puber?' vraagt ze om het gesprek een andere wending te geven.

De lach op Sylvia's gezicht bevriest. Jennifer ziet hoe ze huivert en hoe haar knokige vingers zich vastzetten in de panden van de badjas om die wat dichter om zich heen te slaan. Ze kucht en zegt dat ze zich gaat aankleden.

'Goed plan, Syl,' antwoordt Jennifer. 'Dat ga ik ook doen, me even douchen en omkleden.'

'Fijn, dan kunnen we daarna met Lodewijk wat gaan drinken in de voorkamer,' zegt Sylvia. 'Ben jij ook zo benieuwd naar mammies verrassing?'

Jennifer geeft een weifelend knikje. Ze heeft er nog niet goed over nagedacht, ze verwacht dat het met geld te maken heeft. Dat is ook de enige reden waarom ze is gebleven: geld.

'O, voordat ik het vergeet,' gaat Sylvia verder. 'Leg je de sleutel van de voordeur terug op de tafel? Het is de enige die we hebben. Als die weg is, kunnen we er geen van allen meer in. Ik wil niet dat mammie zich zorgen maakt. Je weet hoe ze is, altijd bang voor inbrekers. Het is al heel wat dat ze mij haar reservebos heeft gegeven.'

Jennifer slaakt een geïrriteerde zucht. 'Dan laten we er toch gewoon een paar bijmaken?'

'Voor dit ene weekend lijkt me dat niet nodig, bovendien kunnen we dat niet zonder mammies toestemming doen,' zegt Sylvia.

'Mammie, mammie, fuck, mammie! Krijg jij nou nooit eens genoeg van haar betutteling? Hoe oud zijn we nu, Sylvia? Hoe oud ben jij? En nog laat jij je door mammie de wet voorschrijven... Ik zou haar zo langzamerhand kunnen vermoorden, weet je dat?'

Kwaad beent Jennifer op de tafel af. Ze gooit haar volle shopper erop, rommelt in haar jaszak en als ze de sleutel eruit heeft gehaald, smijt ze hem naast de lege bloemenvaas. Met evenveel woede bukt ze zich naar Rex, tilt het diertje ruw op en loopt terug naar de trap.

Sylvia mompelt iets wat lijkt op een bedankje.

Jennifer opent haar mond om er nog een sneer aan toe te voegen, maar schrikt als ze naar haar zus kijkt. Sylvia ziet opeens lijkbleek, met grote angstogen staart ze voor zich uit. Nietbegrijpend kijkt Jennifer haar aan. Wat is er gebeurd? Heeft het met die opmerking over haar moordneigingen op mammie te maken, of is er iets anders? Ze heeft al eerder aan haar zus gemerkt dat ze snel van haar stuk is. Maar Sylvia moet toch snappen wat ze met die opmerking bedoelt? Ieder normaal mens die hun moeder wat langer kent, zal haar op een gegeven moment willen ombrengen. Zelfs Hugo, die over het algemeen redelijk goed met mammie kan opschieten, had het er vorig jaar na hun kerstdiner in de auto nog over. 'Het wordt hoog tijd dat ze onder de groene zoden verdwijnt,' zei hij. En samen hebben ze dubbel gelegen van het lachen toen hij daaraan toevoegde dat hij voor een paar miezerige flappen zijn schoonmoeder met gemak kon laten afknallen.

Gaat ze Hugo's macabere grappen straks missen?

Jennifer haalt haar schouders op. Laat maar. Zonder nog iets te zeggen loopt ze met Rex door naar boven. Ze moet hier niet te lang blijven. Het is hier nog erger dan bij Hugo. Hugo... Jennifer bijt op haar lip, tranen branden in haar ogen. O, wat moet ze toch zonder Hugo.

15

Met de föhn op de hoogste stand blaast Sylvia haar haar droog. Bij iedere beweging die ze maakt probeert ze haar telefoon in het oog te houden, ze verwacht dat Kai haar ieder moment kan bellen. Ze moet hem inmiddels duizend keer geappt en gebeld hebben. De laatste keer dat ze een boodschap insprak was haar toon dreigend. 'Als je me nu niet laat weten waar je bent, bel ik de politie,' heeft ze gezegd. Ondanks de strengheid waarmee ze op Kai in sprak, kon ze niet voorkomen dat er ook een snik in haar stem doorklonk.

Traag trekt ze haar ondergoed aan, ze is moe. De kleren die ze gisteren droeg – een spijkerbroek met een zachtblauw overhemd en een beige mohair trui – hangen over de stoel. Ze is niet van plan haar weekendtas te openen om daar iets anders uit te halen. Ze is niet zo met haar uiterlijk bezig als Jennifer. Al die kleding die haar zusje heeft gekocht. Tja, bij Jennifer draait alles om uiterlijkheden en bezit. Sylvia schat in dat het koopgedrag van Jennifer een compensatie moet zijn voor een diepe onvrede over haar leven.

Wat die onvrede betreft lijkt Jennifer sprekend op mammie.

Sylvia herinnert zich nog hoe de sfeer in huis was toen

mammie zwanger was van Jennifer. Sylvia was zes, Lodewijk twee jaar jonger. De ruzies tussen hun ouders waren niet van de lucht. Mammie noemde zichzelf in die tijd een feministe en was constant kwaad. Kwaad op de wereld, kwaad op mannen – dus ook op papa en Lodewijk – en kwaad op haar dikke buik.

Later, na papa's dood, heeft ze zich ooit laten ontvallen dat ze tijdens de zwangerschap van Jennifer verschillende pogingen had gedaan om een miskraam te krijgen. Een val van de trap, het drinken van afwasmiddel, te hete baden en nog veel meer gruwelijks. Maar wat mammie ook ondernam, iemand als Jennifer liet zich door niets afdrijven. Als het embryo van een pitbull had zij haar tanden in mammies navelstreng gezet.

Lodewijk heeft hun zusje weleens omschreven als een slang, volgens hem is ze sluw en listig. Hij noemt haar gevaarlijk en tot alles in staat. Als kind was ze al zo. Net zo lang doorgaan met jennen en zuigen tot je haar vanzelf een klap verkoopt. Zoals Lodewijk dat vroeger meermaals deed in zijn wanhoop. Na afloop was Lodewijk er dan beroerder aan toe dan Jennifer. Alsof het Jennifer koud liet om afgeranseld te worden door haar grote broer. Alsof ze er plezier aan beleefde...

Hoe bizar. Sylvia huivert bij die gedachte. Meteen daarop dringt zich iets aan haar op wat zich vastzet in haar hoofd. Ze denkt weer aan mammie en dan aan zichzelf. Het bezorgt haar nog meer rillingen. Als mammie Jennifer niet zo intens had gehaat tijdens haar zwangerschap, was Jennifer misschien een normaal kind geworden en had zijzelf nooit dit punt bereikt waarop ze zich zo heeft laten gaan...

Nee, stop, niet doen, niet toegeven aan die gedachten. Het is gebeurd. Ze moet zich niet schuldig voelen, angstig zijn of in verwarring raken. Verdomme, er is verwarring. Al vanaf het moment dat mammie begon met die appjes over haar verblijf in Dresden.

Sylvia hapt naar adem. Ze kan het er niet bij hebben. Niet nu, eerst moet Kai terug zijn. Kai, alles draait om Kais veiligheid.

Sylvia kleedt zich verder aan. En terwijl ze haar haar losschudt en haar ogen daarna een beetje aanzet met mascara, kijkt ze tussendoor op haar telefoon, waarop nog steeds geen teken van leven van Kai te bespeuren valt.

Tranen wellen op. 'O, Kai, wat doe je me aan?' murmelt ze.

De tranen zijn niet langer tegen te houden. Bozig veegt Sylvia langs haar wangen. Ze snift en haalt haar neus op. Ze moet volhouden, juist nu, onder deze omstandigheden. Ze is de oudste van hen drieën, ze moet het goede voorbeeld geven en de boel bij elkaar houden. Doen alsof het haar niet heeft geraakt, dat egoïsme van mammie. Het heeft haar wel geraakt, zo erg zelfs dat ze... Te laat drukt ze een hand tegen haar mond om de kreet van pijn en verdriet te smoren.

Verschrikt kijkt ze naar de deur. Ze hoort iemand lopen, iemand moet haar gehoord hebben. De kamerdeur gaat langzaam open. Sylvia kijkt naar de deuropening, waarin het gezette lichaam van Lodewijk verschijnt.

'Sylvia, schat, gaat het?'

'Hm? O ja, alles is goed, hoor,' zegt ze en ze strijkt langs haar gezicht.

Ze kijkt in de zachte ogen van haar broertje en ziet een gespannen blik. Ongemakkelijk komt ze overeind en terwijl ze op het punt staat om Lodewijk te vragen of het met hem ook goed gaat, beseft ze dat ze er niet nog meer spanningen bij kan hebben. Ze heeft genoeg aan haar eigen onrust.

'Kom broertje, niet van dat benauwde, je kijkt me aan alsof we er ieder moment samen in kunnen blijven,' zegt ze streng.

'Ja, sorry, ik... ik hoorde je huilen en... ik moest denken aan... Nee, laat ook maar. Is er iets gebeurd? Toch niets ergs met je zoon, hoop ik?'

Sylvia fronst. Vreemd, Lodewijk zal de laatste zijn die betrokken is bij Kai. Zijn belangstelling wekt onmiddellijk haar wantrouwen. Opnieuw neemt ze Lodewijk in zich op, wat scherper nu. Die nerveuze blik, ze schrikt ervan. Is er iets wat haar ontgaat?

16

Een reclameboodschap over vrouwen met urineverlies galmt door het stille huis. Lodewijk zit op de leren bank in de voorkamer. Hij heeft de tv aangezet en de telefoon ligt in zijn hand. Naast hem op de brede armleuning van de bank staat een glas whisky. Zijn lippen krullen in een speels lachje.

Hij heeft Carla zojuist weer een filmpje gestuurd van een van hun vroegere vakanties. De meeste filmpjes heeft hij tien jaar geleden gemaakt. Hij had toen net een smartphone en bekeek de wereld louter door de camera. Het zijn opnames van zonnige vakanties. Ze waren met z'n drieën op Kreta of in Spanje. Josje en Carla gaan graag naar de zon. Je doet ze geen groter plezier dan naar een bestemming te gaan waar ze uren kunnen liggen bakken op een gehuurd strandbedje. Hijzelf zit dan meestal onder een parasol, duttend, lezend of met een kruiswoordpuzzel.

Zodra de dames de zee in stappen voor verkoeling begint hij te filmen.

Lodewijk filmt alles. De zee en het zwembad, de gezamenlijke etentjes, de zwerfkatten, de wandelingen door de heuvels, de souvenirshops waar de dames zonnehoeden passen en de meest breekbare, lelijke potten van aardewerk kopen die de vliegreis nooit zullen overleven. Overal zijn filmpjes van.

Zelf staat hij nergens op. Althans niet op filmpjes, hooguit op een paar foto's die Josje van hem en Carla heeft gemaakt. Hij met uitgedroogd strohaar, een stoppelbaard en een roodverbrande neus. Carla in een flinterdun zomerjurkje, mooi gebruind met zomersproetjes en een grote zonnebril. Carla, o, het doet pijn als hij aan haar denkt.

Hoewel hij zelf tijdens vakanties de voorkeur geeft aan wat museumbezoek en een kerk of een ander stukje cultureel erfgoed wil bekijken, doet hij uiteindelijk toch wat de dames willen.

Zijn hand trilt als hij een filmpje opent van een vakantie in Portugal. Zijn ogen worden troebel, vlug neemt hij nog een slok whisky. Hij veegt over de telefoon naar de groepsapp van mammie, werpt er een korte blik op en legt het toestel dan in zijn schoot.

De volgende reclame schettert door de stille ruimte. Een man zoals Lodewijk, van middelbare leeftijd en met een buikje, doet kerstinkopen bij een supermarkt, om daarna met zijn familie aan een rijk gedekte tafel te gaan zitten.

Over ruim een week is het zo ver, kerst. Je kunt niet vroeg genoeg beginnen met de planning voor het familiediner. Lodewijk verstijft. Zijn eerste kerst zonder Carla en Josje? Ondenkbaar! Tegen die tijd moet hij George het aanbod gedaan hebben om de zaak over te nemen. Met de opbrengst van de winkel en het geld van mammie koopt hij dan een boerderij in Zweden. Dat is zijn droom. Een mooi, houten huis in Zweden. Een huis met een tuin en wat hobbyvee eromheen. Koeien, kippen, schapen. Misschien logies erbij voor wat extra inkomsten. En als er dan genoeg ruimte is, wil hij ook een kleine natuurcamping beginnen. Het liefste op een mooie plek aan het water, waar gevist wordt en waar je zomers een duik in het heldere water kan nemen. Dat lijkt hem geweldig. Maar dat hoeft niemand hier te weten.

Onwillekeurig denkt hij aan zijn gesprek met Sylvia. Nadat ze haar tranen gedroogd had, stelde ze hem gerust. Er was niets met Kai, volgens haar. Ze was gewoon moe en verdrietig omdat ze al zo lang weduwe is. Ze miste een relatie, zei ze. In deze periode van het jaar is dat altijd extra voelbaar. Ze zou graag iemand tegenkomen die er voor haar is, iemand om tegenaan te kruipen en op te leunen als dat nodig is, iemand om gelukkig mee te zijn. Een maatje zoals Boudewijn dat was.

Lodewijk voelde een steek van medelijden door zich heen gaan. Temeer omdat hij nu zelf ook alleen is. Bijna had hij daar iets over gezegd, net op tijd hield hij zijn mond. Stel je voor, hij zou over George en de zaak beginnen... Sylvia zou zich gepasseerd voelen en bovendien zou het moment verkeerd gekozen zijn, eerst moet hij de zekerheid hebben dat Carla bij hem terugkomt. Dus toen Sylvia hem vroeg vooral niets tegen Jennifer te zeggen – volgens haar heeft Jennifer geen idee wat eenzaamheid is – knikte Lodewijk begripvol, maar gek genoeg voelde hij dat er meer speelde bij Sylvia. Alsof zij ook met een geheim rondloopt. Eén ding staat vast: geen van hen drieën is hier zonder tegenzin naartoe gekomen.

'Zo, dus hier zit jij. Wat ben je aan het doen?' Jennifer stapt de kamer binnen. Ze heeft een fles witte wijn bij zich en een wijnglas. Rex komt snuivend achter haar aan gedribbeld.

Lodewijk schrikt op uit zijn gepeins. Hij legt zijn telefoon op tafel en pakt de afstandsbediening van de tv. 'Ik wil het nieuws zien,' zegt hij om een gesprek met Jennifer te vermijden. Hij schakelt naar een andere zender en voert het geluid op.

Jennifer zet de fles op tafel, schenkt de wijn uit en ploft naast haar broer neer. Ze bukt zich naar Rex, tilt hem op en zet de hond tussen haar en Lodewijk op de bank.

'Kan die hond op de grond blijven?' Lodewijk schuift iets opzij en kijkt afkeurend naar Rex.

Jennifer lijkt de opmerking niet te horen, ze pakt haar wijnglas en legt haar voeten op de salontafel. Ze wijst naar de tv, waar een item over interieurs langskomt, en neemt een slok wijn. 'Ja, dat wil ik zien, kun je even stoppen met zappen?' roept ze.

Op datzelfde moment voegt Sylvia zich bij hen. Ze draagt een dienblad waarop een dampend glas met hete gemberthee staat en een aangebroken rol biscuits ligt.

'Is er nog iets schokkends gebeurd?' vraagt ze als Lodewijk tegen Jennifers wens in de tv op het nieuws zet.

Hij kijkt Sylvia even verstoord aan, schokschoudert onverschillig en neemt een slok whisky. De stem van de nieuwslezer vult de ruimte.

'Een plofkraak in het centrum van Utrecht heeft vannacht voor grote schade gezorgd aan huizen en winkels. Het pand waar de pinautomaat was gevestigd, is volledig verwoest, net als de bovengelegen woningen. De buit bestond uit slechts een paar honderd euro. Rond drie uur vannacht hoorden buurtbewoners een enorme knal, ramen sprongen en rondvliegend glas veroorzaakte bij ten minste twee voorbijgangers letselschade. Ook bewoners van de omliggende huizen liepen snijwonden op. Hoewel er camerabeelden zijn van de daders, ontbreekt van hen nog ieder spoor. Het zou gaan om drie jongens met een tenger postuur, vermoedelijk in de leeftijd tussen veertien en zestien jaar. Twee van hen hebben een getinte huidskleur, de ander is wit. De politie doet een oproep aan iedereen die deze jongens in de nacht van donderdag op vrijdag rond dit tijdstip in het centrum van Utrecht heeft gezien, zich te melden.'

Lodewijk gromt een vloek bij het zien van de beelden. 'Klotegastjes, horen nog op school te zitten. Moet je kijken hoe die huizen eruitzien. Poef, weggeblazen door een stelletje pubers. Ze zouden die lui moet fusilleren of in een strafkamp moeten opsluiten. Onze centen jatten en geen flikker uitvoeren. Het komt allemaal door de ouders van tegenwoordig die alles maar goed vinden,' zegt hij. 'Ze hebben geen enkel gezag meer over die kinderen. Gelukkig draaien zij voor de kosten op, tenminste nog iets van rechtvaardigheid.'

Jennifer grinnikt. Ze neemt een slok wijn en trekt haar benen op.

'Nou broer, je lijkt Hugo wel, die heeft ook altijd van dat soort rake uitspraken. Ik vraag me af waar die frustratie bij jullie vandaan komt. Hugo en jij hebben niet eens een zoon. Je bent toch niet jaloers op die knullen? Had je zelf misschien ooit een plofkraak willen plegen en was je daar te schijterig voor? Wat vind jij ervan, Syl? Jij bent de enige die hier iets zinnigs over kan zeggen, lijkt me. Hoe braaf is mijn neefje?'

Stilte.

Lodewijk draait zijn hoofd weer naar Sylvia, die met open mond naar de tv staart. Het valt hem op dat ze erg bleek ziet. Haar ogen zijn roodomrand van het huilen en de uitgelopen mascara heeft donkere vlekken op haar jukbeenderen achtergelaten. Haar vingers boren zich na de vraag van Jennifer met zoveel kracht in de rol biscuit dat de inhoud ervan kraakt.

Intussen is de weervrouw aan het woord en wordt er een kaart van Europa getoond.

'De ijskoude poolwind die Rusland al dagen in zijn greep heeft, is Duitsland binnengedrongen en zorgt daar voor veel sneeuwval en temperaturen ver beneden het vriespunt. Dit koufront lijkt langzaam dichterbij te komen. Een aantrekkende noordoostenwind maakt dat de gevoelstemperatuur lager ligt dan de werkelijke waarden. De weerprofeten kunnen het nog niet met zekerheid zeggen, maar alles lijkt erop dat wij ons sinds jaren weer kunnen verheugen op een witte kerst.'

17

Jennifer staat op. Met het wijnglas in haar hand loopt ze naar de schoorsteenmantel, waarop diverse foto's staan. Ze kromt haar rug een beetje om ze beter te kunnen bekijken. Lodewijk heeft op verzoek van Sylvia het geluid van de tv zachter gezet en kijkt weer onverstoord op zijn telefoon.

'Ik heb het koud,' zegt Sylvia. Ze draait zich om naar de deur. 'Ik ben zo terug, ik ga even een vest aantrekken.'

'Je kunt ook de cv hoger zetten,' roept Jennifer.

Zonder te antwoorden loopt Sylvia haastig de kamer uit.

'Of wat denk je van de open haard, Lodewijk?' Jennifer legt een pesterig toontje in haar stem en houdt haar hoofd scheef. 'Is dat niet een leuke taak voor jou? Mannen spelen toch altijd graag met vuur?'

Lodewijk reageert niet. Met een rood aangelopen hoofd pakt hij een van de sierkussens beet en schuift er net zo lang mee tot het kussen als een muur tussen hem en Rex in staat. Geamuseerd volgt Jennifer de handelingen van haar broer, en ze trekt zich niets aan van de vuile blikken die hij in haar richting werpt. Zij en Rex hebben evenveel recht op de bank en op het huis en op het geld van mammie als hij met zijn vadsige dranklijf.

Ze wacht even, zet dan een paar stappen naar de deur en als ze zich ervan verzekerd heeft dat Sylvia hen niet meer hoort, wendt ze zich opnieuw tot Lodewijk.

'Zeg, Lodewijk, hoor eens, wat vind jij? Is het niet vreemd dat Sylvia als enige een sleutelbos heeft en over de voordeursleutel gaat? Ik moet een paar keer per dag Rex uitlaten. Vanmiddag was ik toevallig wat verder gelopen. Ik ben even naar het dorp gegaan met hem. Maar stel, jij wilde ook weg, wie van ons had dan de sleutel moeten meenemen? Wij moeten toch gewoon los van elkaar ons ouderlijk huis in en uit kunnen?'

Ze heeft eindelijk Lodewijks aandacht. Het onderwerp huissleutel lijkt hem te boeien. Hij legt de telefoon op zijn buik en trekt de mouwen van zijn gele lamswollen trui tot net iets over zijn polsen. Als hij aan een pluisje pulkt, ziet Jennifer hoe hij huivert.

'Dat vind ik ook,' zegt hij. 'Ik ben het meestal niet met je eens, maar nu wel. Ik vind het ook idioot dat mammie alleen Sylvia vertrouwt. Zal ik morgen een sleutel laten bijmaken?'

Jennifer aarzelt. Ze denkt aan Sylvia en aan mammie. Ze moet niemand tegen zich in het harnas jagen, anders kan ze fluiten naar haar centen. Haar hersens werken snel. Ze kan de schuld natuurlijk ook bij Lodewijk leggen.

'Zonder Syl op de hoogte te brengen?' vraagt ze met een lief stemmetje.

'Tuurlijk,' antwoordt Lodewijk resoluut. 'Zij mag dan de oudste zijn, ik ben wel de enige man in huis.'

'Pff, alsof dat iets uitmaakt,' snauwt Jennifer.

'O, gaan we op die toer?'

'Nee, het gaat erom wie van ons belangrijker is voor mammie. Man of vrouw, dat dondert niet. Kennelijk ben jij dat niet, broer.'

Lodewijks wangen kleuren nog roder. Zijn ogen fonkelen, hij ademt snel.

Shit, ze laat zich veel te veel gaan. Straks is het oorlog. Ze kent haar broer. In de stilte die valt lijkt Lodewijk zich op te laden. Zijn lont is aangestoken, Jennifer kan een spervuur aan hatelijkheden verwachten. Ze glimlacht flauwtjes.

En net als ze iets aardigs probeert te verzinnen, opent Lodewijk zijn mond. 'O, en jij denkt dat jij wel belangrijk bent voor onze moeder? Ha, mens, je bent nooit gewenst geweest. Als jij je niet als een alien had ingenesteld in mammies buik, was je er nooit gekomen. Mammie was indertijd een Dolle Mina. Wij papa, Sylvia en ik, hadden geen leven. Overal ging mammies feministische stofkam doorheen. Terwijl ze zwanger van jou was, stond ze "baas in eigen buik" te gillen... Haha, hoezo baas in haar eigen buik?' Lodewijk reikt lachend naar de whiskyfles en schenkt zijn glas bij. Hij pakt zijn telefoon. Met de grijns die zich vastzet op zijn gezicht, richt hij zijn aandacht weer op het display.

Jennifer is woedend, maar houdt zich in.

Adem in, adem uit. Ze moet kalm blijven. Het zit haar al genoeg tegen. Hugo heeft het op haar voorzien. Sylvia zeikt over sleutels en mammie neemt de telefoon niet op als ze haar belt... Ze neemt een grote slok wijn en richt zich weer op de schoorsteenmantel.

Ze kan de kamer uit lopen – wat Lodewijk natuurlijk hoopt, dan heeft hij gewonnen – maar ze kan ook blijven. En hoewel de adrenaline door haar lijf jaagt, is het beter om zich niet te laten kennen. Daarom vestigt ze haar aandacht opnieuw op de foto's.

Naast een aantal kiekjes van mammie op diverse leeftijden herkent ze Lodewijk als jongetje in korte broek en later als tiener op een racefiets. Er staat een foto van Sylvia die een tiental kaarsjes uitblaast op een verjaardagstaart, en er staan trouwfoto's van Lodewijk en Carla en van Sylvia en Boudewijn. Sylvia heeft nog donker haar.

Het valt Jennifer op dat zij en Hugo niet voorkomen in de collectie. Waarschijnlijk omdat ze nooit een officieel trouwfeest hebben gegeven. Hugo en zij trouwden tijdens een vakantie in Las Vegas. Het was een spontane actie, zonder familie of vrienden erbij. Ze was toen tot over haar oren verliefd en dacht dat het voor altijd zou duren. Een naïviteit waar ze nu behoorlijk spijt van heeft.

Haar blik dwaalt verder. Ook Kais foto's staan in de lijstjes, net als die van Josje. Alweer voelt Jennifer zich buitengesloten als ze naar de baby- en schoolfoto's kijkt van haar neef en nicht. Ze had zelf ook kinderen gewild, het kwam er alleen nooit van.

Ze neemt nog een slok wijn en schuift de lijstjes iets uit elkaar. Zoekend naar afbeeldingen van zichzelf. Ze was een mooi kind. Een meisje met lang donker haar en bruine ogen. Volgens papa lag in die ogen al vanaf de eerste dag dat ze ze opende een ondeugende, uitdagende blik. Papa hield van haar. Het is zo jammer dat hij op haar achttiende overleed. Ze had hem graag oud zien worden. Zo oud als mammie nu is... Was het maar andersom geweest en was mammie maar dood...

Ze heeft nu alle lijstjes door haar handen laten gaan. Buiten een recente groepsfoto van de hele familie staat er niet één van haar bij. De familiefoto is vijf jaar geleden genomen, tijdens een familieweekend voor mammies verjaardag. Jennifer weet het nog, het was in een hotel op de Veluwe en alles was precies in die kerstsfeer waar zij zo van hield. Buiten brandden vuurkorven, binnen was alles versierd met dennentakken, rode linten en kaarsen. Ze dronken port bij de open haard en aten hertenbiefstuk en duif. Ze was toen een stuk slanker en gelukkiger. Hugo en zij staan dicht naast elkaar.

Wat kan er in vijf jaar tijd veel gebeuren.

Wat zal haar de komende vijf jaar te wachten staan?

'Eigenlijk best fijn dat we hier even zonder mammie zitten,' spreekt ze haar gedachten hardop uit. 'Kan ik op mijn gemak zien wat er allemaal in huis is. Kijk bijvoorbeeld eens naar dit portret, Lodewijk, weet jij wie dit is?'

Jennifer heeft een van de lijstjes opgepakt en loopt daarmee naar Lodewijk. Hij kijkt niet op. Zwijgend nipt hij van zijn whisky. En terwijl hij met nog steeds die stomme grijns op zijn gezicht een bericht verstuurt op zijn telefoon, zou Jennifer hem het liefste een klap willen geven. Lodewijk doet haar alweer aan Hugo denken. Ze zijn allemaal hetzelfde, die klootzakken. Verdiept in de wereld van het snelle geld.

Haha, Lodewijk moest eens weten wat ze vanmiddag bij toeval op zijn kamer heeft gevonden.

Het gebeurde per ongeluk. Ze was op zoek naar een schaar om de prijskaartjes van haar nieuwe aankopen af te knippen. Ze wist het niet zeker, maar ze dacht dat er op de oude kamer van haar vader nog een bureau stond. Ze trof er geen bureau aan en ook geen schaar, maar wat ze wel vond, was de laptop van Lodewijk.

Het apparaat lag op het logeerbed. Als een magneet trok het haar aan. Toen ze zich ervan verzekerd had dat er niemand naar boven kwam, sloot ze de deur, pakte ze de laptop en zette hem op haar schoot. Het beeldscherm floepte vanzelf aan. Zonder dat ze hoefde in te loggen en met één muisklik werden alle zaken van haar broer zichtbaar.

Jennifer vindt zichzelf niet iemand die snel snuffelt in andermans zaken, maar als zo'n kans zich voordoet... God, zeg, ze voelt opnieuw de opwinding die door haar heen ging toen ze een kijkje kreeg in de geldzaken van haar broer. Met open mond staarde ze naar de Excelbestanden die de sukkel nog niet had afgesloten, en ze zag wat hij tot nu toe dit jaar had omgezet. Ongelooflijk! Meneer kan tegenover hen de schone schijn ophouden dat de zaak geweldig loopt, het tegendeel is waar. En dat niet alleen, ze ontdekte nog veel meer over Lodewijks leven. De smerige leugenaar had helemaal geen fantastisch huwelijk en gezinnetje, zoals hij beweerde. Uit diverse mailtjes met Josje bleek dat hij alleen woonde. O, god, al deze informatie, Jennifer voelt opnieuw de spanning door haar lichaam trekken. Het geeft haar zoveel extra speelruimte.

Het fotolijstje in haar hand trekt opnieuw haar aandacht. Voordat ze het terugzet op de schoorsteenmantel werpt ze nog even een blik op de foto van een voor haar volstrekt vreemde man. Iemand met gitzwart haar, donkere ogen, een dun snorretje en een piepklein sikje.

Ze staart naar de man, wie is die gast? Een gevoel van afgunst gaat door haar heen. Waarom wel deze vreemde kerel in een lijstje op de schoorsteen en niet één foto van haar? Kwaad draait ze zich om. Ze kijkt nog eenmaal naar haar broer en een golf van triomf slaat over haar heen.

Wacht maar jongetje, als mammie dit weet...

18

Lodewijk wankelt de trap op. Bij iedere stap die hij zet, lijken de treden te golven. Hij grijpt naar de trapleuning en laat zich langzaam zakken. Op een van de treden blijft hij zitten. Zijn hoofd tolt, zijn mond voelt droog. Hij sluit zijn ogen en voelt zijn hart tekeergaan. Hij maant zichzelf tot kalmte. Hij moet even wachten, een beetje bijkomen en straks op bed gaan liggen. Daarna douchen.

Het was verstandiger geweest als hij rustig aan had gedaan met de drank. Maar na het telefoontje met George had hij iets te vieren.

Het was rond het middaguur dat George hem opbelde en vertelde dat de omzet van gisteren zo erbarmelijk slecht was geweest dat ze volgens hem hun dieptepunt hadden bereikt. Hoewel Lodewijk op dat moment zijn besluit al definitief had genomen, liet hij George uitrazen. George begon weer over zijn eigen plannen en vroeg of Lodewijk daarover had nagedacht. Plannen die hij al eerder onder de aandacht had gebracht, maar waar Lodewijk niet naar had willen luisteren. Volgens George moesten ze bepaalde meubels afstoten en de zaak uitbreiden met matrassen. Bedden deden het goed, volgens hem. Je kon er veel winst op maken. Hij had zich niet alleen verdiept in matrassen, maar ook in dekbedden en hoeslakens.

Waar anderen misschien het bed zouden associëren met slaap en uiteraard seks, kreeg Lodewijk een visioen van ziekenhuisbedden waar de dood zich bij uitstek in nestelde. Nee, matrassen waren wel het laatste waarmee hij beroepshalve geassocieerd wilde worden. Dus toen hij tot George' verbazing dit keer meteen akkoord ging met het plan, was George sprakeloos. Lodewijk merkte dat het hem raakte.

Lodewijk wachtte even voordat hij verderging, hij legde een zekere aarzeling in zijn stem toen hij George voorstelde om de hele meubelzaak voor een schappelijk bedrag over te nemen. Na een tijdje heen en weer praten over de toch wel wat onzekere toekomst van de zaak, beloofde George na het weekend te laten weten of hij akkoord ging. George mocht dan doen alsof hij moest nadenken, Lodewijk hoorde dat hij nog net niet durfde te juichen.

De opluchting hierover zette Lodewijk ertoe aan een extra glaasje whisky voor zichzelf in te schenken. Uiteindelijk is hij met de fles naar beneden gegaan om zijn andere voornemen uit te voeren. Carla ervan overtuigen dat hun huwelijk een nieuwe kans moet krijgen.

Hij heeft haar nu een viertal vakantiefilmpjes gestuurd. Uiteraard de mooiste en hoogstwaarschijnlijk ook voor haar de dierbaarste. Nu hoeft hij alleen nog maar even haar reactie af te wachten, zodat ze daarna samen met Josje de feestdagen kunnen doorbrengen.

Maar eerst moet hij nog deze avond zien door te komen met zijn zussen. Hij zucht.

Sylvia zal geen probleem worden, die ziet er moe en afgetobd uit. Waarschijnlijk kijkt ze straks wat tv en gaat ze dan op tijd naar bed. Jennifer heeft hij zojuist flink de waarheid gezegd, dus die zal ook wel even dimmen. Rest hem slechts nog die verrassing van zijn moeder.

Hij vraagt zich af wat dat zal zijn. Mammie en haar verrassingen.

Hij hoopt dat zijn moeder na het debacle van vorig jaar een wijs inzicht heeft gekregen. Mammie moet maar eens stoppen met die hardvochtigheid. Ze heeft tenslotte een jaar de tijd gehad om te beseffen dat hun vraag van toen over de verdeling van de erfenis niet geheel onterecht was. Als ze verstandig is zal ze hebben ingezien dat het tijd wordt om alvast wat geld vrij te maken voor haar kinderen. Belastingtechnisch hoeft ze er niet eens onder te lijden. Dat kan hij haar zo voorrekenen. Als ze nou maar naar hem luistert.

Weer een zucht.

Langzaam komt Lodewijk in beweging. Hij recht zijn rug en ademt kalm in en uit. Al staat hij nog wiebelig op zijn benen, zijn intuïtie zegt hem dat alles goed komt. Hij vervolgt zijn weg naar boven. Zodra hij op de overloop is, hoort hij de deur van zijn kamer dichtslaan.

Hij wacht even en peinst. Vreemd, hij weet toch zeker dat hij de deur vanochtend goed heeft afgesloten. Juist deze deur, die behoorlijk klemt, kan onmogelijk zomaar openwaaien.

Fronsend schudt hij zijn hoofd. Ach, wat maakt het uit? Er valt niets bijzonders uit zijn kamer te halen. Alleen zijn laptop en zijn koffer met kleren liggen daar. Hij legt zijn hand op de klink en terwijl hij zijn voet op de drempel zet, houdt iets hem tegen. Een nieuwe gedachte dringt zich op. Met een ruk draait hij zich om. Zijn blik dwaalt over de deur tegenover zijn kamer. Jennifers kamer...

19

'Het was uitgebreid in het nieuws, heb je dat niet gezien dan?' vraagt Sylvia op dwingende fluistertoon aan Romana, de moeder van Kais gamevriendje.

Sylvia klinkt paniekerig, ze heeft al spijt dat ze gebeld heeft. Maar ze moest iets. Ze had Kai meteen herkend. Iedere moeder herkent haar eigen kind. Een van de jongens op de camerabeelden was onmiskenbaar Kai.

Kai met zijn gebogen loopje. Kai met zijn lange stelten die iets neigen naar O-benen, Kai in zijn oranje hoody die ze nog niet zo lang geleden voor hem besteld heeft omdat hij uit zijn vorige merkshirt gegroeid was. Haar Kai, met blond piekhaar onder een cap van Levi's.

'Ik weet van niets,' zegt Romana opnieuw.

'Maar kijk dan even naar het filmpje van de politie, het staat ook op Facebook.'

'Waarom zou ik dat doen? Je denkt toch niet dat mijn Milan een plofkraak pleegt?'

'Nee, dat weet ik. Tenminste, ik hoop van niet. Maar je kunt toch even kijken? Ben je niet nieuwsgierig dan? Gisteren zei je nog dat Milan niet thuis was gekomen, net als Kai. Alsjeblieft

Romana, het zijn onze jongens, ik wil ook niet geloven dat mijn kind zomaar... En toch... Wij moeten er juist op letten dat ze geen foute dingen doen. Toch?'

Stilte.

Sylvia hoort op de achtergrond een baby huilen.

'Ik heb geen tijd,' zegt Romana. 'Weet je hoe het is om vier kinderen op te voeden zonder vader? Milan is veertien, hij gamet graag bij vriendjes, dan blijft hij daar slapen. Dat zal nú ook zo zijn.'

'Klopt, dat dacht ik ook van Kai, maar ik kan hem sinds gisteren niet meer bereiken.'

'Tuurlijk niet, Milan zit er ook niet op te wachten dat zijn moeder hem steeds belt. Ik vertrouw mijn zoon, en weet je, Sylvia, misschien moet jij dat ook eens doen.'

Bij Romana op de achtergrond stijgt nu een hevig gekrijs op.

Sylvia hoort Romana iets gillen naar een van haar andere kinderen en meteen daarop is ze terug aan de telefoon. Ze klinkt buiten adem als ze zegt dat ze niet langer wil praten en dat Kai vanzelf weer thuiskomt.

'Romana, ik maak me zorgen, heus, je moet naar me luisteren!' zegt Sylvia nu met stemverheffing.

Ze wil zeggen dat Romana en zij straks voor de kosten zullen opdraaien als bekend wordt dat Kai en Milan schade hebben aangericht. De paniek, maar vooral de machteloosheid die in haar stem doorklinkt, maakt haar opeens week en slap. Ze grijpt naar haar hoofd. Het kleine beetje energie dat ze vanmorgen nog had toen ze hier aankwam is veranderd in een aanhoudende, kloppende pijn vlak boven haar ogen.

'Zeg hoor eens, jij gaat mij niet vertellen wat ik moet doen,' schreeuwt Romana. 'Mijn Milan is niet zoals Kai, als er iemand is die een slechte invloed op hem heeft is dat jouw zoon, en weet je...'

Gekrijs op de achtergrond dat overgaat in hysterisch huilen. Een van de kinderen roept Romana.

'... stop met je gezeur en val me niet langer lastig,' vervolgt Romana in Sylvia's oor. 'Als je niet ophoudt, ga ik naar de politie.'

Sylvia opent haar mond om te zeggen dat Romana dat nou juist niet moet doen, maar de verbinding is al verbroken. Sylvia heeft de telefoon nog tegen haar oor geklemd, als de kamer voor haar ogen begint te draaien. Ze grijpt zich vast aan de stoel die naast het bed staat en trekt hem mee in haar val. Haar knieën raken de grond, de telefoon glijdt uit haar hand en op het moment dat alles zwart wordt voor haar ogen hoort ze de kamerdeur dichtgaan en klinkt er een ping van een binnenkomend appje.

20

Jennifer drukt zichzelf gniffelend tegen de deur die ze zojuist heeft dichtgetrokken, ze weet nog net een vreugdekreet binnen te houden. Fuck, die Syl... wie had dat gedacht. Vandaar dat ze er zo beroerd uitziet.

Jennifer spint van genot. Ze werpt een dankbare blik omhoog, alsof daar iets is wat het beste met haar voorheeft. Met moeite kan ze een schaterlach onderdrukken. Al het goede nieuws spoelt als een warme golf over haar heen. En dan te bedenken dat ze door Hugo bijna haar leven niet meer zag zitten. Ze was zo angstig voor haar ongewisse toekomst dat ze zelfmoordneigingen kreeg. Terwijl nu, o, alles juicht in haar. Opnieuw prevelt ze een dankgebedje.

Het is haar echt overkomen. Ze was er niet op uit. Eerst de laptop van Lodewijk die daar voor haar neus stond, en nu dit... Ze wilde vragen wat Syl ging koken, ze wilde voorstellen om haar te helpen. Ze vond dat ze het beste van zichzelf moest laten zien. Lodewijk is geen keukenprins en zelf kan ze nauwelijks een pot chilibonen openkrijgen.

Ze heeft genoeg opgevangen van Sylvia's telefoongesprek om te beseffen dat het goed fout zit met haar neefje Kai. Niet bereikbaar en vermoedelijk niet thuisgekomen. Sylvia klonk behoorlijk paniekerig toen ze het had over een politiebericht, dat het in het nieuws was geweest en op Facebook stond. Het enige wat Jennifer kan verzinnen is dat het gaat om die plofkraak die bij het nieuws was. Sylvia staarde met grote ogen naar de tv, en dat was niet vanwege het weerbericht en de vooruitzichten op een witte kerst. Asgrauw rende ze de kamer uit.

Jennifer kijkt om zich heen, haar hart barst bijna uit haar borstkas van opwinding. Ze moet zo vlug mogelijk ergens naartoe waar ze ongestoord dat bericht kan opzoeken en bekijken. Boven is Lodewijk. Haar oude kamer is dus geen optie. Haastig pakt ze Rex, tilt hem op en trekt een sprintje naar de keuken. Daar kijkt ze nogmaals zoekend om zich heen. Er zijn hier twee deuren, een die naar de garage leidt en de andere naar de kelder. Sylvia zal straks iets willen eten, en dan... fuck!

Boven klinkt gestommel, er klapt een deur dicht, bonkende voetstappen over de overloop naar de trap. Lodewijk roept haar naam. Zou hij gemerkt hebben dat ze in zijn kamer is geweest? Hoe dan? Ze heeft de laptop maar heel even open gehad. Lang genoeg om zijn mail te lezen en die andere dingen te bekijken die in haar voordeel kunnen werken, daarna heeft ze de laptop meteen weer teruggezet, precies waar ze hem vond... toch... of...?

Geen tijd.

Lodewijk staat bovenaan de trap als een leeuw te brullen. Ze kan erop wachten dat Sylvia hem ook hoort.

'Jennifer?!'

Jennifer krimpt in elkaar bij het geschreeuw van haar broer. Zoals hij haar roept, precies zoals vroeger, wanneer hij haar een pak slaag wilde geven. Klojo. Haar ogen flitsen opnieuw via het aanrecht en de koelkast naar de kelderdeur. De kelder met die ene kamer waar het raam is met de spijlen ervoor en die uitzicht biedt over de tuin. De kamer waar niemand je kan horen. Jennifers schuilplaats als ze voor Lodewijk op de vlucht was.

Lodewijk met zijn driftbuien.

De voetstappen van Lodewijk bonken zwaar op de trap. Zijn stem slaat over, hij is dronken. Ook dat nog. Dat maakt hem er niet betrouwbaarder op. Als hij haar te pakken krijgt, zal hij niet schromen om haar een paar klappen te verkopen. Alleen Sylvia kan tussen hen in gaan staan en Lodewijk tot de orde roepen. Zo ging dat vroeger, en Jennifer verwacht dat het nog steeds zo zal gaan. Wat doet ze hier ook? In het huis van mammie, met die gestoorde broer en die betweterige zus... Ze lijkt wel gek. Allemaal mammies schuld. Om hen hier te houden vanwege een verrassing. Krankzinnig! Hoe komt ze de nacht door? Wil ze dat wel? Ze kan straks gewoon weggaan, terug naar Doorn. Ze is geen kind meer.

Lodewijk staat nu in de hal. Weer die stem, woest en opgejaagd.

'Jennifer! Waar ben je?!'

Jennifer houdt haar adem in. Ze drukt Rex tegen zich aan en legt haar hand om zijn snuit. Ze voelt zijn dikke buikje op en neer gaan onder haar andere hand.

'Sst,' sist ze tegen het beestje als hij begint te protesteren.

Even wordt het stil in de hal.

Dan dreunen de voetstappen van Lodewijk in de richting van de voorkamer. Hij heeft een zware tred en het oude parket kraakt onder zijn gewicht. Jennifer hoort hoe hij zich verplaatst van de voorkamer naar de deur van Sylvia's kamer. Die gaat open en dicht. Ze hoort Sylvia de hal in stappen. De zalvende stem van Sylvia die Lodewijk aanspreekt op zijn geschreeuw. Sylvia, de kalmste van hen drieën, degene met het rustigste karakter. Jennifer voelt een steek van afgunst door zich heen gaan. Haar kaakt verstrakt, haar lijf trilt, o, had ze maar iets van Sylvia's geduld.

Voetstappen in de hal. Ze komen haar kant op, houden in, lopen weg en komen weer terug.

Jennifer vangt nu ieder woord op dat wordt uitgewisseld tussen Sylvia en Lodewijk.

Lodewijk die Jennifer beschuldigt van gespioneer. Sylvia die zegt dat hij minder moet drinken. Lodewijk die roept dat ze daar niets mee te maken heeft. Sylvia die sust en maant tot kalmte.

'Lodewijk, je moet iets eten. Wij allemaal trouwens, kom, ik ga eens kijken wat mammie in huis heeft,' zegt ze.

Een diepe grom van Lodewijk.

'O, en trouwens, ik heb net een appje gekregen van mammie,' vervolgt Sylvia. Haar stem klinkt overdreven opgewekt. 'Het gaat goed met haar en haar vriendin. Het sneeuwt wel onverminderd door, maar ze hoopt voor oud en nieuw weer thuis te zijn.'

'Oud en nieuw!' brult Lodewijk. Hij begint keihard te lachen. 'Bespottelijk, je denkt toch niet dat ik hier tot oudejaarsavond blijf? Weet je, ik vertrek vanavond nog, ik heb geen zin in dit geklooi. Je weet hoe ik over Jennifer denk, ze haalt het bloed onder mijn nagels vandaan en dat niet alleen, ze snuffelt in mijn spullen en daarom...'

'Stop, Lodewijk stop! Je moet nu echt ophouden. Ik ben hartstikke moe. Ik ben bereid om voor ons iets te eten te maken, maar daarna ga ik op tijd naar bed. We blijven hier tot morgen. Zoals we mammie beloofd hebben. We nemen haar verrassing aan – wat dat ook is – en gaan daarna weer huiswaarts. Misschien dat ik nog een keer terugkom om de planten water te geven, maar laten we vanavond en morgen alsjeblieft de vrede bewaren. Oké?'

Lodewijk gromt weer iets.

Het wordt opnieuw stil.

Jennifer hoort niet meer wat Lodewijk daarna tegen Sylvia zegt, want als ze aan de hakken van Sylvia's enkellaarsjes hoort dat zij in haar richting komt, opent ze vlug de kelderdeur en verdwijnt ze met Rex in de catacomben van haar jeugd.

21

Zachtjes pruttelt de spaghettisaus op het fornuis. Het lievelingseten van Kai. Bijna bezwerend, alsof ze haar zoon via de geur van deze saus kan bereiken, roert Sylvia in de pan en strooit er wat zout en oregano bij. Als ze daarop de koelkast opent en een zakje aangebroken sla vindt, begint Lodewijk opnieuw over Jennifer.

'Weet je, het is niet dat ik een hekel aan haar heb, maar ik begrijp haar nooit. Ze is altijd het lieverdje van papa geweest en terwijl jij en ik vreselijk ons best moesten doen om mammie tevreden te stellen, deed Jennifer daar geen enkele moeite voor. Sterker nog, ze heeft haar afkeer voor mammie nooit onder stoelen of banken gestoken. Terwijl wij...'

Lodewijk perst ineens zijn lippen op elkaar en veegt over zijn wangen. Sylvia schudt de sla in het vergiet en kijkt haar broer niet-begrijpend aan. Om beter van dichtbij te kunnen zien heeft Lodewijk zijn brilletje tegen zijn voorhoofd gedrukt. De glazen zijn beslagen. Hij knippert met zijn ogen. Hoewel hij alleen maar een sjalotje van haar moest snijden, stromen de tranen over zijn wangen.

Sylvia fronst. Ze vraagt zich even af of het traanvocht alleen door het snipperen van de ui komt of dat haar broer zijn sentimentele gevoelens over vroeger de ruimte geeft. Ze heeft helemaal geen zin om met Lodewijk over vroeger te praten. Ze heeft genoeg aan haar hoofd, dingen die momenteel belangrijker zijn. Nu ze weet dat Kai vannacht een plofkraak heeft gepleegd, wordt ze constant bestookt door onrustige gedachten. De belangrijkste vraag die haar daarbij bezighoudt is waar haar zoon zich verbergt en met wie hij is.

'Wat vind jij? Moet ik haar erop aanspreken of niet?'

'Wat? Wie...?'

'Jennifer natuurlijk!' Lodewijk smijt het uienmesje van zich af. 'Allemachtig, Sylvia wat is er toch met je? Hoor je niet wat ik zeg? Je bent jezelf niet. Heeft het met mammie te maken? Jij voelt je natuurlijk weer superverantwoordelijk voor haar. Dat prijs ik in je, zus, maar ik denk dat het tijd wordt dat je daarmee ophoudt. Als mammie iets overkomt dan zullen jij en ik ons met de erfenis moeten bezighouden. Misschien is het zinnig om daar straks eens wat uitgebreider over te praten? Voordat we een herhaling krijgen van vorig jaar. Ik wil beslist niet dat het opnieuw uit de klauwen loopt. Vorig jaar, weet je nog?' Lodewijk wacht even.

Hij kijkt Sylvia vragend aan, maar als ze niet reageert, gaat hij vlug verder. 'Aanvankelijk dacht ik nog dat ik te ver was gegaan, drank speelde ook een rol. Ik werd overmoedig en wees mammie op haar gierigheid. Maar halleluja, ik heb toch gelijk, Syl? Ze zit maar op die rotcenten van haar en na haar dood gaat straks alles naar de dierenbescherming. Zie je het voor je? Kijk, ik hoef echt niet álles te erven, jij ook niet neem ik aan, maar als kinderen hebben wij wel onze rechten en dat snapt dat stomme mens niet. En daarom vind ik...'

Lodewijk hapt naar adem. Praten over het kerstdiner van vorig jaar en de herinnering daaraan winden hem blijkbaar op. Hij grijpt naar zijn hartstreek. Sylvia wil er iets van zeggen, maar Lodewijk is juist op stoom.

'Ik heb bepaalde plannen met de zaak en nu Jennifer daarvan... Shit, verdomme ook,' vervolgt hij. 'Ik had het nog helemaal niet willen bespreken. De brutaliteit van haar om gewoon in mijn spullen te gaan zitten neuzen...'

De woorden van Lodewijk glijden langs Sylvia heen. Haar gedachten blijven nog steeds steken bij Kai. Waarom pleegt hij een plofkraak? Als hij geld nodig heeft, dan had hij dat toch gewoon aan haar kunnen vragen? Ze werkt hard, leeft zuinig en heeft geld voor hem apart gezet op een spaarrekening. Voor als hij wil studeren of de zaak van Lodewijk wil overnemen. Maar zelfs dat hoeft wat haar betreft niet meer. De zaak van papa overnemen, dat was háár droom vroeger. Wat zei Lodewijk nou over de zaak?

'Sorry, ik verstond niet wat je net zei, Lodewijk. Ik ben inderdaad moe en, ja, ik maak me best wel zorgen om mammie, jij niet dan?' Ze kijkt Lodewijk indringend aan.

Lodewijk schudt zijn hoofd, draait zich een halve slag en haalt de keukenrol naar zich toe. Nadat hij er een velletje vanaf heeft gescheurd, dept hij zijn ogen.

In de stilte die valt, worden ze ineens opgeschrikt door een doffe klap. Er klinkt een gil en daarna glasgerinkel. Sylvia kijkt geschrokken naar de kelderdeur, waarachter het geluid vandaan komt. Lodewijk zet zijn bril weer op.

'Wat is dat?' vraagt hij. 'Inbrekers?'

Sylvia schokschoudert. 'Geen idee, moeten we...?' Traag komt ze in beweging, weifelend loopt ze naar de deur.

'Wacht!' roept Lodewijk. 'Laat mij maar. Straks is daar...'

Zwalkend op zijn benen stapt Lodewijk om Sylvia heen en loopt naar de kelderdeur.

Sylvia probeert hem tegen te houden door aan zijn arm te gaan hangen.

'Kom op, laat me los. Ik ben nergens bang voor,' zegt hij.

Ruw duwt hij Sylvia aan de kant en opent de deur. Hij steekt zijn arm om de hoek. Zijn benen wiebelen, bevend tast hij naar de lichtschakelaar.

'Hé, hallo! Is daar iemand?' roept hij, zonder het licht aan te doen.

Sylvia pakt Lodewijk opnieuw bij zijn arm. 'Kijk uit. Je bent niet nuchter, Lodewijk. Pas op, het is een steile trap, het is daar donker, misschien zijn het muizen. Zal ik...?'

'Hé, vooruit! Kom tevoorschijn, laat je zien!' Lodewijk rukt zich los. Kwaad buigt hij zich gebukt iets naar voren. Starend in het donkere gat dat naar de kelder leidt. 'Hé, hoor je me? Ik bel de politie...' Hij tast in zijn broekzak.

Sylvia houdt angstig haar adem in. Ze heeft geen zin in een bezoekje van de politie.

'Kom, Lodewijk, laat mij maar,' zegt ze haastig. 'Je bent echt veel te dronken om die trap af te gaan. Toe, luister naar me!' Ze wordt streng. Ze schuift om Lodewijk heen, en op het moment dat ze het lichtknopje omdraait en de trap wordt verlicht, ziet ze iemand uit de schemer naar boven komen. Even verkrampt ze, maar meteen herpakt ze zich.

'Jennifer? Wat...? Wat doe jij daar?'

Jennifer komt zwaar ademend naar boven. De hond ligt in haar armen. Het dier schudt en jankt.

'O, Syl, Rex heeft een wijnfles omgestoten en is in het glas gaan staan. We moeten iets doen... Help me, moet je kijken hoe hij bloedt!'

Sylvia voelt dat Lodewijk achter haar is komen staan. Ze ruikt zijn alcoholadem.

'Zo, dus jij zit in de kelder!' schreeuwt hij. 'Kom hier, ik ben het zat, jij met je gedoe altijd. Wat heb je op mijn laptop gedaan?'

'Niets, ik... O, hij gaat toch niet dood?' snikt Jennifer.

Ze stapt de keuken binnen. Spierwit legt ze Rex op de keukentafel, kermend buigt ze zich over het beestje.

Sylvia sluit de kelderdeur. Ze draait zich om en kijkt met afkeer naar de hond. Ze zucht. Het dier hijgt heftig maar ziet er niet zwaargewond uit.

Lodewijk doet een stap achteruit. Hij werpt een blik op zijn telefoon, waarop een berichtje binnenkomt. Hij vloekt.

Sylvia trekt haar wenkbrauwen op. 'Mammie?' vraagt ze.

Lodewijk schudt zijn hoofd, zijn gezicht verstrakt, het bloed trekt weg uit zijn gezicht.

'Nee,' zegt hij, schor. 'Iemand anders... Ik...'

Fronsend neemt Sylvia haar broer op, het lijkt alsof hij een spook heeft gezien. Hij grijpt naar zijn borst en loopt weg. Ze hoort hem scheldend de trap op gaan. Lang kan ze er niet bij stilstaan. Vanaf de keukentafel jammert Jennifer dat ze verband en pleisters nodig heeft.

'Alsjeblieft Syl, doe iets, anders bloedt mijn schatje dood,' kreunt ze. Hartverscheurend begint ze te snikken. Sylvia gaat in de keukenlade op zoek naar een verbanddoos. Als ze die eindelijk heeft gevonden, zet ze het gas onder de pan met spaghettisaus uit. Van een gezamenlijke maaltijd zal het voorlopig niet komen. Dan draait ze zich om naar haar klagende zusje. Het liefste zou ze willen weglopen, weg van alles en iedereen en nooit meer iets met deze familie te maken hebben.

Op datzelfde moment smijt Lodewijk boven de deur van zijn kamer dicht. Het doet haar denken aan thuis, aan haar opstandige puberzoon.

Ze kijkt naar Jennifer met haar hond, ze denkt aan mammie en aan Lodewijks woorden. Hij had het over de erfenis van mammie, over het geld dat na haar dood naar de dierenbescherming gaat...

Sylvia denkt terug aan vorig jaar rond deze tijd. Toen ze hier ook waren. Ze waren er allemaal. Lodewijk en Carla, Josje, Jennifer met Hugo en zij met Kai. Ze ziet het weer voor zich, hoe mammie ontstak in woede nadat Lodewijk haar had uitgemaakt voor gierigaard. Niet veel later gooide mammie hen allemaal de deur uit. Allemaal, behalve Josje en Kai, zij bleven bij oma logeren.

O, Kai. Wat doet hij haar aan? Waarom heeft ze hem niet hiernaartoe meegenomen?

22

Verslagen staart Lodewijk naar het display van zijn telefoon. Hij mag dan dronken zijn en dubbel zien, de woorden die in het appje staan, zijn zo klaar als een klontje.

Hij kan het negeren, maar dat heeft geen zin. Dit is hem ook weleens overkomen.

Je hebt haast en je appt naar iemand met een dringende boodschap, meteen daarna stuur je iemand anders ook een berichtje. Maar in je haast let je niet goed op en het bericht belandt bij de persoon die je daarvoor nog hebt geappt. Je komt er pas achter als die persoon je terug appt en je erop wijst.

Zoiets moet George zijn gebeurd toen hij een bericht aan Carla dacht te sturen: het belandde per ongeluk bij Lodewijk. Vertwijfeld haalt hij de bril van zijn hoofd en wrijft door zijn vochtige ogen. Nogmaals leest hij de tekst van George.

> Lieve Carla, goed nieuws. Lodewijk gaat stoppen met de zaak, dat wordt een fijne kerst voor ons! XXX

Lodewijk snapt er niets van. Een fijne kerst voor óns? Wie bedoelt George daar in godsnaam mee? Toch niet zichzelf en Carla?

Hij schiet in een zenuwlach.

Hij weet niet beter dan dat Carla en George elkaar niet mogen. De keren dat Carla op de zaak was – ze komt er liever niet – had ze zeker geen oog voor George. Lodewijk weet nog dat ze thuis vaak grappen maakten over George, die eeuwige, doodsaaie vrijgezel, zoals Carla hem noemde. Welke vrouw wil nou een man die slist en een vieze adem heeft? Lodewijk hoort het haar nog zeggen. Zou zij dan nu samen met George de kerst doorbrengen?

Er rolt wederom een rochelende lach over zijn lippen. Hij moet zo hard hoesten en proesten dat hij er rood van aanloopt. Hij kromt zijn rug, grijpt naar zijn borst en rent de kamer uit. Net op tijd haalt hij de badkamer, waar zijn hoest plaatsmaakt voor brandend maagzuur dat zich een weg naar buiten perst.

Kotsend hangt Lodewijk boven de wastafel.

Zijn ogen tranen, zijn middenrif steekt en terwijl hij zich langzaam opricht en de drank vervloekt, ziet hij tussen de gal op het witte porselein een paar bloedspetters liggen. Geschrokken betast hij zijn keel. Hij slikt de galsmaak weg en zet meteen de kraan open. Terwijl het water de massa verdunt en wegspoelt, zegt hij in zichzelf dat het geen bloed is. En als dat het wel is, dan is het vanwege de druk op zijn keel. Er moet een adertje zijn gesprongen.

Langzaam ademt hij in en uit. Hij sluit zijn ogen, houdt zijn mond onder de waterstraal en drinkt gulzig van het koude water. Na een paar minuten dept hij zijn gezicht droog en heeft hij alles weer onder controle.

De gedachte aan Carla en George zit nog in zijn hoofd en maakt hem opnieuw onrustig. Hij moet weten hoe het zit tussen die twee. De enige manier om daarachter te komen is via zijn engel Josje. Zij is altijd goudeerlijk en zal niet liegen tegen haar vader.

Nog voordat hij zich weer helemaal de oude voelt, zit hij alweer op het bed in zijn kamer en heeft hij het telefoonnummer van zijn dochter ingetikt.

Josje neemt meteen op. ‘Hoi pap.’

‘Dag meissie,’ zegt Lodewijk. ‘Alles goed?’

‘Ja, lief dat je belt. Ik ben aan het pakken.’

‘Pakken?’

‘Ja, ik ga een paar maanden naar Spanje. Ik denk aan Andalusië. Málaga, of in elk geval iets aan de kust. Maar dan wel kleinschalig. Meteen goed voor mijn Spaans. We hebben nu kerstvakantie, misschien gaat mama mee naar Spanje. Ze wil eerst nog even afwachten…’ Josje grinnikt. ‘Ik had het nooit verwacht, en jij?’

‘Wat, lieverd? Je bent toch mijn knappe kop? Ga jij maar lekker voordat je aan je master begint tot jezelf komen in Spanje. Weet je al waar je scriptie over gaat? Iets met oude kunst, Velázquez? Of wordt het Picasso?’

Stilte. Lodewijk hoort zijn dochter zuchten.

‘Ik eh… ik weet het nog niet. Misschien dat ik daar in dat resort over ga nadenken.’

‘Een resort? Maar… hoe bedoel je? Om te verblijven? Is dat niet wat duur voor een student?’

‘Hè, toe, papa, zit je nou op Insta of niet? Niet, hè? Facebook? Als je mij nou zou volgen op Tik Tok, dan zie je waar ik momenteel mijn geld mee verdien, en dat is niet met kunst. In ieder geval een ander soort kunst dan jij bedoelt.’

Lodewijk hoort een stil verwijt in de toon van zijn dochter. Hij moet toegeven dat hij om haar een plezier te doen ooit een Facebookaccount heeft aangemaakt, maar daar doet hij niets mee. De paar kennissen die hij heeft…

‘Het is goed, lieverd, ik ga je volgen,’ zegt Lodewijk. Hij hoeft niet te weten hoe Josje bijklust in de horeca, zelf heeft hij heel wat biertjes getapt in zijn jonge jaren als student. 'Maar ik bel eigenlijk voor iets anders. Ik eh... Hoe gaat het met mama? Carla...'

Stilte.

'Wil je dat echt weten, of komt het door het nieuws?'

'Nieuws?'

'Ja, ik hoorde het van George, je wil de zaak aan hem overdoen, toch?'

Lodewijk opent zijn mond. Hij is even te verbaasd om te kunnen reageren. Hij voelt zijn buik weer opspelen. Ho, wacht even, er ontgaan hem dingen in dit gesprek. De drank maakt hem wazig... dat moet het zijn.

'Hé, mama komt net binnen. Misschien wil je haar zelf even spreken?'

Lodewijk hoort iets kraken op de achtergrond, een deur die dichtslaat. Hij vangt een mannenstem op. Hij hoort Carla iets zeggen. Zoet, zacht stemgeluid... Er daagt hem iets... Is dat de stem van George? Nee, verdomme!

'Pap?'

'Ja, lieverd.' Lodewijk slikt. Er valt weer een stilte.

'Zeg, ik bel je later nog wel een keer, goed? Ik ga je volgen op Facebook en die andere dingen ook, ik beloof het. Kus... kus.' Lodewijk verbreekt de verbinding.

Hij veegt een traan weg. Het komt door die ui, hij snijdt nooit uien. Hij heeft er nog steeds last van.

23

'... en daardoor kan koude lucht veel langer op een en dezelfde plaats blijven en daar rustig afkoelen. In de afgelopen weken begon dat al in Azië, in grote delen van Siberië en later ook in gebieden verder zuidelijk. Het levert daar op veel plaatsen de koudste winter van de laatste tientallen jaren op, met tot in Japan heftige sneeuwstormen die overlast opleveren. Inmiddels begint zich ook een flinke poel met koude lucht boven Scandinavië op te bouwen. De voorste begrenzing ervan ligt al vlak bij Nederland, bij het noordoosten van Groningen, waar de temperaturen vandaag niet verder opliepen dan tot 2 graden. De verwachting is dan ook...'

Jennifer luistert met een half oor naar de weerman. Ze hangt in een fleecedeken gehuld op de bank voor de haard, en terwijl ze een diep bord spaghetti leegeet, scrolt ze door haar berichten. Rex heeft zich tegen haar heup gevlijd, hij snurkt zachtjes. Zo nu en dan trekt hij in zijn slaap een beetje met zijn pootje. Het is het pootje waar Sylvia een glasscherf uit gehaald heeft. Jennifer kon het niet aanzien. Het ging zelfs zo ver dat toen Sylvia jodium aanbracht op de wond en Rex jankte, Jennifer een pijnscheut door haar eigen lijf voelde gaan.

Volgens Sylvia komt het helemaal goed met Rex.

Er is een nieuw bericht van Hugo, hij wil dat ze nog voor de kerstdagen haar spullen komt ophalen. Hij heeft er een adres van een verhuizer bij gezet en een telefoonnummer van een bedrijf waar ze tijdelijk een opslag kan huren.

Jennifer reikt voorzichtig naar haar wijnglas – ze wil Rex niet wakker maken – en vervloekt Hugo. Ze zal hem meteen terug...

'Smaakt het?' Sylvia komt de kamer binnen.

Jennifer laat van schrik haar telefoon los. Ze draait zich om. 'Ja, o, ja, heerlijk.'

Rex heft zijn kop.

Sylvia heeft een dienblad in haar handen waarop een schaaltje yoghurt staat. Haar blonde haar zit strak bij elkaar gebonden in een paardenstaart, en de make-up die haar ogen altijd zwart omrandt heeft ze verwijderd. Daardoor ziet ze er nog bleker uit dan anders. Ze draagt een pyjama in een vaalgroene kleur, dikke sokken en pantoffels. Om haar schouders ligt een wollen omslagdoek. Jennifer trekt een wenkbrauw op. Hoe kan iemand er zo uitzien? En dan te bedenken dat zij zichzelf niet meer sexy vindt. Haar zus mag dan slank zijn, deze vrouw is de laatste persoon op wie ze wil lijken.

'Waar kijk je naar?' vraagt Sylvia, terwijl ze op een stoel naast Jennifer dicht bij het haardvuur gaat zitten.

'Ik... eh... Niets bijzonders, het late nieuws.'

'Nee, ik bedoel, je was zo verdiept in je telefoon dat ik dacht dat... Hoe is het met Hugo? Wat vindt hij ervan dat je een paar dagen hier bent?'

Jennifer twijfelt. Ze heeft zich voorgenomen niets over haar scheiding te zeggen. Maar omdat Sylvia zo lief voor Rex is geweest, voelt ze zich bijna verplicht er toch iets over los te laten. Iets uit haar privéleven met Sylvia te delen. Zijn zussen daar niet voor? Jennifer knijpt haar ogen half dicht. Zou Sylvia dan ook iets loslaten over Kai?

'Ik eh... Nee, ja... Hugo heeft toevallig ook een druk weekend. Het is bijna kerst, hè, nog even wat zakelijke dingen afronden voor het einde van het jaar. Je kent het wel. En jij? Wat ga jij doen met kerst? Iets met Kai natuurlijk, hoe is het eigenlijk met hem?'

Sylvia kijkt langs Jennifer naar de tv. Ze steekt zo hardhandig de lepel in het schaaltje met yoghurt dat er klodders uit vliegen.

'Hij is vermist,' zegt ze dan. Haar stem is nauwelijks hoorbaar.

'Vermist?! Jezus, hoezo vermist?'

'Weg, althans, dat vermoed ik, dat hij niet thuis is, zie je, omdat hij... Ik kan hem niet bereiken. Ik heb de politie gebeld maar die doen niks en...' Sylvia begint te trillen. De lepel in de yoghurt tikt tegen het schaaltje.

Jennifers gezicht vertrekt in een grimas. Ze slaat de fleecedeken van zich af, veert op en buigt zich naar Sylvia toe. 'Vertel, wat is er gebeurd?' zegt ze gespannen. Ze legt een bezorgde toon in haar stem. En als ze daarbij haar hand op Sylvia's been legt, kijkt ze haar zus met medelijden aan.

Sylvia schrikt ervan. Ze verschiet van kleur, alsof ze nu pas beseft waar ze is en met wie. Ze wendt haar blik af.

'Kom,' zegt Jennifer. Ze veinst betrokkenheid. Dat kan ze ook, als ze maar haar best doet. Ze is heus niet alleen maar met zichzelf bezig, zoals Hugo beweert...

'Kom,' herhaalt ze. 'Syl, laat je gaan. Meestal ben ik degene die tegen jou aan praat, maar laat mij nu eens een luisterend oor zijn voor jou.'

Sylvia zucht. Ze laat haar hoofd hangen en roert driftig door de yoghurt. 'Vind je mij een slechte moeder, Jennifer?' vraagt ze hees.

'Hè, hoe kom je daar nou bij? Jij? Schei uit.' Jennifer schudt haar hoofd. Haar gezicht wordt ernstig. 'Nee, ik ken maar één slechte moeder, Syl, en dat is mammie.'

Als Sylvia haar met grote schrikogen aankijkt trekt Jennifer abrupt haar hand weg.

'Hé, wat kijk je me nou aan? Ik zeg toch niks geks? Dat jij vroeger hier de hele boel bij elkaar hebt gehouden, wil niet zeggen dat Lodewijk en ik een fijne jeugd hebben gehad. Mammie, mammie en nog eens mammie, alles draaide om mammie. Fuck, Sylvia, geef dat nou eens toe!'

Sylvia opent haar mond. Er komen geen woorden uit. Haar ogen glanzen, ze trekt haar schouders op. 'Ik weet het, maar we kunnen de tijd niet terugdraaien. Ik maak me zorgen om Kai en...'

'Heeft hij iets ergs gedaan, Syl?'

'Ja, ik denk het wel...' Sylvia veegt langs haar neus en snuift. 'Ik ben zo bang dat het mijn schuld is, dat ik geen goede moeder ben.'

'Kan ik je helpen?'

Jennifer hoort zichzelf de vraag stellen. Ze is alweer tevreden over zichzelf. Ze doet het goed. Zo doet ze dat ook op haar werk. Aandacht geven aan de klant. Daar haalt ze altijd mooie opdrachten mee binnen. Het blijft haar verbazen hoe snel mensen zich aan je overleveren als je ze het gevoel geeft dat ze op jouw smaak kunnen vertrouwen. Zelfs als je ze afscheept met een peperduur en spuuglelijk behang, zijn ze daar nog hartstikke blij mee.

Sylvia staat op. 'Lief van je, maar ik denk dat ik er zelf uit moet komen. Ik ben moe. Het wordt koud vannacht, het gaat sneeuwen. Ik laat de cv aan. Oké?'

'Oké.'

Jennifer fronst bij de nietszeggende mededeling. Ze is Sylvia kwijt. Wat heeft ze verkeerd gezegd? Ze kijkt Sylvia peinzend na.

Nu dan maar. 'O, en Syl, jij bent niet de enige met problemen, hoor. Ik doe wel stoer, maar ik zit momenteel in het boshuisje met Rex. Hugo heeft me de deur uit gezet. Voorgoed,' roept ze.

Ze had het niet verwacht, maar het voelt als een opluchting om het hardop te zeggen. 'Maar zullen we dit onder ons houden? Ik wil liever niet dat Lodewijk het weet.'

Sylvia houdt haar pas in. Ze knikt en zonder zich om te draaien of iets te zeggen, loopt ze door naar haar kamer.

Jennifer kan het zich verbeelden, maar iets in Sylvia's houding geeft haar het gevoel dat er meer speelt bij haar zus. Iets wat haar in zijn greep houdt, iets wat niet met Kai te maken heeft. Wist ze maar wat dat was.

Zaterdag

24

Een ijskoude wind giert om het huis, sneeuw waait op en plakt tegen de ramen. Sommige vlokken vormen meteen een cluster en blijven op de grond liggen.

Sylvia sluit het overgordijn en loopt weg bij het raam dat uitkijkt over de voortuin. Ze stapt op het nachtkastje af en kijkt naar de wekker. Halfdrie en nog steeds klaarwakker, verdomme.

Weifelend blijft ze staan. Terug naar bed, of...? Ze trekt de telefoon van de oplader en opent de deur naar de hal. Ondanks het feit dat ze de kachel heeft aangelaten, is het kil in huis. Ze was even vergeten hoe koud het hier in de winter kan worden. Ze slaat haar wollen omslagdoek wat strakker om haar schouders en kijkt omhoog naar de overloop, naar waar haar broer en zusje slapen. Alles blijft stil. Dat is vreemd, ze zou zweren dat ze net iemand langs haar deur hoorde lopen.

Zachtjes vervolgt ze haar weg door de schemer naar de achterkamer. Ze doet het licht boven de eettafel aan, kijkt even de kamer rond en sluit de deur achter zich. Ze draait de knop van de cv helemaal open en als het water in de leidingen van de oude radiator begint te borrelen, laat ze langzaam de omslagdoek van haar schouders glijden. Ze aarzelt of ze aan tafel zal gaan zitten of in de hoek van de kamer, waar een oude leunstoel staat.

Mammies stoel.

Er hangt een blauwgeruite plaid overheen en op een van de armleuningen ligt een stapeltje tijdschriften. Boven op de stapel staat een asbakje met sigarenstompjes erin. Een sigarendoosje ligt ernaast, samen met een aansteker. Zo lang Sylvia zich kan herinneren leest mammie damesbladen en rookt ze sigaartjes.

Terwijl ze de plaid van de stoel haalt en de asbak op de eettafel zet, moet ze weer aan haar gesprek met Jennifer denken. Daar heeft ze al die uren van wakker gelegen. Hun gesprek over Kai. Silvia kent haar zusje, zij is nooit echt geïnteresseerd geweest in haar leven, laat staan in Kais wel en wee. Als Jennifer belangstelling toont, zit daar altijd iets achter en moet ze daar beter van worden. Jennifer heeft dat ooit zelf toegegeven, dat het succes van haar stylingbureau voor bijna honderd procent te danken is aan gespeelde belangstelling.

Sylvia zou willen dat ze wat meer eigenschappen van haar zusje had. In ieder geval wat meer van haar daadkracht. De flair van Jennifer om er niet mee te zitten dat Hugo haar vlak voor de kerstdagen op straat heeft gezet, en de luchtigheid waarmee ze dat vertelde, het boezemde Sylvia bijna angst in.

Ze kent haar zwager ook. Het is een gladde jongen die regelmatig met zijn makelaarskantoor op een negatieve manier in het nieuws is geweest. Volgens de FIOD was hij betrokken bij zaakjes met de onderwereld. Beleggingsadviezen waar hij flink wat cash aan overhield, dingen die het daglicht niet kunnen verdragen. Geld witwassen, speculeren en gokken, zo is Hugo. Tot nu toe wist hij de dans te ontspringen, maar op zijn kantoor ligt een smet. Hugo is een opschepper, een narcist, hij is het type foute man waar Jennifer vroeger altijd mee thuiskwam. Mannen die haar aanvankelijk naar de mond praatten, maar haar daarna slecht behandelden.

Sylvia stond er nooit zo bij stil als Jennifer weer eens onder de blauwe plekken zat – en Jennifer zal de laatste zijn die toegeeft dat Hugo haar slaat – maar ze durft haar hand ervoor in het vuur te steken dat haar zwager er niet voor terugdeinst om klappen uit te delen.

En nu heeft hij Jennifer de deur gewezen en zit ze hier.

De reden waarom Jennifer hier echt zit, kan Sylvia wel raden. Jennifer is ooit in een romantische bui met Hugo getrouwd en bij hem ingetrokken. Waarschijnlijk zijn er geen huwelijkse voorwaarden en Hugo kennende zal hij Jennifer niet uitkopen en heeft ze straks alleen haar boshuisje. Sylvia stond er nooit zo bij stil, maar eerder heeft Jennifer al bekend dat haar werk even wat minder goed loopt. Voor iemand als Jennifer zijn dat genoeg redenen om een voorschot te willen op de erfenis.

Sylvia huivert. Ze denkt aan de woorden van Lodewijk die nog na-echoën in haar hoofd. 'Wat ons bindt is mammies geld,' zei hij eerder op de dag.

Mammies fortuin, waarvan ze, toen ze papa leerde kennen, al wist dat ze dat een keer zou gaan bezitten. Papa die er vaak grappen over maakte. Hij heeft mammie een keer voor haar verjaardag een poster cadeau gedaan van Dagobert Duck die op een berg munten zat. Die muntenberg stond model voor mammies oudedagsvoorziening. Het geld van haar ouders dat zou vrijkomen op haar vijftigste verjaardag. Papa deed er nooit moeilijk over. Hij had zijn meubelzaak.

Terwijl mammie pamfletten uitdeelde en meedeed aan demonstraties voor de onafhankelijkheid van vrouwen, zorgde papa dat er geld was voor eten, kleding en school.

Zelfs na zijn dood had niemand het over mammies fortuin. Toen ze uiteindelijk over dat geld kon beschikken, zag niemand enig verschil in haar levensstandaard.

Mammie leek het woord duurzaamheid te hebben uitgevonden.

Ze hield niet van shoppen, reed in een oude Kever en vond het een sport om markten af te struinen op zoek naar opknapmeubels of tweedehands kleren. Het enige waar ze geld aan uitgaf, was aan zielige dieren. 'Ik houd meer van dieren dan van kinderen,' liet ze zich ooit ontvallen. Na papa's dood is er nooit een andere man in mammies leven geweest. Voor ieder van hen zou er ten minste een derde van het kapitaal over moeten blijven als mammie overlijdt.

Hoeveel dat precies is, weet Sylvia niet, maar het moet om tonnen gaan.

Ze zou er nooit zo lang bij stilgestaan hebben als haar zorgen om Kai er niet waren. Bij die gedachte voelt ze weer tranen opkomen. Ze heeft gefaald als moeder, ze moest het ook allemaal alleen doen zonder Boudewijn. Als hij nog geleefd had... *Hou op, Boudewijn is al jaren dood. Kai heeft gewoon de verkeerde vriendjes*, zegt een stemmetje in haar hoofd.

Als iemand straks op de blaren moet zitten is zij dat, niet haar zoon. Het is aan haar om Kai aan te pakken.

Opnieuw dwalen haar gedachten naar Jennifer en nu ook naar Lodewijk.

Hoewel Lodewijk van hen drieën het meeste geld bezit, is er ook bij hem iets mis. Als hij vroeger zoveel dronk als nu, dan was hij doodongelukkig. Bij hun laatste gezamenlijke lunch met Jennifer viel het haar al op dat hij er ongezond en tobberig uitzag. Alle drie zitten ze hier in hun ouderlijk huis. Alle drie met hun eigen verhaal, verwachtingen en teleurstellingen. Alle drie hopen ze, nee, verwachten ze dat mammies verrassing om een som geld gaat. Een voorschot op de erfenis, iets wat morgen arriveert, zoals mammie dat noemt, maar waarmee ze waarschijnlijk bedoelt dat er geld op hun bankrekening zal worden bijgeschreven. Wat anders kan het zijn?

Sylvia kijkt naar buiten. De lucht is grijs, een klein sneeuwlaagje bedekt de tuinmeubels en het grote Boeddhabeeld. Als het zo blijft doorsneeuwen, heeft Boeddha morgenochtend een witte muts op. Sylvia glimlacht even bij dat vooruitzicht. Sneeuw en vorst in december. En dan zeggen ze dat het klimaat in de war is.

Meteen verstrakt Sylvia's mond. Niet alleen het klimaat is in de war, zij ook.

Daarom is ze haar bed uit gevlucht en zit ze nu hier in de stoel van mammie. Terwijl dat tot haar doordringt, staat ze op en smijt de plaid terug in de stoel. Ze kijkt naar de sigarenstompjes in de asbak en voelt een steek van woede door zich heen gaan. Ze weet maar al te goed waarom ze niet kan slapen en wat er door haar hoofd spookt, wat haar uitput en beangstigt. Niet alleen Kai bezorgt haar hoofdbrekens en neemt al haar gedachten in beslag. Nee, nee, het is die heks, het is mammie.

Het komt door haar afwezigheid en de berichten die ze zogenaamd uit Duitsland aan hen stuurt. Sylvia schudt koortsachtig haar hoofd en balt haar vuisten. Al die appjes van mammie, al die opmerkingen over een kerstmarkt, sneeuw en de klacht dat ze samen met haar vriendin vastzit in een hotel. Het is de grootste flauwekul, alles is gelogen.

25

Het is vijf uur in de ochtend als Lodewijk de trap af loopt naar de hal. Zijn aandacht wordt meteen getrokken door het raam naast de voordeur, waar minstens een halve meter stuifsneeuw tegenaan ligt. Zodra hij beneden is loopt hij naar het raam. Vol verwondering richt hij zijn blik naar boven, naar de grijze lucht waar dikke sneeuwvlokken duizelingwekkende toeren uithalen in hun vlucht omlaag. Een gevoel van blije opwinding kan hij niet onderdrukken. Als hij niet zo brak was en zijn lichaam niet zo stram en uitgewoond aanvoelde, zou hij toegeven aan de kinderlijke neiging om naar buiten te stappen en in de sneeuw te gaan rollen.

Langzaam draait hij zich om. Alsof er een vrachtwagen over hem heen is gedenderd, zo wankel staat hij op zijn benen. Zuchtend bereikt hij de keuken. Hij tast naar de lichtschakelaar naast de deur en terwijl de spaarlamp boven de tafel begint te gloeien loopt Lodewijk naar de koelkast.

Na het telefoongesprek met Josje is hij zonder eetlust in bed gekropen. Vrijwel meteen daarna viel hij in een comateuze slaap, waar hij zojuist uit ontwaakte toen hij beneden gestommel hoorde.

Hij opent de koelkast, inspecteert de inhoud en haalt er een paar eieren en roomboter uit. Hij draait zich om naar de servieskast om op zoek te gaan naar een koekenpan en ziet in het voorbijgaan een grote rode bril op de keukentafel liggen. Hij staat even stil. Vreemd, alles in huis is keurig opgeruimd, wat doet mammies bril dan hier?

Hij weet nog dat ze hem voor het eerst ophad, een paar jaar geleden. Iedereen droeg toen opeens van die achterlijk grote zwarte monturen. Mammie koos voor rood. De kleur paste prachtig bij haar zilverwitte haar en helderblauwe ogen. Verrast pakt Lodewijk de bril aan een van de pootjes op en draait hem om in zijn hand. Hij probeert zich zijn moeder zonder voor te stellen. Hij schudt zijn hoofd. Ondenkbaar, dan is mammie stekeblind. Peinzend legt hij de bril terug op tafel; hij gaat ervan uit dat zijn moeder over meerdere exemplaren beschikt.

Weer richt hij zich op de servieskast, waar onder in de lades ovenschalen en pannen liggen. Met veel kabaal haalt hij de pannen uit elkaar. Juist als hij een koekenpan te pakken heeft, denkt hij een geluid uit de kelder op te vangen. Verstoord kijkt hij op. Achter de kelderdeur is het stil. Hij spitst zijn oren en kijkt dan naar de deur die via de garage naar buiten leidt. Hij hoort niets.

Hij moet het zich verbeeld hebben. Het komt door de herinnering aan Jennifer die voor hem op de loop ging en zich met die hond van haar in de kelder had verscholen. Precies zoals ze dat vroeger deed, als ze hem tot het uiterste gepest had en hij haar een pak rammel wilde geven.

Lodewijk grijnst. Haha, alsof hij dat nu nog zou doen. Hij maakt zijn handen niet meer vuil aan die bemoeizuchtige trut. Maar als zij zo nodig in zijn privéleven wil snuffelen, kan hij dat ook in het hare. Ze zal raar opkijken als ze hoort wat Hugo nog niet zo lang geleden heeft aangeboden. Zogenaamd onder het mom van een goeie belegging kwam meneer met het aanbod om wat geld wit te wassen via de meubelzaak. Het bleef dan mooi in de familie, zei die oplichter.

Dat was toen hij en Carla nog bij elkaar waren en hij er niet over piekerde om die louche zwager van hem te helpen. Maar nu, nu zijn leven is gekanteld... De lach op zijn gezicht is weg. Wie weet... Nee, beter van niet. Hij verzint wel een andere uitweg om zijn zusje aan te pakken. Met een ferme klap zet hij de koekenpan op het fornuis, snijdt een stuk van de roomboter af, dat hij in de pan gooit, en breekt er twee eieren boven.

Terwijl de boter begint te sissen draait hij nogmaals zijn hoofd naar de kelderdeur.

Daar is het weer. Een doordringend geluid. Alsof daar iemand met een voorwerp over de grond schuurt. Hij aarzelt. Zal hij gaan kijken?

Afwachtend blijft hij staan. Hij staart naar de eieren in de koekenpan en spitst opnieuw zijn oren. Behalve het sissen van de eieren is het overal om hem heen stil. Misschien zijn het muizen en is er weer een fles wijn omgevallen. Dat zal mammie leuk vinden, als ze verneemt dat die hond van Jennifer een van haar dure flessen heeft omgegooid. Lodewijk onderdrukt een lach, hij wil niemand op dit vroege uur wekken. Even geen zussen die zich met hem bemoeien.

Hij steekt de spatel in de pan, roert door de eieren en daar is het geluid weer. Dit keer houdt het langer aan. Het gebonk klinkt nu zo hard door naar boven dat Lodewijk besluit op onderzoek uit te gaan.

Geïrriteerd zet hij het gas laag, legt de spatel op het aanrecht en beent op de kelderdeur af. Zo lang hij zich kan herinneren zit er op de deur van de kelder een dranger. Als je de deur opent, valt hij als vanzelf terug in het slot. Lodewijk stapt op de drempel en terwijl hij zijn hoofd in het trapgat steekt, voelt hij hoe de deur automatisch tegen zijn rug valt. Gespannen kijkt hij omlaag. Hij hoort niets. Vreemd, zou het geluid in zijn hoofd zitten? Onwillekeurig buigt hij zich nog iets verder naar voren. De kou uit de kelder trekt op langs zijn benen. Hij knijpt zijn ogen tot spleetjes maar ziet niets. Ook niet als hij op de lichtschakelaar drukt. Alles blijft donker en stil. Aarzelend duwt hij de deur weer open. Zou het de drank zijn die hem langzaam gek maakt?

Op het fornuis spetteren de eieren, een licht aangebrande geur verspreidt zich door de keuken. Lodewijk stapt vlug de kelder uit, en meteen valt achter hem de deur in het slot.

Op datzelfde moment gaat de keukendeur open en komt Sylvia binnen. 'Lodewijk?' Geschrokken kijkt ze hem aan. 'Wat doe jij hier?'

Lodewijk schrikt ook. 'Ha, zus. Ja, ik was wakker, ik had honger. Sorry, ik dacht iets in de kelder te horen, ik vergat de eieren.' Lodewijk trekt zijn mond in een grimas en komt weer in beweging. 'Ik ben nou eenmaal niet zo'n goeie kok als jij. Heb ik je wakker gemaakt? Dat spijt me dan.'

Sylvia frunnikt aan een haarlok en geeft Lodewijk de ruimte om langs haar naar het fornuis te lopen. Ze kijkt naar de kelderdeur. 'En, was er iets?' vraagt ze. Ze komt in beweging. Opent de kelderdeur, om hem meteen daarna weer te sluiten.

'Hm? O, nee, niks, het zullen wel muizen geweest zijn,' zegt Lodewijk gedachteloos.

Sylvia knikt. 'Dat is het vast.'

Er valt een stilte.

Lodewijk voelt hoe Sylvia achter hem komt staan en zijn handelingen volgt.

‘Ik heb genoeg voor twee,’ zegt hij zonder zich om te draaien. Geconcentreerd roert hij door de eiermassa.

‘Nee, dank je. Het is mij nog iets te vroeg, ik eh... Zeg, maar wat ik me afvroeg... Laatst zei je dat wat ons bindt aan mammie haar geld is. Waarom zei je dat, Lodewijk? Ik bedoel... We hebben het er na onze lunch niet meer over gehad, maar gaat het wel goed met de zaak?’

Nu draait Lodewijk zich met een ruk om. ‘Hoe kom je daar zo bij? Heb je soms met Jennifer gepraat?’ Woest doet hij een stap in Sylvia’s richting.

Sylvia weert hem af en deinst achteruit.

‘Verdomme, zeg! Zitten jullie wijven achter mijn rug over me te kletsen? Als je maar niet denkt dat ik...’

‘O, ik kom net op tijd!’ Jennifer stapt de keuken binnen.

Lodewijk en Sylvia kijken tegelijk om.

Jennifer kijkt hen spottend aan.

Lodewijk verstijft. De woede die hem nog in bezit heeft, drukt hij weg door in zichzelf te herhalen dat het geen zin heeft om met Jennifer ruzie te zoeken. Hij staart naar haar knalroze trainingspak, waarvan de capuchon losjes over haar hoofd hangt. Een deel van haar donkere haar wipt erlangs naar buiten. Ze loopt op het fornuis af en als ze zich over de koekenpan buigt, raakt de bontkraag van de capuchon bijna de eieren.

‘Zo, dat ruikt goed, Lodewijk. Iets warms als ontbijt lijkt me wel lekker. Godsklere, ik was vergeten hoe stervenskoud het hier is. Doet de verwarming het wel, Syl?’

Lodewijk doet een stap opzij. Hij werpt een blik op Sylvia die nu bij de tafel staat. Hij ziet hoe ze de bril van mammie oppakt en er met net zoveel verbazing naar kijkt als hij dat deed.

‘Hebben jullie gezien dat het sneeuwt?’ zegt Jennifer. Ze reikt naar de voorraadkast en haalt er een rol beschuit uit.

'Mijn auto is niet meer te onderscheiden van die van jou, Lodewijk, alles is spierwit. Maagdelijk wit. Haha. Dat wordt nog wat om hier weg te komen. Ben ik even blij dat ik een paar nieuwe laarzen heb gekocht.'

Niemand reageert.

'Weet je dat ik het steeds gezelliger ga vinden met jullie?' vervolgt Jennifer op pesterige toon. 'Ik vraag me zelfs af, hè, stel, mammie blijft in Duitsland – wat met dit snertweer heel waarschijnlijk is – waarom zouden wij dan niet hier de kerstdagen doorbrengen? Jullie weten hoe goed ik in het versieren van huizen ben. Misschien kunnen we een van de dennen buiten voorzien van kerstlichtjes. Ik weet een bedrijf dat met een hoogwerker zo'n oude boom helemaal kerstklaar kan maken. Nou? Idee? Kunnen we ons meteen beraden op wat we met mammies verrassing gaan doen. Ik weet niet hoe jullie erover denken, maar ik vermoed dat haar verjaardagsverrassing met geld te maken heeft. Hoe hoog zal het bedrag zijn dat ze ons wil schenken?'

26

Het is doodstil buiten. Alle omgevingsgeluiden worden gedempt door de sneeuw. De lucht is zwaar, dikke wattenvlokken tuimelen over elkaar en ontnemen ieder zicht op de weg. De wind is gaan liggen. Zover het oog reikt gaat de omgeving schuil onder een dik pak sneeuw: het huis, de weg, de tuin, het pad bij de voordeur en de oprijlaan naar de inpandige garage.

Sylvia kijkt vanuit de voordeur aarzelend om zich heen. Ze heeft een muts opgezet en wollen handschoenen aangetrokken. Haar korte gewatteerde jasje is niet warm genoeg voor dit koude winterweer. Het is maar goed dat ze de oude kaplaarzen van haar vader heeft aangetrokken want ze zakt tot aan haar kuiten weg in de sneeuw. Hoewel ze het liefste er meteen mee wil stoppen en teruggaan naar binnen, omklemt ze met kracht de schuiver en steekt hem resoluut in de bovenste laag poedersneeuw. Haar besluit staat vast. Ze moet hier weg.

Ze kan de spanning niet langer verdragen. Ze zal tegen Jennifer en Lodewijk zeggen dat ze naar huis moet voor Kai. Haar zorgen om hem, die beslist niet verzonnen zijn, zal ze als excuus opvoeren. Het is onder deze omstandigheden het enige wat ze kan doen. Terwijl ze daaraan denkt lijkt een onzichtbare hand haar keel dicht te knijpen. Ze opent haar mond en hapt naar adem. Sneeuwvlokken dwarrelen naar binnen, ze hoest en slikt en dwingt zichzelf om door te gaan. Met samengeknepen ogen tuurt ze naar haar auto. Haar Toyota, die vannacht is veranderd in een iglo. Hij moet worden uitgegraven, maar dan zal ze eerst het pad dat daarnaartoe loopt moeten zien vrij te maken.

Ze heeft nog maar amper een meter sneeuw weggeschoven als er vanuit haar jaszak een ping klinkt van een binnenkomend appje. In de verwachting dat het Kai is, laat ze de sneeuwschuiver meteen lost en grijpt ze in haar zak naar haar telefoon. Geen Kai, maar een nieuw bericht van mammie in de groepsapp.

Sylvia's kaak verstrakt. Nerveus kijkt ze om zich heen of iemand haar bespiedt en trekt dan met haar tanden een van haar handschoenen uit om WhatsApp te openen.

> Lieve kinderen, de weersvoorspelling is slecht. Zoals het er nu uitziet zal ik mijn verjaardag moeten vieren in het hotel. Ik zal jullie missen, maar als jullie gebruik willen maken van het huis is dat prima. Blijf gerust ook met de kerstdagen. Zodra Ralph arriveert, app me dan even.

De hand waarin ze de telefoon houdt, schudt zo hevig dat Sylvia het toestel bijna in de sneeuw laat vallen. Haastig stopt ze het toestel terug in haar zak en trekt haar handschoen weer aan. Haar ijskoude vingertoppen lijken bevroren. Steun zoekend bij de sneeuwschuiver laat ze de bevreemdende woorden van mammie tot zich doordringen.

Ralph? Wie is Ralph?

Een nieuwe gedachte dient zich aan. Sylvia werpt een blik

op de ramen van de bovenverdieping, waar Lodewijk en Jennifer zojuist hetzelfde bericht moeten hebben ontvangen. Wat zal hún reactie zijn? Sneeuwvlokken dwarrelen onverminderd door, ze hechten zich aan Sylvia's wangen en neus en vriezen vast in haar muts en kleren. Ze huivert. Dit bericht van mammie... Hoe... Wie?

Nee, niet bij stilstaan, doorgaan. Ze moet zich niet van de wijs laten brengen.

Met nog meer daadkracht omklemt ze de steel van de schuiver en drukt hem voor zich uit in de sneeuwberg. Gebukt en bezweet schept ze door, en terwijl ze de tekst van het appje hardop voor zichzelf herhaalt, spoelt er opnieuw een golf van ongeloof over haar heen.

Dus mammie blijft in haar hotel en wil dat wij hier de kerstdagen doorbrengen?

'Nee!' Een kreet ontsnapt uit Sylvia's mond en veroorzaakt een ademwolkje in de ijskoude lucht. Ze laat de sneeuwschuiver los en veegt peinzend langs haar voorhoofd, waarop vlak onder de rand van de muts zweetdruppels parelen. 'Dat was ook al Jennifers idee, om hier te blijven met kerst.' Ze verwondert zich er hardop over.

Zou Jennifer...? Sylvia's hart klopt in haar keel. *Maar Ralph? Wie is Ralph?*

Hoeveel werksters er niet in de loop der jaren voorbij zijn gekomen... De meesten werden gillend gek van de bonte verzameling schilderijen, beelden, boeken, meubels, vazen, tijdschriften en snuisterijen. Op iedere plek in huis staan mammies stillevens, zoals ze die noemt. Monsterlijke vazen met droogbloemen, diverse kamerplanten en ontelbaar veel kandelaren en kaarsen. In de eetkamer staat een boekenkast met op iedere plank een dubbele rij boeken. Niets mag worden verplaatst, laat staan worden afgestoft. Bovendien liggen er overal in huis stapels papieren. Uitgeknipte krantenartikelen, recepten, foto's, brieven en ansichtkaarten. Alles blijft bewaard. Niets wordt weggegooid. Iedere kast die je opent puilt uit van de spullen.

Sylvia zet een hand in haar onderrug. Vermoeid leunt ze op de sneeuwschuiver. Dat was het eerste wat haar opviel toen ze hier gisterochtend naar binnen liep, dat alles zo keurig was opgeruimd. Zelfs Jennifer maakte er nog een opmerking over; volgens haar was het huis nog nooit zo schoon geweest. Schoon en voorzien van gloednieuwe apparaten.

Ralph. De naam blijft raadselachtig door haar hoofd spoken. Zou mammie een mannelijke werkster gevonden hebben?

Glijdend op haar kaplaarzen beweegt Sylvia moeizaam in de richting van haar auto. De wielen zijn niet meer zichtbaar, het dak lijkt tien centimeter gegroeid. De ramen moeten inmiddels schuilgaan onder een dikke ijslaag. Ze heeft niet eens een ruitenkrabber, laat staan winterbanden.

Paniekerig kijkt ze om zich heen. Hoe komt ze hier in godsnaam weg? Haar blik dwaalt over de witte laan voor het huis en naar de eveneens ingesneeuwde Kia Picanto van Jennifer en de Volvo van Lodewijk.

Niemand komt hier zomaar weg.

Waar zou Kai zijn met deze vrieskou? Als hij vannacht is thuisgekomen, dan moet ze er vandaag voor hem zijn. Ze moet naar huis om hem op te vangen en met hem te praten. Ze wil dat hij zich aangeeft. Misschien vermindert dat zijn straf. Ze zal hem hoe dan ook zeggen dat hij op een dwaalspoor terechtgekomen is, dat ze hem vergeeft, maar dat hij vanaf nu zijn leven moet beteren. Ze heeft het eerder overwogen, en met de kennis van nu, na die plofkraak, staat haar besluit vast. Kai kan kiezen: of hij geeft zich aan of hij gaat naar een internaat. Het is maar tijdelijk, zal ze zeggen. Het is voor zijn eigen bestwil. Later zal hij haar dankbaar zijn.

Ze bukt zich weer en schuift verder. Meter voor meter nadert ze haar auto. Ze is zo ijverig aan het scheppen dat ze hem niet meteen ziet aankomen. Pas als ze vanuit haar ooghoeken een gedaante bij de garage ziet opdoemen, kijkt ze op.

Haar wangen gloeien, haar vingers voelen afgestorven in haar handschoenen. Onwillekeurig blaast ze ertegen als de man die op haar afloopt een van zijn leren handschoenen uittrekt.

'Hallo,' zegt hij. 'Ik ben Ralph Mortier.' Hij steekt zijn ontblote hand naar haar uit en lacht. 'En jij moet Sylvia zijn.'

27

Als de voordeur achter haar dichtvalt, ziet Sylvia nog net hoe Jennifer de voorkamer in loopt. De tv staat aan en Jennifer roept naar Lodewijk dat het geluid zachter moet.

'Ik ben aan het bellen,' gilt Jennifer.

'Kan me niet schelen, bel maar ergens anders,' snauwt Lodewijk.

'Mijn broer en zusje,' zegt Sylvia verontschuldigend tegen Ralph.

Hij knikt.

Vanaf het moment dat Ralph zich net op de stoep aan haar voorstelde, kan Sylvia haar ogen niet van hem afhouden. Hij is even lang als zij – wat voor een man niet zo groot is – en zijn uiterlijk houdt het midden tussen Danny Vera en Al Pacino. Hij heeft glad achterovergekamd gitzwart haar, zwarte ogen, een zwart snorretje, een sikje en een Romeinse neus. De frons op zijn voorhoofd lijkt erin gebeeldhouwd, net als het spottende lachje om zijn lippen. Sylvia heeft altijd al een zwak gehad voor mannen met een Zuid-Europees uiterlijk. De aantrekkingskracht die daarvan uitgaat doet haar hart sneller kloppen.

Haar mond hangt nog steeds een stukje open als Ralph zijn

lange overjas uittrekt. Eronder draagt hij een spierwit, glanzend overhemd op een grijze, flanellen pantalon. Om zijn hals zit een vlinderdas. Het geeft hem iets clownesks. Nadat hij zijn cowboylaarzen onder de kapstok heeft gezet, haalt hij een paar zwarte lakleren loafers uit zijn tas. Het valt Sylvia op dat alles wat hij doet met een bepaalde vanzelfsprekendheid gebeurt, alsof hij hier kind aan huis is. Wat haar verontrust.

'Houd jij je jas aan?' vraagt Ralph. Hij draait zich om. Hij wrijft zijn handen warm. Zijn ogen glinsteren.

'Ik eh... Nee, nee, tuurlijk niet.' Haastig trekt Sylvia haar handschoenen uit en, haalt de muts van haar hoofd. Als ze haar jas losritst, valt er sneeuwwater vanaf. Onder de zolen van haar kaplaarzen heeft zich al een plasje gevormd. Ze rilt en gloeit tegelijk. Ze voelt hoe Ralph naar haar blijft kijken als ze zich kromt om haar laarzen uit te trekken.

'Ben jij daar, Syl?' roept Jennifer uit de voorkamer.

'Ja, ja,' roept Sylvia.

Uit de voorkamer klinkt een vloek.

'Verdomme, zie je wel, weer die stomme voicemail!' gilt Jennifer.

Ralph trekt een wenkbrauw op. Hij gebaart naar Sylvia dat zij maar voorop moet lopen als ze zich in de richting van de voorkamer bewegen. Sylvia op haar dikke sokken, Ralph op zijn loafers waarvan de hakken bij iedere stap die hij zet een kordaat tikje geven op het parket.

'Fuck! Ik heb haar nu zo vaak gebeld. Wel van die stomme appjes sturen, maar de telefoon opnemen, ho maar. Heb je dat gelezen, Syl?' Jennifer houdt haar telefoon omhoog als Sylvia in de deuropening verschijnt. 'Mammie viert haar verjaardag in Duitsland en stuurt een of andere Ralph op ons dak... Is ze gek geworden?'

Jennifer houdt abrupt haar mond als achter Sylvia Ralph de kamer binnenkomt.

Sylvia voelt zich opgelaten. 'Dit is eh...' zegt ze.

'Ralph Mortier,' zegt Ralph. Hij legt zijn linkerhand op zijn rug, maakt een korte buiging en loopt dan met uitgestoken hand op Jennifer af. 'Ik ben de butler van Josefien. Ik begrijp dat ze jullie over mijn komst heeft ingelicht?'

'Hè?!' Jennifer kijkt met grote, giftige ogen naar Sylvia.

Sylvia trekt haar wenkbrauwen op, tuit haar lippen en geeft een vaag knikje. 'Tja...' zegt ze.

Iets anders komt er niet uit haar mond. Daarvoor is ze te geschokt. Want iets aan Ralphs verschijning heeft haar zojuist getriggerd. Ze weet niet wat het is, maar haar gevoel zegt dat deze man die ze heeft binnengelaten veel meer is dan alleen maar een butler.

28

'Er klopt iets niet, Syl,' zegt Lodewijk met klem. Hij heeft zijn handen in zijn zakken gestoken en terwijl Sylvia de koffiekan klaarzet, ijsbeert hij gespannen door de keuken. 'Jij gelooft toch niet dat mammie een bútler heeft?'

Lodewijk staat even stil, haalt zijn handen uit zijn zakken en laat zijn armen slapjes langs zijn lichaam vallen. Hij kijkt toe hoe Sylvia wat koffie in de filter schept. Ze zet het gas onder de fluitketel laag en lijkt niet te horen wat hij zegt. Er gaat niets boven filterkoffie, zei ze net ietwat afwezig, toen hij wees op de spiksplinternieuwe koffiemachine, waarop Sylvia zei dat ze niet begreep hoe dat ding werkt.

Sylvia zit weer in haar eigen gedachtewereld, een wereld waar Lodewijk zich zo langzamerhand behoorlijk aan begint te ergeren.

'Sylvia, wat is er toch met je? Ik vind je zo afwezig... Wat vind je van die gast? Hij...'

'Hij heeft ons toch zojuist zijn papieren laten zien? Ondertekend door mammie,' zegt Sylvia vlak. Ze draait zich niet om maar giet kokend water op de filter. Het valt Lodewijk op dat de hand waarin ze de fluitketel houdt beeft. Het water klotst naast de filter en loopt langs de koffiepot op het kookplaatje, dat direct begint te sissen.

'Dat kan wel zijn, maar ik vind mammie niet bepaald een type voor een butler. Haha, mammie die haar werksters zwart betaalt, de zuinigheid zelve, die zal een butler nemen? Laat me niet lachen. Weet je wat een butler kost?'

'Geen idee, jij wel? Heb jij daar dan ervaring mee, Lodewijk?'

Sylvia draait zich abrupt om. Lodewijk schrikt van haar felle reactie en woedende blik.

'Nee, natuurlijk niet, maar... Heb je die gast goed bekeken? Ik wil niet bevooroordeeld doen, maar wie zegt dat hij geen ordinaire oplichter is?'

'Niemand, Lodewijk. Maar mammie heeft kennelijk vertrouwen in hem, anders had ze hem niet aangenomen. Bovendien, het huis is nog nooit zo brandschoon geweest als nu. Ralph wijdt zich goed aan zijn taken.'

Sylvia keert hem weer haar rug toe.

'Bespottelijk! Ze had ook een witte werkster kunnen nemen. Sowieso had ze dit eerst met mij moeten bespreken. Met mij, haar zoon. Ik had haar dan meteen op andere gedachten gebracht. Je kunt op je klompen aanvoelen dat dit niet deugt.'

Lodewijks hartslag versnelt, de steken in zijn borstkas zijn er weer. Hij ademt moeizaam, automatisch legt hij zijn hand op de plek waar het pijn doet. Hij richt zijn blik opnieuw op Sylvia's rug, waarvan de schouderbladen zich scherp aftekenen in het wollen vestje dat ze draagt. Niet eerder viel het hem op dat ze zo dun is.

De koffiepot is bijna tot aan de rand toe gevuld. Als een robot beweegt Sylvia zich van het gasfornuis naar de keukenkastjes. Ze opent er een, pakt er vier bekers uit en zet ze op een dienblad. Even mechanisch haalt ze een pak spritsen tevoorschijn en legt het naast de bekers.

'Syl, misschien moeten we straks even praten. Ik had het al eerder willen doen, maar er kwam steeds iets tussen. Ik heb boven in papa's kamer iets gevonden. Ik weet niet goed wat ik daarmee moet doen. Het is vertrouwelijk... en... je weet, ik ben niet zoals Jennifer maar... maar gezien de omstandigheden waarin ik verkeer kun jij me misschien helpen...' Lodewijk perst zijn lippen opeens stijf op elkaar. Hij krijgt spijt. Hij heeft getwijfeld of hij erover zou beginnen, en net toen hij besloot om het dan toch maar met Sylvia te delen, kwam die kerel binnen.

'Is goed hoor,' zegt Sylvia. Afwezig staart ze langs hem heen. Heeft ze wel gehoord wat hij zegt?

'Maar laten we nu eerst maar jouw oplichter aan de tand voelen,' vervolgt ze, en terwijl ze bij het woord oplichter haakjes in de lucht maakt, kijkt ze hem weer strak aan.

Lodewijk is verrast door haar veranderde houding, de spot in haar stem ontgaat hem niet. Hij voelt zich in de maling genomen. Wat is er toch met die vrouwen? Carla, Jennifer, zelfs zijn eigen Josje kan hij niet meer bijhouden. Wat doet hij fout?

'Kom, laat mij dat blad dragen,' zegt hij.

Sylvia kijkt hem nog steeds recht in de ogen. Hij schrikt. De spot is weg. Haar ogen staan dof. Alsof ze niet naar hem, maar naar iets buiten hem staart.

'Voel je je wel goed?' vraagt hij.

Sylvia knikt. 'Tuurlijk broertje, alles is onder controle. En jij? Hoe is het met jou?'

'Ik eh... Ja, nou ja... laten we straks even praten, goed?'

'Goed.'

'Maar wel zonder die twee erbij.' Lodewijk wijst met zijn hoofd in de richting van de voorkamer.

Sylvia loopt voor hem uit. Terwijl ze de deur voor hem openhoudt, grijnst ze naar hem. 'Wat jij wil, broertje.'

Niet alleen die blik van Sylvia bezorgt Lodewijk kippenvel, ook haar grijns lijkt niet voor hem bestemd. Voor wie wel?

29

'Een jaar werk je al voor mijn moeder, en wij weten daar niets van?' schreeuwt Jennifer. Haar ogen fonkelen, en alsof Ralph een misdaad heeft begaan, vuurt ze de ene na de andere impertinente vraag op hem af. Waar hij vandaan komt, wat zijn nationaliteit is, waar hij mammie van kent...

'Inderdaad, sinds januari, nu bijna een jaar geleden dus,' zegt Ralph kalm. 'En ja, dat ben ik,' vervolgt hij als Jennifer een fotolijstje van de schoorsteenmantel pakt en omhooghoudt. 'De foto is genomen in Brussel. Josefien en ik waren toen een lang weekend weg. We zaten in een hotel met een spa en een restaurant met Michelinster. Josefien voelde zich als een prinses. Ze wilde per se een kiekje van me maken. Er moet er ook nog een zijn waarop we samen...'

Ralph houdt meteen zijn mond als Jennifer het fotolijstje zo hard terugzet op de schoorsteenmantel dat het glas breekt en een diepe barst Ralphs Romeinse neus doormidden klieft.

Sylvia slaakt een korte kreet en stapt op Jennifer af om haar te bedaren. Ze wil iets vermanends zeggen, maar Ralph is haar voor.

'Ja, weet je, je had me er eerder naar kunnen vragen, maar ik kan me niet herinneren dat ik een van jullie hier in die tijd ooit gezien heb,' zegt hij bedachtzaam.

Jennifer briest iets onverstaanbaars. Gevolgd door een stilte waarin ze naar adem hapt en zich klaarmaakt voor de volgende aanval.

Ondanks de impertinente vragen van Jennifer houdt Ralph zijn gezicht nog steeds in de plooi. Hoe scherper haar vragen, hoe rustiger Ralph reageert. Sylvia moet in zichzelf lachen om de doodkalme houding waarmee hij Jennifer uiteindelijk op de kast jaagt.

Ze kijkt naar Lodewijk. Blijkbaar is er iets dringenders dat hem bezighoudt. Hij heeft zijn telefoon opgepakt en staart met grote verontwaardiging naar het display.

Sylvia voelt de ogen van Ralph op zich gericht. Als ze hem aankijkt, schrikt ze van de priemende blik. Losjes leunt hij achterover op de bank. Zijn armen heeft hij gespreid op de rugleuning gelegd. En als hij zijn benen over elkaar slaat valt het Sylvia op dat hij zijn zwarte loafers zonder sokken draagt. Ze krijgt al kippenvel bij het idee: hartje winter en met blote voeten in je schoenen?

Terwijl Ralph zijn aandacht weer op Jennifer richt en haar opnieuw van repliek dient, neemt Sylvia hem nog beter in zich op. Hij heeft een slank en gespierd lichaam, een diepe basstem met een licht Frans accent. Het geeft hem iets van een maffioso. Dat in combinatie met zijn jongensachtige en uitdagende voorkomen windt Sylvia op.

Ongemakkelijk strijkt ze haar haar achter haar oor en likt ze langs haar lippen. Ze is zo lang verstoken geweest van de aantrekkingskracht van mannen, dat ze niet meer weet hoe ze daarmee moet omgaan. Het maakt haar onzeker, juist nu, nu ze zich niet mag laten afleiden. Onwillekeurig werpt ze even een blik uit het raam, waarachter de sneeuw onverminderd blijft vallen. Was ze niet van plan om te vertrekken? Met de komst van Ralph is ze meteen gestopt met sneeuwruimen. Haar auto moet nog worden uitgegraven, ze moet naar huis, kijken of Kai er is. Weg van hier, van deze man...

Ze laat haar ogen weer over hem dwalen.

De seconden tikken weg. Jennifer houdt eindelijk even haar mond en Ralphs blik blijft nog steeds op Sylvia rusten. Het jaagt haar op en brengt haar terug in de realiteit. Waar is ze in godsnaam mee bezig? Alsof ze tijd heeft om hier te babbelen met de butler van mammie.

Ralph lijkt er net zo over te denken. Hij kijkt op zijn grote horloge, draait aan een van de leren polsbandjes die daaroverheen liggen en klakt met zijn tong. 'Zo, de tijd vliegt,' zegt hij. 'Als jullie het goedvinden, ga ik nu aan de slag.' Hij staat op, zet de lege koffiebekers op het dienblad, legt zijn telefoon ernaast en loopt ermee naar de deur.

'Hoezo aan de slag, wie zegt dat jij hier blijft?' Jennifer heeft weer nieuwe munitie.

Sylvia geeft Jennifer met haar ogen een signaal om te dimmen. Jennifer is er niet gevoelig voor, ze opent haar mond en lijkt te zoeken naar passende scheldwoorden.

Ralph kucht. Hij houdt even zijn pas in, werpt een blik op zijn telefoon en richt zich dan tot Jennifer. 'Ja, pardon, madame Jennifèr, maar ik hoop dat u begrijpt dat ik in dienst ben van uw moeder?' zegt hij op overdreven toon met een zwaar Frans accent. 'Zij heeft me namelijk gevraagd de komende dagen zorg te dragen voor het huis en de maaltijden. Ik ben allround, madame. Ik ben goed in de cuisine en met de automobile, ik poets het huis, ruim de rommel op en ben daarnaast Josefiens cavalier,' vervolgt hij in zijn wollige taalgebruik. Hij lacht breeduit.

'Pfff, schei toch uit, man, cavalier! Praat niet zo bespottelijk! Met je Jennifèr, hoor je? En ik ben zeker geen madame! Madame, madame... fokkit.'

'Prima, als u mij dan nu wilt verontschuldigen,' zegt Ralph.

Jennifer springt uit haar stoel en stormt op Sylvia af. 'Zeg jij ook eens wat, Syl, wat vind jij ervan? Hebben wij deze nepfransoos nodig?'

'Ik eh... ik weet niet wat mammie zou willen, ik...'

Sylvia begint te gloeien. De warmte van de open haard is verstikkend. Ze trekt aan haar vestje en wuift zichzelf koelte toe. Ze durft Ralph opeens niet meer aan te kijken.

'Wat mammie zou willen?' herhaalt Jennifer. Haar stem gaat een octaaf omhoog. 'Daar gaan we weer. Als we haar dat nou eens konden vragen, hè? Maar niemand weet waar mammie is. Of weet jij dat misschien, Ralph? Ik heb namelijk vlak voordat jij hier binnenkwam haar vriendin gebeld en die vertelde me dat ze gewoon thuis zit en helemaal niet met mammie naar een kerstmarkt is. Nou?' Jennifer kijkt van Ralph naar Sylvia. 'Hallo zeg! Wat is dit? Fuck jullie! Kan iemand mij zeggen wat hier aan de hand is? Of beter gezegd, waar mammie is?!'

30

Op hetzelfde moment dat Jennifer door het lint gaat over de vriendin van mammie, klinkt er op de telefoon van Lodewijk een ping. Ook bij Jennifer en Sylvia komt een appje binnen.

> Nou, wat vinden jullie van mijn verrassing, is hij geen schatje? Hij heeft beloofd goed voor jullie te zorgen. O, en voordat ik het vergeet, de financiële verrassing die ik voor jullie heb, krijg je van Ralph te horen. Dus wees een beetje lief voor hem. Kus, mammie.

'Goed bericht?' vraagt Ralph. Hij staat nog in de deuropening.

Lodewijk richt zich op. Jennifer heeft het bericht gelezen, net als Sylvia, beseft hij. Sylvia's wangen kleuren vlammend rood, terwijl Jennifer spierwit wegtrekt. Vol ongeloof staart ze naar haar telefoon. Ze stoot een korte keelklank uit en schudt verbaasd haar hoofd.

Lodewijk kan het niet langer aanzien, hij staat op, balt zijn vuisten en loopt op Ralph af. Iets in hem zegt dat hij als de enige man in de familie moet ingrijpen. Doorgaans zou hij er niet over piekeren om de held uit te hangen. Maar de opmerking in het appje van zijn moeder over een financiële verrassing waar deze Ralph blijkbaar van afweet, plus de vondst in de la op zijn kamer, drijven hem daartoe.

'Ik weet niet hoe jij mijn moeder hebt ingepalmd, maar dit bevalt me niet,' zegt hij.

Kwaad leest hij hardop het bericht uit de groepsapp voor. Hij wacht even en kijkt Ralph woedend aan. 'Ik ben benieuwd, Ralph. Over welke financiële verrassing heeft mijn moeder het?'

'Ik... eh... ik zou het niet weten.' Ralph deinst geschrokken achteruit en perst het dienblad als een horizontaal schild tussen hem en Lodewijk in. De koffiebekers schuiven heen en weer.

Lodewijk strekt zijn arm over het dienblad en grijpt naar Ralphs keel. Hij pakt de vlinderdas beet en trekt eraan. Het dasje zit aan een elastiek en rekt mee. Lodewijk verliest zijn evenwicht terwijl Ralph muurvast blijft staan.

'Verdomme, jij...' Nog kwaaier gaat Lodewijk over tot de aanval. 'Ik... sla je...'

Verder komt hij niet. Een heftige pijnscheut trekt door zijn rechterarm naar zijn borst. Hij slaakt een korte kreet, krimpt ineen en zakt langzaam door zijn knieën. De tijd lijkt te vertragen als hij de grond op zich ziet afkomen. Het kleed onder de tafel ligt net te ver weg, hij voelt dat hij ernaast gaat vallen.

'Lodewijk!' krijst Sylvia. Ze schiet op hem af. 'Lodewijk, wat heb je?'

Lodewijk wil iets zeggen, maar de woorden blijven steken in zijn keel. De kamer kantelt, zijn oren suizen. Hij begint hevig te zweten. Happend naar adem pakt hij de uitgestoken hand van Sylvia.

'Lodewijk, pas op!' gilt ze.

Lodewijk hoort niets meer en trekt Sylvia mee in zijn val. Ze rollen samen over de vloer. De vloer is hard en koud. Lodewijk voelt hoe zijn zus boven op hem belandt. Ze is warm en zacht. De zachtheid van haar lichaam doet hem aan Carla denken. Hij ruikt Sylvia's haar waar een zoete geur van amandelen omheen hangt, net zoals mammie vroeger rook ...

Mammie, nee, Carla. Het is de schuld van Carla, alles komt door Carla. Lodewijk strekt zich uit op zijn rug, de tranen beginnen als vanzelf te stromen. Hij heeft Carla gezien op Facebook. Carla is samen met George... Ze hebben een relatie met elkaar, dat stond erbij... En Josje, o, zijn lieve Josje, zijn enige kind, zijn meisje... Zij maakt filmpjes van zichzelf waarop ze halfnaakt danst en plaatst die dan op YouTube of zo'n andere online plek waar iedereen haar kan zien... O, god, wanneer is hij de controle kwijtgeraakt?

'Syl... ik...' Lodewijk ademt zwaar.

Sylvia heeft zich van hem losgemaakt.

Lodewijk opent zijn ogen. Sylvia zit nu gehurkt naast hem. Hij wijst op zijn hartstreek waar de pijn zit. Hij ziet aan Sylvia's angstige ogen dat ze bezorgd over hem is. Hij heeft haar verkeerd ingeschat. Hij kan haar vertrouwen, hij móét haar vertrouwen. Hij moet zeggen wat hij in de kledingkast heeft gevonden en waar hij het heeft neergelegd. Op de bodem van zijn koffer, waar een extra ruimte is die je met een rits moet openen... misschien dat zij...

'Sylvia... ik... Mammie heeft...' zijn stem is nog slechts een fluistering. Sylvia buigt zich over hem heen. Ze legt haar oor vlak boven zijn mond, een lok haar valt over zijn wang. Hij ruikt weer amandelen en sluit zijn ogen.

'Carla... en... ik...' Hij blaast de woorden een voor een naar buiten en voelt hoe Sylvia de haarlok uit zijn gezicht weghaalt.

Eén seconde is er nog iets wat hij over Carla wil zeggen, hij weet alleen niet meer wat. Hij haalt dingen door elkaar. Het geeft niet, zijn adem is op. Zijn pijn is weg, niets meer...

'Jennifer, bel 112!' gilt Sylvia. 'Snel!'

31

Het lijkt uren te duren voordat een ambulance de laan voor hun huis in rijdt. Jennifer ziet door het raam in de voorkamer hoe de auto in een sneeuwberg verdwijnt als hij voor de oprit parkeert. Twee mannen met een brancard – ineengedoken tegen de hevige sneeuwval – rennen op het huis af.

Sylvia is alvast de hal in gelopen om de deur te openen.

Jennifer heeft haar beloofd bij Lodewijk te blijven totdat de ambulance er is. Zo nu en dan werpt ze een blik naar de vloer waar haar broer ligt. Ralph heeft op verzoek van Sylvia een deken uit mammies kamer gehaald en die over Lodewijk gelegd. Lodewijk ligt doodstil. Zijn ademhaling is zwak en zijn gezicht is lijkwit. De bril die Sylvia van zijn neus heeft gehaald, ligt op de schoorsteenmantel naast het kapotte fotolijstje.

Jennifer voelt opnieuw hoe de woede bezit van haar neemt als ze naar Ralph kijkt. Met een zelfvoldane grijns staat hij naar hen te kijken. Het is een indringer, een oplichter. Het komt door haar ervaring met Hugo en zijn criminele vrienden, ze ruikt het als iemand niet deugt.

Ze pakt de telefoon uit haar zak en scrolt door haar contacten. Bij het laatste nummer dat ze heeft gebeld staat geen naam. Het is van Barbara, haar moeders vriendin, dat zit niet in haar contacten. Ze ziet nog de gezichten van Lodewijk en Sylvia voor zich toen ze vertelde dat Barbara niet in Dresden zat bij mammie, maar gewoon thuis was in Haarlem. Ze zag hen schrikken.

Haar ogen glijden verder over haar contacten. Aarzelend blijft haar duim boven de naam van Hugo hangen. Ze moet hem nog bellen over haar spullen, die ze niet meer voor de kerstdagen gaat ophalen. Misschien wel nooit meer. Het zijn maar spullen, en straks als ze geld heeft van mammie kan ze opnieuw beginnen.

Weer richt ze haar blik op Lodewijk. Zou hij doodgaan?

De gedachte aan mammies financiële verrassing spookt al vanaf het moment dat ze het bericht in de app las door haar hoofd. Als Lodewijk de geest geeft, zou normaal gesproken zijn deel van mammies erfenis automatisch naar Carla en zijn dochter gaan. Maar wat niemand weet en waar zij bij toeval achter is gekomen toen ze op Lodewijks kamer was en op zijn laptop keek, is dat Lodewijk van Carla is gescheiden en dat hij hun familiezaak wil overdoen aan George. Zolang daar niet voor is getekend, blijft de zaak van Lodewijk. Maar wie erft de zaak als hij overlijdt? Zouden hij en Sylvia daar iets over hebben vastgelegd? Jennifer wordt pissig bij die gedachte. Zij weet weer eens van niets, haar houden ze natuurlijk overal buiten. De enige met wie Lodewijk praat is Sylvia... Ze kon zijn woorden net niet verstaan en het liefste had ze zich ook over hem heen gebogen.

'Waar is hij?'

'Hij ligt hier.'

De stem van Sylvia dringt door tot in de voorkamer. Zware voetstappen komen in Jennifers richting. Rex gromt als de ruimte zich vult met de ambulancemedewerkers en hun apparatuur. De kou die ze mee naar binnen brengen, doet Jennifer rillen. Ze tilt Rex op en drukt hem stevig tegen zich aan. Ze forceert een betrokken glimlach, maar niemand let op haar.

De deken wordt van Lodewijks lichaam getrokken. Bedreven voelt een van de mannen Lodewijks pols, de ander schuift een zuurstofmasker over Lodewijks gezicht en meteen daarna wordt er een infuus aangelegd. Daarop plaatsen de mannen Lodewijk op de brancard en wordt hij met evenveel aandacht en precisie weggevoerd.

Jennifer kijkt naar Sylvia. Haar ogen glanzen, ze lijkt behoorlijk van slag. Jennifers gedachten gaan opnieuw naar wat die Sylvia en Lodewijk allemaal achter haar rug hebben bekokstoofd over mammies erfenis en over de zaak.

Hoeveel weet Sylvia over Lodewijk? Weet ze dat hij is gescheiden? Weet ze het van George?

Jennifer voelt hoe de opwinding hierover haar in bezit neemt. Haar hart bonkt zwaar achter haar ribben. Nieuwe gedachten over een onzekere toekomst zonder Hugo dringen zich op en blijven hangen. Ze aait over de kop van Rex, geeft er een kus op en neemt een besluit. Ze gaat Hugo helemaal niet bellen, hij kan in de stront zakken met die spullen.

'Ja, dank u wel. Nee, helaas, dat gaat niet, ik blijf hier. Ik zal zijn vrouw en dochter inlichten,' hoort ze Sylvia in de hal tegen de ambulancemedewerkers zeggen.

De voordeur wordt gesloten.

Vrouw en dochter? Jennifer werpt een afwezige blik op de tuin. Ze kijkt naar de mannen en ziet hoe ze moeizaam ploegend door de sneeuw de ambulance bereiken.

Waarom heeft Sylvia het tegenover die mannen over de vrouw van Lodewijk? Carla is nu toch zijn ex? Kennelijk is Sylvia daar dus niet van op de hoogte. De brancard met Lodewijk erop wordt in de ambulance geschoven. De deuren klappen dicht en de zwaailichten gaan aan. Sneeuw stuift op als de auto in grote vaart en met loeiende sirenes wegrijdt.

'Ja, bedankt. Graag,' hoort Jennifer Sylvia zeggen. 'Ik was al begonnen, maar...'

Jennifer fronst. Ze hoort nu de stem van Ralph. Ze vangt woorden op over bezems en sneeuwschuivers.

Fuck!

Wat denkt die Sylvia dat... Die Belg moet hier weg, oprotten. Haastig komt ze in beweging, ze zet Rex op de grond. Het diertje piept als een pasgeboren kuiken.

'Stil jij,' roept ze naar de hond. Bijna is ze bij de deur als iets haar lijkt tegen te houden. Ze twijfelt. Stel, ze heeft zich vergist en mammie is met een andere vriendin op pad – tenslotte heeft mammie nooit de naam van de vriendin genoemd – en stel, met die Ralph valt te onderhandelen... Kan ze dan niet beter...

Een lachje krult haar lippen als ze luistert naar het schrille stemgeluid van Sylvia. In de stem klinkt paniek door. Is dat de paniek van een moeder die weet dat haar zoon een plofkraak heeft gepleegd? Of is er meer? Jennifer kan zich vergissen, maar er klopt iets niet aan haar grote zus. Het viel haar al eerder op. Die zusterlijke bezorgdheid van Sylvia voor haar broer die naar het ziekenhuis wordt afgevoerd, lijkt niet alleen met zijn hartaanval te maken te hebben. Er is meer. Sylvia verbergt iets.

32

'Het spijt me dat ik daarnet zo uitviel,' zegt Jennifer, als Sylvia na een tijdje de kamer binnenkomt. Ze zit in haar roze trainingspak met opgetrokken benen op de hoek van de bank naast de haard. Het houtvuur knettert zachtjes. Ze ziet dat Sylvia zich heeft omgekleed. De spijkerbroek en het pluizige vestje zijn verruild voor een grofgebreide grijze jurk met een col. Het kledingstuk doet haar niet alleen langer lijken, ook dunner. Eroverheen draagt ze een lang bordeauxrood vest met grote zakken. Ze heeft kniehoge zwartsuède laarzen aangetrokken en een zwarte panty. Haar geblondeerde haar zit in een losse knot. Haar ogen zijn zwaar aangezet met eyeliner en mascara. Te zwaar naar Jennifers smaak, hierdoor lijkt Sylvia nog bleker dan ze al is.

'Je ziet er mooi uit, Syl,' zegt ze oprecht. Ze heeft Sylvia altijd mooier gevonden dan zichzelf. Zelfs nu Sylvia er zo beroerd uitziet, blijft ze een fraaie verschijning. Iemand met gevoel voor stijl. Zo heel anders dan Lodewijk.

'Verwacht je bezoek, of is het voor Ralph? Ik heb je wel naar hem zien kijken, hoor,' zegt ze. Meteen krijgt ze spijt van het venijn dat doorklinkt in haar stem. Ze had zich voorgenomen het vriendelijk te houden, juist omdat ze wil weten wat er met Sylvia aan de hand is.

'Ik ging ervan uit dat mammie met Barbara naar Dresden is, maar ik heb me vergist. Ze heeft natuurlijk meer vriendinnen, vroeger deed ze alles met Barbara en daarom...'

'Ik ga zo naar huis,' zegt Sylvia.

'O, maar, eh... en mammie dan? En die snorremans?' Jennifer veert op van de bank. Ze pakt een houtblok. Nijdig werpt ze het in de haard. Het vuur laait op en verspreidt een gouden gloed. 'Wat moeten we met die kerel, Syl?'

Sylvia schokschoudert. 'Ik weet niet, ik...' Ze kijkt uit het raam. Jennifer volgt haar blik naar buiten. Een strooiwagen met zwaailicht rijdt stapvoets over de besneeuwde laan voor het huis. De pekel die hij verspreidt, lijkt geen enkel effect op de weg te hebben.

'Ben je bezorgd over je zoon?' vraagt Jennifer. Ze probeert het venijn in haar stem om te buigen naar een belangstellende toon, wat niet echt lukt.

Sylvia moet het aanvoelen, haar gezicht verstrakt. Ze draait zich om. Haar ogen vernauwen zich tot spleetjes als ze Jennifer weer aankijkt. 'Ja, dat ben ik... maar het zal vast wel goed komen. Ik wil thuis zijn als hij naar huis komt. Misschien is hij dat al en maak ik me voor niks zorgen.'

Jennifer wacht even. Ze ademt in en veinst opnieuw belangstelling. 'Wat is er dan met hem, Syl?'

'Dat eh... dat weet ik niet, hij...'

'Vorige keer zei je dat je bang was dat hij iets ergs had gedaan, toch? Heeft het met die plofkraak te maken?'

'Plofkraak?!'

Jennifer ziet hoe Sylvia verkrampt. Ze moet lachen, maar ze houdt zich in.

'Hoe kom je dáárbij?' vraagt Sylvia.

'Nou ja, toen het op tv was, viel het me op dat jij nogal schrok, Syl. Meer dan wij… en daarom dacht ik…'

'Wat een onzin! Een plofkraak, alsof mijn Kai… Nee, ik maak me zorgen over zijn alcoholgebruik. Kai gaat er met zijn vrienden op uit. Sommigen hebben een scooter, ze gaan indrinken bij iemand thuis en daarna het verkeer in… En nu met die gladheid, misschien heeft hij een ongeluk gehad, ligt hij ergens langs de kant van de weg… Het is vreselijk om niet te weten waar hij is.'

Jennifer opent haar mond, maar doet hem meteen weer dicht. Hier had ze niet aan gedacht. Dat Sylvia haar glashard zou kunnen voorliegen. Zo doen moeders dat natuurlijk. Moeders nemen het altijd op voor hun kroost. Behalve hun eigen moeder dan. Mammie nam het voor niemand op, ja, voor dieren, onderdrukte vrouwen en alleenstaande moeders…

'En de politie doet niks?' vraagt ze.

Sylvia schudt haar hoofd. 'Zij verwachten dat het vanzelf goed komt. Vandaar dat ik…' Gespannen kijkt Sylvia op haar horloge en haalt dan haar telefoon uit een van de zakken van haar vest. 'Maar ik zal eerst even Carla bellen. Zij was samen met Josje onderweg naar Lodewijk.'

'O, gezellig, is George er ook bij?' vraagt Jennifer lachend.

Sylvia kijkt even verstoord op, maar richt zich meteen daarna op haar telefoon.

'Weet je het niet van hem en Carla?' gaat Jennifer laconiek verder.

Weer kijkt Sylvia op. Terwijl ze de telefoon tegen haar oor drukt, fronst ze haar voorhoofd. 'Wat bedoel je?'

Jennifer vloekt inwendig. *Smerige stiekemerd.*

'O, kijk, hoe kon ik dat ook vergeten: jij weet zogenaamd

niks, hè?' sneert ze. 'Niets van mammie, niets van Lodewijk, niets van mij en Hugo... Maar Syl, is dat waar? Ik geloof er niets van, jij weet alles. Ik denk dat je liegt en dat die Kai van jou niet bij iemand achter op een scootertje zit dat te hard rijdt, maar dat hij die plofkraak heeft gepleegd. Sterker nog, ik heb je daarover horen praten. Het was op het nieuws, zei je tegen degene met wie je aan de telefoon hing. Het was op Facebook, hoorde ik je ook zeggen. Geef toe... Als dat schatje van jou een plofkraak heeft gepleegd, wie draait er dan op voor de kosten? Jij, Syl. Kun je dat betalen? Jij, met dat inkomen van jou? Haha, daar moet je heel wat kalknagels en likdoorns voor behandelen, niet?'

Sylvia laat abrupt de telefoon zakken. Haar kaak verstrakt, haar ogen fonkelen. 'Verdomme, waar heb je het over?' snauwt ze.

'Tuurlijk, doe maar alsof je van niets weet. Waren we allemaal maar zo braaf als jij. Met je uitgestreken smoeltje, altijd zo goed je best gedaan, hè? Maar toen papa ziek werd en hij de zaak aan Lodewijk naliet, vertrok je. Wie betaalde daarna je studieschuld en waar was je toen papa uiteindelijk overleed? Mevrouw was onvindbaar, zat ergens met haar rugzak in Australië spiritueel te doen. Lodewijk moest van mammie stoppen met zijn studie en zijn grote liefde achterlaten in Italië. En ik? Ik was net achttien, Syl, en ik werd gek van mammie. Ook ik vluchtte het huis uit, recht in de armen van mijn eerste echtgenoot. Nou, dat was fijn, zeg...'

'Dat is niet mijn schuld.'

'Gaat het, dames?'

Sylvia draait zich verschrikt om. Ralph staat in de deuropening. Hij heeft zijn jas nog aan. Op zijn schouders ligt een laagje sneeuw, het puntje van zijn neus is rood en uit zijn snor loopt ijswater. Hij veegt er met zijn hand langs en snuift.

'Nee, het gaat helemaal niet,' roept Jennifer. 'Mijn broer ligt in het ziekenhuis, mijn moeder is vlak voor haar verjaardag van de aardbodem verdwenen en mijn zus hier heeft een zoon die door de politie wordt gezocht voor een plofkraak… Nou jij weer, meneer de butler. Dus kom maar op met die financiële meevaller voor ons, want daarna vertrek ik voorgoed uit dit huis.'

33

De stilte wordt verbroken door de ringtone van Sylvia's telefoon. Even is ze nog te beduusd door de felheid waarmee Jennifer uitviel tegen Ralph.

Maar Ralph lijkt niet gevoelig voor Jennifers geschreeuw. 'Zou je niet opnemen?' zegt hij kalm.

Sylvia kijkt op het toestel.

'Ha Carla,' zegt ze als ze opneemt. 'Ja, ik belde jou net, maar er kwam iets tussen. Hoe is het nu met Lodewijk?'

Jennifer wuift naar Ralph dat hij de kamer uit moet. 'Privézaken,' roept ze.

Ralph grijnst. Als een onderdaan in een koloniaal bewind legt hij zijn hand tegen zijn borst en maakt een korte buiging. 'Zoals u wilt, mevrouw.' Hij draait zich om en loopt naar de deur. In het voorbijgaan raakt hij even Sylvia's arm aan en wenst haar sterkte.

De aanraking bezorgt Sylvia acuut kippenvel. Meteen herpakt ze zich en richt ze zich weer op het telefoongesprek. 'O, Carla, en wat nu?'

Jennifer is opgestaan, ze wijst naar de telefoon. 'Zet dat ding verdomme op de luidspreker!' commandeert ze.

'Wacht even, Carla, Jennifer wil ook meeluisteren, goed?'

Als Jennifer een stap in Sylvia's richting doet om maar niets van het gesprek te hoeven missen, houdt Sylvia ineens de telefoon krampachtig tegen haar oor gedrukt. 'Ja... nee... O, wil je dat liever?' zegt ze.

Stilte.

Jennifer gebaart opnieuw dat ze wil meeluisteren. 'Zet dat ding op de luidspreker,' sist ze vlak voor Sylvia's gezicht.

'Wat zegt de arts?' vraagt Sylvia.

Stilte.

'Hé, hallo!' schreeuwt Jennifer. 'Ben ik in beeld?'

Sylvia wendt zich van haar af. Ze knikt en schudt haar hoofd als antwoord op Carla. 'Ik zal kijken,' zegt ze na een tijdje hummen zonder zich iets van Jennifers gestampvoet aan te trekken. 'En ja, onder deze omstandigheden lijkt me dat het beste. Wat fijn dat George zo meewerkt, dus jullie redden het verder wel? Eerlijk gezegd zie ik nu geen kans om... Ja, ja, nou goed dan. Dank je wel, ja, jullie ook. Hou me op de hoogte, alsjeblieft.'

Stilte.

'Ja, Jennifer staat hier naast me, ik zal haar de groeten doen. Ja, dat is goed. Fijn hoor, dag Carla.'

Sylvia verbreekt de verbinding. Aangeslagen loopt ze naar de bank en laat zich erop vallen. Jennifer springt nog net niet boven op haar.

'Wat is dit?' briest ze. 'Ik zeg je dat ik wil meeluisteren, en wat doe jij? Je houdt me erbuiten. Alsof het mij niets aangaat wat jij allemaal met Carla bespreekt. Vooruit, zeg iets. Waar ging dit over? Hoe is het met Lodewijk?'

Sylvia kijkt geschokt naar Jennifer, die buiten zinnen blijft doorschreeuwen. Ze was vergeten hoe Jennifer kan doorslaan. Het is maar goed dat ze niets van het gesprek met Carla heeft meegekregen.

Sylvia is er nog helemaal ondersteboven van: Carla heeft haar verteld dat zij en Lodewijk een halfjaar geleden zijn gescheiden en dat Lodewijk is verhuisd naar een huurwoning in een nieuwbouwbuurt in Houten. Ze zei ook dat George en zij al een paar jaar een relatie hebben, maar dat Lodewijk daar zijn ogen voor sloot. Hij wilde niet inzien dat Carla niet langer tegen zijn drankmisbruik was opgewassen. Als George de zaak niet draaiende had gehouden, was er niets meer over geweest van hun familiebedrijf en zaten ze nu dik in de schulden.

'Hé, kom op, Syl! Ben je nog van plan iets te zeggen of...' krijst Jennifer.

Sylvia staart afwezig langs haar opgewonden zusje. Nu ze dit verhaal van Carla kent, verandert dat haar kijk op Lodewijk. Hij heeft haar dus al die tijd voor de gek gehouden, zelfs tijdens hun lunch laatst. Toen deed hij nog alsof alles goed ging met de zaak en met Carla. Wat een leugenaar en bedrieger is haar broer.

Ze rilt en wrijft in haar handen. Het vuur in de open haard dooft langzaam. Haar blik dwaalt van de haard naar buiten, waar het maar niet ophoudt met sneeuwen. Met de sneeuw die tegen de ramen valt en op de vensterbank blijft liggen, lijkt het uitzicht wel een kerstkaart. Als Sylvia zich niet zo verscheurd voelde zou ze ervan kunnen genieten.

Hoe heeft Lodewijk iedereen zo kunnen bedriegen? Iedereen, maar zichzelf nog het meest. Sylvia's boosheid maakt plaats voor medelijden. Een steek van verdriet gaat door haar heen; haar naïeve broertje dat alles deed wat mammie wou. Ze voelt tranen opkomen. Langzaam verplaatst ze haar blik van het raam naar haar zusje.

'Jen, het spijt me, het gaat niet goed met Lodewijk. Op weg naar het ziekenhuis kreeg hij een hartstilstand. Hij is gereanimeerd en ligt nu op de intensive care. Hij ligt in coma. Morgen weten we meer.'

'O, is dat alles? Is dat wat Carla jou allemaal vertelde? God, god, moest dat gesprek zo lang duren voor zo weinig informatie? Laat me niet lachen. Er speelt meer, hè? Is het die scheiding?'

'Scheiding?' Sylvia reageert ontsteld. 'Hoe kom je daar...?'

Langzaam dringt het tot haar door dat Jennifer niet te vertrouwen is. Ze raaskalt niet alleen, ze is van alles op de hoogte. Ze had het eerst over Kai en wat ze had opgevangen van het telefoongesprek dat zij heeft gevoerd met de moeder van Milan. Nu blijkt dat zij ook op de hoogte is van Lodewijks scheiding. Wat weet ze nog meer? Sylvia neemt haar wantrouwend op en draait zich dan om.

'Gek,' zegt Jennifer met stemverheffing. 'Waarom krijg ik toch steeds het gevoel dat er hier dingen voor me worden verzwegen? Jij, Lodewijk, mammie... Ach, ja, mammie. Hoe zou mammie het vinden als ze weet dat Lodewijk in het ziekenhuis ligt en dat hij van Carla is gescheiden? Ga jij haar bellen, of zal ik het doen?'

Sylvia is naar de deur gelopen. Ze kan dit geschreeuw niet langer aanhoren. Ze legt haar hand om de deurklink.

'Nou, Sylvia, als jij alles zo goed weet, dan weet je ook waarom mammie niet opneemt.'

Sylvia krimpt ineen. Het lijkt alsof ze onder stroom staat. Ze ademt snel, ze kan er niet meer tegen, ze is er klaar mee. Altijd alles regelen en onder controle houden. Tegen beter weten in. Dat ze mammie zo lang haar zin heeft gegeven, ze lijkt wel gek. De woede die in haar raast, mag ze vooral niet laten blijken. Dat zou alles verpesten. Ze is niet voor niets een grens overgegaan.

Traag keert ze zich om naar Jennifer. 'Doe jij dat maar,' zegt ze kalm, de irritatie in haar stem kan ze niet verbergen. 'Laat jij mammie maar weten wat er met Lodewijk is gebeurd, spreek het maar in op haar voicemail.'

Sylvia opent de deur naar de hal en voelt een koude tochtstroom langs haar benen trekken. Als ze de hal in stapt hoort ze nog net hoe de voordeur met een klap wordt dichtgetrokken en op slot wordt gedraaid.

'Ralph,' verzucht ze. Want met het hardop uitspreken van zijn naam, dringt er ineens iets tot haar door wat een nieuwe gedachtestroom op gang brengt. Het komt door Jennifer, door die laatste opmerking van haar waarin ze zich afvroeg waarom mammie de telefoon niet opnam.

'Ralph,' herhaalt Sylvia met een verstikte stem van woede. 'Hij weet het.'

34

Op de tafel, naast de vaas, ligt een briefje.

De voordeursleutel die Jennifer daar had neergelegd nadat ze Rex had uitgelaten is weg.

Jennifer schiet langs Sylvia en grijpt het briefje. 'Het is van Ralph,' zegt ze. 'Hier, moet je zien wat-ie schrijft.' Ze lacht hysterisch en duwt het briefje onder de neus van Sylvia.

Mesdames douces, ik ben een kerstboom kopen. Josefien stond erop dat ik die in huis zou halen. Laten we hopen dat ze toch nog rond kerst weer thuis is. Ze is dol op kerstbomen, maar dat weten jullie natuurlijk al ☺

Sylvia pakt het briefje van Jennifer aan. Het bericht is in keurige sierletters geschreven. Terwijl ze het met verbazing herleest, zoemt haar telefoon. Nog half met haar aandacht bij het briefje haalt ze het toestel uit haar zak. Ze kijkt op het display en er gaat een schok door haar heen. Het is Kai. Trillend drukt ze op het groene icoontje.

Uit angst dat hij zal ophangen durft ze zijn naam nauwelijks hardop uit te spreken. 'Kai?' fluistert ze. 'Kai, ben jij het?'

‘Hi mam.’

Hij is het, de heldere stem van haar zoon schalt in Sylvia’s oor. Ze is sprakeloos.

‘Ben je er nog, mam?’

‘Ja, ik ben er nog.’

‘Ik zag dat je me een paar keer gebeld had en... ik eh...’

Sylvia slikt. Een paar keer gebeld? Ontelbare malen heeft ze het nummer van Kai gekozen. Steeds zonder resultaat. De afgelopen dagen heeft ze non-stop met de telefoon in haar hand gelopen en daar bijna iedere seconde op gekeken. Ze is zo van slag dat ze het briefje van Ralph uit haar hand laat vallen.

Ze moet helder blijven en zich goed houden. Nu geen verwijten, maar ook geen blijdschap tonen, neutraal blijven. Hij mag niet ophangen.

‘Waar ben je nu?’ vraagt ze. Ze kan niet voorkomen dat haar stem trilt. ‘Ben je thuis?’

‘Nee, ik ben nog bij een vriend, jij zit dit weekend toch bij oma?’

‘Ik... Ja, ja, dat klopt.’

Gaat ze zeggen dat mammie er niet is? Dat zijn oom in coma ligt op de ic, dat zijn tante Jennifer hier witheet voor haar neus staat te gebaren en te klagen, en dat er een butler is die Ralph heet?

‘Ken ik die vriend?’ vraagt ze.

Ze denkt aan de camerabeelden van de plofkraak. Ze denkt aan de zoon van Romana, Milan; volgens het nieuwsbericht hadden twee van de drie jongens een getinte huidskleur.

‘Kweenie, mam. Rachid, die heb je toch weleens gezien?’

Rachid dus. Ze heeft nooit kennisgemaakt met Rachid, maar dat doet er nu niet toe. Ze heeft Kai eindelijk aan de lijn en dat is belangrijk. Hij leeft nog en hij gamet met Rachid.

Ze haast zich naar haar kamer en sluit de deur.

Ze hoort Jennifer vloekend de trap op stampen.

'Zeg, mam, waar ik voor bel, ik heb nieuwe lootboxen nodig voor een extra level. Kun jij wat geld overmaken?'

'Lootboxen?'

'Ja, schatkistjes, mam... nieuwe tools...' Kai zucht.

De bekende zucht. Hoe kun je toch zo dom zijn, hoort Sylvia in de zucht.

'Ik ben door mijn zakgeld heen en ik dacht, als jij niet wilt, misschien dat oma me dan wat...?' Kai gaat van de bekende zucht over op het al even bekende smeektoontje dat hij gebruikt als hij zijn zin wil hebben.

Hoe durf je om geld te vragen? Heb je niet genoeg overgehouden aan die plofkraak?

'Hoeveel heb je nodig, Kai? Het is bijna kerst, schat, dus wie weet, misschien dat oma ook nog iets bijdraagt.'

'Cool, mam! Tweehonderd?'

'Wat? Tweehonderd euro? Ben je gek... Waarvoor?'

Weer die zucht. 'Dat is peanuts, mam, als je ziet hoe ver ik al ben. Uiteindelijk levert het me dan...'

Straks verbreekt hij de verbinding, is ze hem kwijt.

'Nou goed dan, maar dan moet ik wel weten waar je bent.'

Ze klinkt streng. Te streng? Ze moet hem vasthouden.

Boven in beeld verschijnt een appje met een selfie van Kai en een donkerharige jongen met gitzwarte ogen. Ze lachen brutaal en maken een V-teken naar de camera. Een adres in Lunetten wordt erbij getypt.

'Beloof je me te bellen als je straks naar huis gaat?' zegt Sylvia terwijl ze naar het berichtje staart. 'Dan zorg ik dat ik er ook ben.'

'Hoeft niet, mam, ik blijf bij Rachid. Zijn ouders zijn op familiebezoek naar Marokko, we zitten hier alleen met zijn zusje.'

'Maar...'

Alleen in een huis? Zonder ouders?

'Wat eet je dan, Kai?'

'Maham...'

'Goed, goed, ik maak het geld aan je over. Ik denk dat ik morgen naar huis ga, dan zijn we gezellig samen met de kerstdagen... en...'

'Nice. Maar mam, wat mij betreft dan liever ná kerst. Deze game...'

'Hoezo ná kerst? Met kerst hoor je samen te zijn met familie, Kai. Ik wil dat je eerste kerstdag op het diner komt en...' Sylvia hoort zichzelf het woord diner uitspreken.

Diner, waar en met wie?

'Een diner, mam? Met wie dan, met oma en oom Lodewijk?' vraagt Kai, waarmee hij hardop haar gedachten uitspreekt.

'Ik eh... Misschien... Eh, nee, oma is er niet bij, en oom Lodewijk is... Weet je wat, kom nou maar gewoon naar Maarssen, hier is genoeg ruimte om te gamen. Dan zien we daarna wel verder, goed?'

Wat zegt ze nu? Kai, hier in Maarssen?

Stilte.

Gesmoes.

'Tof, mam, zorg jij voor het geld?'

Sylvia wil nog iets zeggen, maar de verbinding is al verbroken. Roerloos staart ze naar haar telefoon. Er flitst een gedachte door haar heen die haar geruststelt: Kai heeft geld nodig, zou dat betekenen dat hij niet die plofkraak heeft gepleegd? Meteen daarop scrolt ze naar het icoontje van haar bank, ze kijkt naar haar saldo en maakt tweehonderd euro over aan haar zoon. Ze slikt.

Ze houdt zich voor dat het goed is wat ze doet. Ze denkt terug aan het gesprek met die politieman en het verwijt dat hij haar maakte toen hij hoorde dat ze haar zoon een weekend alleen thuis had gelaten. Daarna moest ze aan Romana denken en aan Milan. En nu is er ook nog dat vriendje, Rachid, dat thuis zit met zijn zusje. Iedereen kan Kai verraden, iedereen kan ervoor zorgen dat de politie bij haar aanbelt in Lunetten om haar zoon... En daarom moet hij niet naar huis gaan maar naar Maarssen komen. Zodat ze samen zijn, hier, zodat ze hem een alibi kan geven als...

Beng! Een harde klap klinkt opeens achter de deur, gevolgd door een kreet van Jennifer.

Sylvia loopt geschrokken de slaapkamer uit. Jennifer slaat met haar vuisten tegen de voordeur. Om haar voeten loopt Rex zenuwachtig heen en weer te dribbelen.

'Fuck, die klote-Ralph!' gilt Jennifer. 'Dat knipmes heeft ons hier opgesloten, Syl. Ik dacht dat ik de sleutel per ongeluk mee naar boven had genomen, maar die gek heeft hem bij zich!'

En terwijl Jennifer steeds harder begint te slaan en haar stem overslaat, komt er op Sylvia's telefoon een appje binnen van mammie.

35

Jennifer is met Rex naar de keuken gerend. Met een verhit gezicht wrikt ze aan de deur die naar de garage leidt. Als een bezetene vloekend en trappend moet ze constateren dat ook hier, net als bij de voordeur, geen beweging in zit.

'Ik bel de politie,' roept ze naar Sylvia, die nu ook de keuken binnenkomt. Ze zet Rex op de grond en pakt haar telefoon.

'Die gestoorde Belg, hij sluit ons hier gewoon op! In ons eigen huis, verdomme!'

Sylvia komt bleekjes op Jennifer af. 'Wacht, wacht, ik krijg net een bericht binnen van mammie,' zegt ze terwijl ze de telefoon omhooghoudt.

Jennifer kijkt op haar eigen telefoon. Driftig beweegt ze haar vingers over het schermpje. Ze was al klaar om 112 te bellen.

'Ik zie niets.'

'Nee, nee, ze heeft het niet in de groepsapp gezet, maar aan mij persoonlijk gestuurd,' antwoordt Sylvia.

'Welja, daar gaan we weer. Wat een geklooi! Wie ben ik eigenlijk hier? Nou, zeg het maar. Alles moet via jou of Lodewijk gaan, altijd al. Fuck! Weet je Sylvia, ik ben het zat, spuugzat! Alsof ík geen kind ben van mammie, alsof ik een vreemde ben, uitschot. Terwijl die gladjakker… Ik ga toch zeker niet zitten wachten totdat hij terug is. Ik wil hier weg!'

Jennifer trapt tegen de tussendeur. Opnieuw trekt ze aan de klink. In haar woede bezeert ze haar hand. 'Au! Shit! Kut, kut…'

'Kalm aan, Jennifer, hou je een beetje in.'

'Hoezo? Waarom zou ik?'

Nog een keiharde trap tegen de deur. Jennifer wrijft over haar hand en voelt met de seconde de machteloosheid toenemen. Zo gaat het nou altijd met haar. Vroeger noemde mammie haar hysterisch, nu is er Sylvia die doet alsof ze gestoord is, thuis is er Hugo. Haar mooie man voor wie ze als een blok is gevallen. Grote, charmante Hugo met zijn hoekige kaaklijn en grijzende slapen. Haar leven is één grote aaneenschakeling van foute keuzes. Buiten adem blijft ze stilstaan. Haar lijf beeft, haar hoofd bonkt.

Ze kijkt naar Sylvia, die met die bekende onderkoelde blik van haar terugkijkt. Het drijft Jennifer tot nog meer wanhoop. Ze haat het. Ze haat iedereen. Lodewijk, mammie, Hugo, iedereen die maar doet alsof ze het aan zichzelf te wijten heeft dat ze meppen krijgt. Iedereen die zegt dat het haar eigen schuld is dat ze geminacht wordt.

Is dat zo?

Ze weet het niet meer.

Ze grijpt naar haar hoofd, haar brein staat op barsten. Als ze nou maar minder snel opgefokt was. Minder onzeker… Ze hapt naar adem. Ze wil het niet, niet gaan janken.

Al snel is er geen houden meer aan, de traanklieren laten zich niet leiden. Door een waas van tranen ziet ze Sylvia dichterbij komen.

'O, Syl, ik ben zo bang om alleen te zijn,' snikt ze.

Haar lichaam schudt, ze sluit haar ogen en kermt.

'Ik weet het,' antwoordt Sylvia, en ze legt een arm om Jennifers schouder en trekt haar even naar zich toe.

Jennifer zou zich nu graag overgeven aan de troostende handen van haar grote zus, ze zou haar hoofd tegen Sylvia's borst willen leggen en alle pijn en wroeging over haar leven eruit willen gooien. Vreemd genoeg is er ondanks de liefdevolle aanraking van Sylvia geen grotere afstand tussen hen denkbaar. Jennifer beseft dat het altijd zo is geweest. Sylvia kan haar niet troosten. Er gaat geen enkele warmte van haar uit. Sylvia is koud. Zo koud als de sneeuw die buiten om het huis ligt.

Ze maakt zich los uit Sylvia's omhelzing en schraapt haar keel. Ze wijst op Sylvia's telefoon. 'Wat schrijft ze?' vraagt ze, waarna ze haar neus ophaalt.

Sylvia opent opnieuw het appje. 'Ze zegt dat ik niet moet vergeten om Ralph naar de papieren te vragen. Ze schrijft dat ze in haar kamer, in de bovenste la van haar bureau, een kopie heeft liggen.' Sylvia kijkt fronsend op naar Jennifer. 'Ik begrijp niet helemaal waar ze het over heeft. Papieren?'

'Ze is gek, Syl, dat heb ik altijd al gezegd.'

Jennifer voelt de adrenaline alweer door haar aderen gieren. Ze gloeit alsof ze koorts heeft. Ze wendt zich van de deur af en pakt met een zwaai Rex op.

'Nou huppakee, laten we maar eens gaan kijken wat er in die bureaula ligt. Kom op, grote zus van me, waar wacht je op?' vraagt ze, als Sylvia blijft staan.

'Nee, niets, ik... ik meende even een geluid te horen.'

Jennifer volgt Sylvia's blik naar de kelderdeur en spitst haar oren. Maar als op datzelfde moment ook op haar eigen telefoon een appje binnenkomt van mammie, gaat al haar aandacht daarnaartoe.

Ik heb van mijn goede vriendin Barbara begrepen dat jij wilt weten waar ik verblijf in Dresden en met wie. Zal ik eens wat zeggen, Jennifer? Dat gaat je niks aan, sterker nog: spaar je energie. Je zult het nodig hebben als je hoort wie Ralph is... ☺

Met grote ogen kijkt Jennifer naar haar telefoon. 'Krijg nou wat! Kutwijf!' roept ze.

Sylvia kijkt haar niet-begrijpend aan.

'Wie, mammie?' vraagt ze.

36

Sylvia haalt haar schoudertas van de bureaustoel, legt hem op bed en rijdt de stoel de kamer uit zodat zij en Jennifer beter bij het bureau kunnen. Dan stapt ze over haar weekendtas en schuift hem onder het tweepersoonsbed.

De slaapkamer van haar moeder mag dan opgeruimd zijn, de paar vierkante meter ruimte staat veel te vol met meubels. Los van het bed dat de kamer domineert, zijn er ook nog een kledingkast, een boekenkast, een bureau en een laag ladekastje waarop een verzameling oude geldkistjes en spaarpotten staat. Sylvia weet nog dat Kai hier een keer bij zijn oma logeerde en ze er later achter kwam dat hij in het geniep de spaarpotten had opengemaakt. Hij vond niets. Mammie stopt geen geld onder haar matras, in oude sokken of spaarpotten, mammies geld staat veilig op de bank.

Sylvia werpt een blik op Jennifer, die voor het bureau staat en driftig gebaart dat ze moet opschieten. 'Vooruit, jij hebt toch overal sleutels van? Waarom zit die pestlade dan nog op slot?'

'Omdat ik daar niets uit nodig had. Tenslotte is het mammies...'

'Mammie, mammie, hou op over mammie, ik kan er niet meer tegen.' Jennifer rukt zo hard aan de lade dat de spullen die op het bureau liggen beginnen te verschuiven.

Pennen, blocnotes, een asbakje, een wekkertje, fotolijstjes, opladers en stekkers, alles rolt door elkaar.

Sylvia bekijkt de sleutelbos die ze zojuist uit haar tas heeft gehaald.

Een paar jaar geleden heeft mammie haar de sleutels toevertrouwd. Het was in de tijd dat haar moeder een nieuwe heup kreeg en zij wat vaker langskwam om boodschappen te doen en te helpen met aankleden.

Ze had het indertijd heel druk met Kai en haar werk en had voorgesteld om een mantelzorger in te huren. Hoewel mammie zich dat met gemak kon veroorloven, werd het idee meteen afgewezen. Zonde van het geld als je een dochter hebt die in de buurt woont, was haar reactie.

'Kom, laat me erbij!' zegt ze, geïrriteerd bij die herinnering. Ruw trekt ze Jennifer weg bij het bureau en haalt een sleuteltje tevoorschijn dat aan de sleutelbos zit. Het is meteen de juiste. Met moeite en na lang wrikken en trekken, gaat de lade eindelijk open. Het ding zit tot de rand toe vol met papieren.

'Mijn god, waar moeten we beginnen?' zegt Jennifer. Met een verhit gezicht grijpt ze de bovenste dossiermap en loopt ermee naar het bed.

Sylvia haalt de spullen die eronder liggen naar boven. Verzekeringspolissen, bankafschriften, vergeelde krantenknipsels over vrouwenrechten en ontelbaar veel gebruiksaanwijzingen en garantiebewijzen van diverse huishoudelijke apparaten liggen kriskras door elkaar.

Achter haar staat Jennifer voor het bed te mopperen en te vloeken.

Ze kijkt even om en ziet hoe Jennifer woest worstelt met de dossiermap, aan de elastieken rukt die eromheen zitten en vervolgens de map omgekeerd in de lucht houdt en leegschudt. Als een confettiregen dwarrelt de inhoud over het dekbed. De kleren die Sylvia vanochtend aanhad bij het sneeuwschuiven en die ze op bed heeft laten liggen, verdwijnen onder een berg van papier, paperclips en heel veel stof.

'Hé, kun je een beetje uitkijken? Al die troep op mijn kleren...' Ze springt op Jennifer af. Zonder resultaat. Jennifer blijft tussen de papieren graaien.

'Nee! Krijg nou wat!' Met grote ogen en open mond staart ze naar de inhoud van het document. 'Dit geloof je niet!'

Met de zijkant van haar hand strijkt ze het document glad, haar ogen vlammen. Ze gaat op het bed zitten, op de papieren, en kromt haar rug.

'Dít gelóóf je écht niet...' herhaalt ze.

'Wat?' vraagt Sylvia geërgerd. 'Laat zien!'

'Een trouwakte, Sylvia, dit is een trouwakte van mammie... en...' Jennifer schudt wild haar hoofd. Ze ziet opeens zo asgrauw dat Sylvia snel haar kleren wegschuift en naast Jennifer gaat zitten.

'Dit kan niet! Ze is knettergek!' roept Jennifer, die het document in haar handen tot een prop maakt.

'Ho wacht, geef eens hier, laat mij ook eens kijken.' Sylvia grijpt Jennifers hand.

Een deel van het document blijft hangen tussen de vingers van Jennifer, waardoor het papier scheurt. Sylvia hoeft niet de volledige inhoud te zien om te begrijpen dat het een officieel stuk betreft. Het is inderdaad een trouwakte, waarop alle drie de doopnamen van haar moeder staan, plus de namen van haar man, en dat zijn niet die van hun overleden vader. Als ze de andere helft van het papier uit Jennifers hand trekt, leest ze de datum waarop de trouwakte is afgegeven. Ook die is niet van vijftig jaar terug, maar van een paar maanden geleden.

'Brussel!' zegt Sylvia. 'Ze is in Brussel met hem getrouwd.'

Een steek van ongeloof raakt haar recht in haar hart. Ze verkrampt bij de gedachte wat dit voor gevolgen kan hebben.

'Die foto op de schoorsteenmantel, Syl, hun uitje naar Brussel... Wat denk jij?'

Sylvia staat op, verslagen laat ze haar armen langs haar lichaam zakken. Ze kijkt naar Jennifer, die haar vragend blijft aanstaren. Ze moet iets zeggen, iets uitleggen, maar net op dat moment gaat de voordeur open en klinkt de stem van Ralph door het huis.

'Hallo? Ik ben er weer, kan iemand mij helpen?' roept hij.

De voordeur klapt dicht. Jennifer komt overeind. 'Ik ga die klojo...'

'Stop! Hier blijven.' Sylvia houdt Jennifer tegen. Ze legt haar vinger voor haar mond en gebaart dat Jennifer zich rustig moet houden. 'Geen overhaaste dingen doen, dat is in ons nadeel.'

De vloer in de hal kraakt, voetstappen komen dichterbij. De bureaustoel die Sylvia even voor de deur had gezet, wordt opzijgeschoven. De deur gaat open en Ralph steekt zijn fronsende hoofd om de hoek.

'Hallo,' zegt hij. Zijn stem klinkt zacht. 'Alles goed, mesdames?'

In zijn houding ligt een aarzeling, alsof hij niet weet of hij wel of niet zal binnenkomen.

Sylvia gaat voor Jennifer staan en geeft een knikje. Ze schraapt haar keel en terwijl ze met de huwelijksakte naar Ralph zwaait, stapt ze op hem af. Ze probeert kalm te blijven en het goede voorbeeld te geven voor Jennifer, maar alles aan haar lichaam staat stijf van opgekropte spanning. Ze beseft dat Ralph dat doorheeft. In zijn blik leest ze iets van medelijden en triomf. Ze vraagt zich af of het gevoel dat hij nu bij haar oproept juist is. Het is een krankzinnig gevoel dat past bij twee mensen die een geheim met elkaar delen.

Even hangt er een drukkende stilte tussen hen in, meteen daarop herpakt Sylvia zich en kijkt ze Ralph indringend aan.

'Wie ben jij eigenlijk, Ralph Mortier?' vraagt ze.

37

'Je bent zes jaar jonger dan ik en...' Jennifer is over haar toeren. Haar stem slaat over. '... en achtendertig jaar jonger dan mammie. Bespottelijk! Ik...' Ze verslikt zich, kromt haar rug en begint hevig te hoesten. Ze legt een hand tegen haar borst en loopt naar de tafel in de hal om zich staande te houden. Rex blaft en wurmt zich met zijn worstlichaam langs Jennifers enkels.

Sylvia volgt de blik van Ralph, die met een grote grijns op zijn gezicht het tafereel gadeslaat. Peinzend neemt ze hem nog wat beter in zich op. Hij leek zojuist niet verrast door haar vraag wie hij was, integendeel, hij keek haar heel aandachtig aan en gaf meteen toe dat hij sinds twee maanden de echtgenoot is van mammie. Daarna keerde hij zich doodgemoedereerd om naar de hal, waar ze nu naast een metershoge Nordmann staan die deels over het Perzische tapijt en deels over de houten vloer ligt. De kerstboom lijkt zojuist gekapt te zijn uit een sparrenbos, alleen het midden van de boom zit nog verpakt in plastic. Een verse sneeuwlaag drupt van de bovenste naalden en wordt geabsorbeerd door het kleed.

Ralph keert Sylvia de rug toe en trekt traag zijn leren jas uit.

Met evenveel precisie schudt hij de bontkraag uit. Daarop verruilt hij zijn laarzen en sokken voor de lakleren loafers die onder de kapstok staan, en hij spuugt even in zijn hand, om met een kambeweging zijn gladde haar over zijn hoofd te harken.

Hoewel het Sylvia moeite kost zich in te houden, prent ze zichzelf in mee te veren om erachter te komen wat deze Ralph van plan is. Dat Jennifer als een bezetene tekeergaat, is al erg genoeg.

'Ik wil voorstellen dat we de boom in de eetkamer zetten, dat was namelijk ook het verzoek van Josefien,' zegt Ralph, die zich heeft omgedraaid en op de boom af stapt. Hij stroopt de mouwen van zijn overhemd op en slaat zijn gespierde onderarmen over elkaar. Als hij oogcontact zoekt met Sylvia verwart haar dat en voelt ze hoe het bloed uit haar gezicht wegtrekt bij de donkere blik. Deze man is een professionele verleider, zegt een stemmetje in haar hoofd waar ze liever niet naar luistert.

'Ik... Syl, doe iets!' Jennifer hoest en loopt rood aan. Ze grijpt naar haar keel alsof ze ieder moment kan stikken.

Sylvia staat nog steeds wezenloos naar Ralph te staren. Ze raapt alle moed bij elkaar om in beweging te komen, zoekend naar de juiste woorden kijkt ze naar Jennifer die opnieuw begint te hoesten.

'Tja, Ralph, ik denk dat je ons een verklaring schuldig bent,' zegt Sylvia.

Ralph neemt haar nauwlettend op. De spot in zijn ogen verdwijnt als zij hem strak blijft aankijken. Het lijkt alsof hij ineens op een andere manier naar haar kijkt, meer met... bewondering. Of is het afkeer?

Dat sterkt haar.

Er valt een korte stilte. Dan klapt Ralph opeens in zijn handen. Jennifer stopt abrupt met hoesten.

‘Prima,’ zegt Ralph zelfverzekerd. Hij richt zich nog steeds tot Sylvia. ‘Ik ga jullie straks alles vertellen over Josefien en mij, maar eerst moet die boom weg. Tenminste, tenzij jij liever hebt dat alles hier drijfnat wordt.’ Ralph wijst naar het Perzische tapijt en de houten vloer, waar inmiddels een plas ijswater ligt.

‘Syl? Je doet toch niet wat hij zegt?’ sist Jennifer, hees van het hoesten.

Sylvia negeert haar zusjes opmerking en richt haar aandacht op de boom. ‘Hoe kan ik helpen?’

Ralph komt meteen in actie. En alsof ze dagelijks met kerstbomen sjouwt, bukt Sylvia zich, pakt bedreven het bakbeest bij zijn stam en loopt er samen met Ralph mee naar de eetkamer. In de hoek van de kamer waar mammies leunstoel staat, plaatsen ze de boom tegen de muur. Behendig pakt Ralph de zware stoel op, verplaatst hem een stukje en kijkt dan peinzend naar de boom. Als hij zich daarna naar de deur wendt, verspert Jennifer hem de weg.

‘Waarom ben je met mijn moeder getrouwd?’ snauwt ze. ‘Om haar geld? Denk maar niet dat je...’

‘Sorry, als jij nou even thee gaat zetten, dan hoor je straks alles,’ zegt Ralph. Hij wrijft over zijn overhemd, waar de dennennaalden zich aan hebben vastgekleefd. ‘Eerst moet die boom staan,’ vervolgt hij. ‘Het houten kruis waaraan de stam vastzat is onderweg gesneuveld. Heb jij een kerstboomstandaard, Sylvia?’

‘Zeg, idioot! Je luistert niet naar me, hè?’ briest Jennifer. ‘Ik ga helemaal geen thee...’

Ralph grijpt opeens Jennifers pols.

‘Laat me los! Klootzak!’ Jennifer rukt, trekt en gilt. Zonder effect.

‘Ik vind jou knap lastig worden, dame,’ roept Ralph. ‘Josefien had me al voor jou gewaarschuwd. Als je niet een beetje meewerkt, dan kan het weleens heel vervelend worden, hoor je?'

Jennifer hijgt, Ralph snuift.

Vanuit de hoek van de kamer volgt Sylvia Ralph en Jennifer, die als twee kemphanen tegenover elkaar staan. Overmand door tegenstrijdige gevoelens, voelt Sylvia eerder een zekere verwantschap met Ralph dan met haar zusje. Ze drukt die gedachte zo snel mogelijk weg. Deze man is een indringer, een charlatan, een gladde golddigger die met hun moeder is getrouwd vanwege haar fortuin, dat mag ze niet vergeten. Daarom is het beter zich niet te verzetten zoals Jennifer doet, maar zo veel mogelijk over Ralph aan de weet te komen.

'Doe het maar, Jen, ga jij maar even theezetten,' zegt ze. Haar stem klinkt nog niet overtuigend. Ze maakt zich los uit de hoek en beweegt zich houterig voort in de richting van de deur.

'Ben jij niet benieuwd naar Ralphs verhaal?' vraagt ze als ze naast Jennifer gaat staan. Ze voelt de ogen van Ralph op zich gericht. Ze kijkt hem bewust niet aan. Ook niet als hij Jennifer loslaat. Klagend wrijft Jennifer over haar onderarm en pols.

'Kom,' zegt Sylvia dwingend, en ze geeft Jennifer een duwtje in de richting van de keuken. 'Terwijl jij voor thee zorgt, haal ik de kerstspullen. Ik ga ervan uit dat mammie een plastic voet heeft voor de boom.'

Ze stapt om Ralph heen. Ze ruikt zijn geur, haar hart bonst. Ze mag er niet aan toegeven, aan die vreemde angst die opeens bezit van haar neemt.

Daarom is ze Ralph voor als hij iets wil zeggen. 'Misschien kun jij dan in de tussentijd mammie even bellen, Ralph?' vraagt ze op poeslieve toon. 'Zeg haar maar dat we onder de indruk zijn van haar verrassing.'

38

Jennifer houdt Rex stijf tegen zich aan gedrukt. Haar pols schrijnt van de greep. Ze is Hugo gewend, die kan haar ook behoorlijk hardhandig vastpakken, maar dat is Hugo; bij hem ziet ze het vaak aankomen. Ze weet ook dat het erbij hoort, bij hun relatie. Dan is hij ergens kwaad over. Of heeft zij een opmerking gemaakt die bij hem in het verkeerde keelgat schiet. Er is altijd een patroon. Het begint meestal met geharrewar, wat uitmondt in een felle ruzie. Zij schreeuwt en Hugo brult. Uiteindelijk verkoopt Hugo haar een klap en zet zij haar nagels in zijn huid. Dat duurt maar even want vrijwel meteen daarna maken ze het goed met seks.

Althans, zo ging het tot voor kort. Totdat zij dat niet meer wilde. Toen werd het slaan en krabben pas echt agressief. Doelloos ook, zonder die goede afloop in de vorm van seks.

'Ik vind dat we iets moeten doen,' zegt ze als Sylvia de keukendeur achter zich sluit. 'We hoeven dit toch niet te pikken, Syl?' Haar stem is klein. Ze leunt met haar billen tegen het aanrecht en kijkt naar de afdruk van Ralphs vingers die nog steeds in haar huid staan. Ze weet niet of Rex nou zo bibbert of zijzelf.

Sylvia kucht. Ze haalt haar schouders op en kijkt even langs

Jennifer naar de kelderdeur. Jennifer ziet weer die afwezige blik in de ogen van haar zus die ze niet kan plaatsen.

'Syl! Zeg iets. Die kerel moet hier weg. We kunnen toch niet zomaar... zonder dat mammie ons... O, Sylvia, ik ben zo bang. Ik ga het niet redden zonder mammies geld. We moeten iets doen, hoor je me?'

'Ja, ik hoor je,' antwoordt Sylvia koel. 'Maar voordat we overhaaste conclusies trekken over geld, moeten we ons gedeisd houden en Ralph eerst zijn verhaal laten doen.'

Jennifers lip trilt. Ze voelt dat ze het bijna niet meer trekt. Alles wordt opeens zo verschrikkelijk wankel. De wereld om haar heen en de mensen van wie ze dacht dat die haar financieel zouden redden, alles lijkt te verschrompelen. Lodewijk, zo goed als dood in het ziekenhuis, mammie, ergens in Duitsland, Hugo, haar bijna-ex... De enige die nog overblijft is Sylvia hier.

Haar ogen vullen zich met tranen als ze de nerveuze blik van Sylvia vangt. Wat maakt het uit of die zoon van Sylvia niet deugt? Waarom zou ze Sylvia daar nog mee afpersen? Alsof ze ooit van plan is geweest om naar de politie te gaan. Die kan ze beter overal buiten houden. Voordat ze het weet komt de politie bij Hugo uit en dan is zij haar leven ook niet meer zeker. Maar... Ze krijgt een nieuwe ingeving. God, ja, dat ze daar niet eerder aan gedacht heeft.

Ze zet Rex op de grond en pakt de fluitketel. 'Sylvia, je hebt gelijk,' zegt ze zonder haar zus aan te kijken. 'We laten ons niet van de wijs brengen door die achterlijke nep-fransoos. Ik ga theezetten en jij haalt de kerstspullen uit de kelder.' Ze gniffelt even. 'We gaan er een bijzondere kerst van maken.'

Als Sylvia niet reageert, werpt Jennifer een blik over haar schouder op haar zus die aan de kelderdeur morrelt. De deur verwensend zoekt ze aan de sleutelbos naar de juiste sleutel.

'Zeg Syl, die kelderdeur zit toch nooit op slot?'

Sylvia kijkt even op en knikt. 'Ja, dat klopt. Hoezo? Ik...'

'Nou, toen ik gister op de vlucht was voor Lodewijk was hij nog open, maar beneden ontdekte ik dat de deur naar de kelderkamer op slot zat. Ik vraag me af of mammie dat gedaan heeft of... Ik stond er toen niet zo bij stil, want we waren druk in de weer met de pootjes van Rex... Fuck, Syl! De voordeur, de tussendeur naar de garage. Zou die Ralph...? Wie anders, Syl? De man van mammie heeft natuurlijk ook de sleutels van het huis.'

Sylvia knikt opnieuw, haar mond valt open. Jennifer ziet dat ze bijna de sleutelbos uit haar handen laat vallen. Haar houding verandert, nerveus en met grote paniekogen kijkt ze Jennifer aan.

'Sylvia, is er iets wat je me wilt vertellen? Iets wat ik moet weten? Je kunt het rustig aan me kwijt, dat weet je. Sterker nog, Syl, wij hebben momenteel alleen elkaar, besef je dat? Samen kunnen we die butler wel aan.'

'Butler...' verzucht Sylvia. Ze recht haar rug en keert zich om naar de kelderdeur. Terwijl ze een van de sleutels in het slot steekt, mompelt ze: 'Ralph heeft het vertrouwen van mammie gewonnen, zo gaat dat met butlers.'

Jennifer voelt de woede toenemen als Sylvia niet op haar opmerking reageert. Driftig houdt ze de fluitketel onder de kraan. Het water loopt erlangs en over haar handen. Niet doen, zegt ze in zichzelf, niet kwaad worden en niet bang zijn. Nu ze in oplossingen denkt, komt er straks aan alles een einde.

'De butler, hè?' zegt ze nadenkend. Ze steekt het gas aan en veegt haar vochtige handen af aan haar trainingsjack.

'Hoe gaat dat ook alweer bij een moord, Sylvia? Je weet wel, in zo'n ouderwetse detective?'

Sylvia heeft net de kelderdeur van het slot gekregen. Ze legt haar hand op de klink maar lijkt de deur niet verder te willen openen. Ze draait zich een halve slag om en kijkt Jennifer onderzoekend aan.

'Er is een moord gepleegd en de dader wordt niet gevonden,' vervolgt Jennifer. Samenzweerderig knijpt ze haar ogen samen. 'Heeft uiteindelijk de butler het dan niet gedaan?'

39

Sylvia schijnt met de zaklamp van haar telefoon recht vooruit de kelder in. Automatisch tast ze naar de lichtschakelaar naast de trap, ze vergeet even dat de lamp kapot was. Dat beseft ze pas als tot haar verbazing beneden de lamp aangaat.

Even durft ze niet te ademen en staat ze als aan de grond genageld. De hand waarin ze de telefoon houdt trilt, het licht van de zaklamp flitst heen en weer.

'Waar wacht je op, Syl?' roept Jennifer achter haar.

Sylvia werpt een blik omlaag naar het diepe keldergat en komt langzaam weer in beweging.

'Ja, ik ga al,' antwoordt ze. Haar stem klinkt ijl. Halverwege de trap houdt ze haar pas in. Haar benen weigeren opeens dienst, iedere vezel van haar lichaam spant zich aan. Kom op, waar wacht ze op?

Boven haar hoofd klapt een deur dicht. Het is de deur die naar de garage leidt. Ze hoort opnieuw Jennifer schreeuwen, ze hoort nu ook de stem van Ralph. Ze voelt een koude luchtstroom, ze hoort voetstappen, gebonk en het scharnieren van de dranger van de kelderdeur.

'Heb je hulp nodig?' roept Ralph in het trapgat.

'Nee, nee, ik red me wel,' roept Sylvia naar boven. Ze herkent haar eigen stem niet meer. Haar hart bonst zwaar in haar keel. Redt ze het echt? Ze staat nu onderaan de trap. Het lamplicht werpt een zwak schijnsel over de toegang tot de rest van de kelder. Als ze naar rechts gaat, komt ze bij de wand met gekoelde wijnkasten. Ze kijkt even naar het glinsterende glas in een van de deuren, meteen daarop draait ze haar hoofd naar links waar de toegang naar de kelderkamer is. De kamer waarin zij, Lodewijk en Jennifer vroeger werden opgesloten als ze volgens mammie straf hadden verdiend. De kamer met het raam met de spijlen ervoor. Waar niemand je hoort, ook al gil je de longen uit je lijf.

Een beklemmend gevoel grijpt haar bij de keel als ze op de deur van de kamer afstapt. In het slot zit een sleutel. Achter de deur zijn hun vakantiespullen en de afgedankte meubels opgeslagen. Er staan talloos veel dozen met boeken en de kerstspullen liggen er. Maar dat niet alleen. Voor Sylvia vertegenwoordigt de kamer angst, duisternis en verdriet. Ze herinnert zich nog het gekrijs van Jennifer als ze door mammie aan haar haren de trap af werd gesleurd. In Sylvia's beleving werd Jennifer vaker door mammie naar de kelder verbannen dan Lodewijk of zijzelf. Een enkele keer vluchtte Jennifer ook uit vrije wil de kelder in. Als Lodewijk haar achternazat, zoals gisteren. Dan was het de enige plek waar Jennifer zich kon verstoppen, omdat ze wist dat Lodewijk haar daar nooit zou zoeken. Sylvia probeert zich te herinneren wat hun vader van die straffen van mammie vond. Er komt niets naar boven.

'Ik kom je toch even helpen, hoor,' roept Ralph.

Voordat Sylvia kan protesteren hoort ze hem de trap af komen. Kwaad richt ze de zaklamp van de telefoon midden in zijn gezicht. Ralph knippert, draait zijn hoofd weg en legt beschermend een hand voor zijn ogen. Sylvia ziet hoe hij tussen zijn vingers door naar haar gluurt. Hij ademt zwaar, net als zijzelf. Even staan ze hijgend tegenover elkaar. Pas als Sylvia op Ralphs commando haar telefoon laat zakken, wijst hij met een lach op de deur achter haar.

'Is het daar?' vraagt hij.

Sylvia zwijgt. Haar hart lijkt ieder moment uit haar borstkas te kunnen knallen. Ze verroert zich niet.

'De kerstspullen?' vervolgt Ralph. Hij doet een stap naar voren. De lach heeft zich vastgezet op zijn gezicht. Hij trekt even aan zijn sikje en kijkt haar recht aan. Die zwarte ogen die haar peilen. Aan de ene kant boezemt deze man haar angst in, aan de andere kant zou ze hem op zijn bek willen slaan.

Ze kan alleen maar een kort knikje geven.

'Daar is het,' zegt ze haast geluidloos.

Ze bijt op haar lip. Roerloos blijft ze bij de trap staan wachten. Terwijl ze weet dat ze geen straf heeft verdiend en niet bang hoeft te zijn om te worden opgesloten, voelt ze onwillekeurig een beklemmende angst die haar in zijn greep krijgt als Ralph om haar heen stapt. Vastberaden loopt hij op de deur van de kelderkamer af en trekt hem open.

40

Sylvia loopt voor Ralph uit de trap op naar boven. Ze heeft zojuist de lichtste dozen met kerstspullen van hem aangepakt en drukt haar kin op de bovenste doos, waarop de plastic voet voor de kerstboom ligt. Ze voelt hoe Ralph vlak achter haar aan komt. Als ze bijna boven zijn en ze een blik over haar schouder werpt, grijnst hij breed naar haar.

'Weet je zeker dat we niets vergeten zijn?' vraagt hij.

Sylvia kijkt snel weer voor zich, en zonder te antwoorden stapt ze de keuken in. Haastig vervolgt ze haar weg naar de eetkamer, waar de Nordmann staat en waar het inmiddels ruikt naar een dennenbos.

Jennifer zit aan tafel. Ongeduldig tikt ze met haar lange nagels tegen de rand van haar glas met muntthee. In het voorbijgaan ziet Sylvia dat Jennifer de trouwakte van hun moeder naast de theepot en de glazen op tafel heeft gelegd. De gescheurde delen van het document zijn met plakband aan elkaar bevestigd. 'Goed, zijn jullie nu eindelijk klaar met die onzin?' snauwt ze.

Meteen daarop komt Ralph de eetkamer binnen. Hij heeft drie grote schoenendozen bij zich. Om zijn nek heeft hij de kerstboomverlichting gehangen. Aan zijn arm bungelt een plastic tasje waaruit een aantal kaarsen steken. Als een acrobaat weet hij met moeite het tasje rechtop te houden zodat de kaarsen er niet uit vallen.

Zuchtend loopt hij naar de eettafel, zet de dozen erop en laat het tasje los. Meteen rollen alle kaarsen over de tafel. Met een woest gebaar trekt hij de lampjes van zijn hals.

'*Merde*! Josefien en haar kerstboom...'

Sylvia kijkt naar Jennifer, die haar een vragende en tevens woedende blik toewerpt.

Ze negeert de blik en zet zwijgend haar eigen dozen met kerstspullen neer. Ze is verhit van het sjouwen. Ze trekt haar lange vest uit, pakt haar telefoon uit de zak en hangt het vest over de rugleuning van een stoel. Als een zombie gaat ze tegenover Jennifer zitten. Haar telefoon legt ze voor zich op tafel.

Stuurs staart ze voor zich uit. Jennifer probeert opnieuw haar aandacht te krijgen, maar gevangen in haar eigen denkwereld van vragen en onzekerheden lukt het Sylvia niet om te reageren.

Geïrriteerd wendt Jennifer zich tot Ralph. 'O, en Ralph, voordat ik het vergeet: zou jij de sleutels terug willen geven? Ik hou er niet van om in mijn eigen ouderlijk huis te worden opgesloten.'

'*Excusez*, jouw ouderlijk huis is nu ook mijn huis,' zegt Ralph luchtig. 'De sleutels houd ik bij me. Je kunt niet weten in welke verkeerde handen ze vallen.'

'Wat een bullshit! Verkeerde handen? Hoezo? Niemand heeft jou hier uitgenodigd, wij zijn hier voor mammie. Dat zij vastzit in Dresden...' Jennifer springt op uit haar stoel. Het theeglas verschuift en wankelt. Ze grijpt het vast en weet nog net te voorkomen dat de thee over de telefoon van Sylvia en de trouwakte valt.

'Nogmaals: Josefien, jullie moeder, is mijn echtgenote, zoals je kunt zien op dat papier,' zegt Ralph. 'Wilde je het daar niet over hebben? In plaats van over de vraag wie wel of niet de sleutels van dit huis in bezit heeft?'

'Ralph heeft gelijk, Jennifer,' mengt Sylvia zich ertussen. Ze is er weer bij. 'Kom, wind je niet zo op.' Met een geforceerd lachje naar Ralph zegt ze: 'Laten we theedrinken en luisteren naar wat Ralph te vertellen heeft.'

'O, hoor dat, ben jij soms op die donkere kijkers gevallen, Sylvia? Handig voor hem, als mammie er straks niet meer is en wij haar geld erven, kan hij zo overstappen op de oudste dochter.'

Sylvia kijkt naar Ralph. Hun blikken kruisen en als Ralph haar een knipoog geeft, ontsteekt Jennifer in nog grotere woede.

'Hé, stelletje gluiperds. Zeg op, wat speelt er tussen jullie?' Ze slaat met vlakke hand op tafel en buigt zich naar voren om Sylvia te grijpen.

Sylvia deinst achteruit, en voordat ze iets kan zeggen neemt Ralph weer het woord.

'Stop! Nu luister je naar mij,' zegt hij. Hij pakt een stoel en trekt die naar zich toe. 'Ga zitten jij!'

Jennifer protesteert, maar Ralph wacht totdat Jennifer heeft plaatsgenomen op de stoel. Bedachtzaam gaat hij zitten, legt zijn handen voor zich op tafel en fronst zijn voorhoofd.

'Het begon zo: jullie moeder plaatste een oproep voor een butler in de avondkrant, de NRC. Iets wat nog nauwelijks voorkomt, maar geheel past bij haar leeftijd en het feit dat ze wars is van internet. In de advertentie stond dat ze op zoek was naar iemand die niet alleen kon opruimen, schoonmaken en koken, en de boodschappen kon doen, maar tevens naar een gezelschapsman. Iemand die met haar meeging naar concerten, haar wilde begeleiden op stedentripjes, museumbezoek en verre vakanties. Volgens Josefien waren er plenty gegadigden. Veelal stoffige vrijgezellen van haar eigen leeftijd. Niet bepaald aantrekkelijke kerels, zoals ze mij toevertrouwde, maar stumperds met gehoorapparaten, een slechte adem, een uitgezakt lijf en een kale kop. Mannen met misschien meer levenservaring en boekenkennis dan ik, maar lang niet zo sexy.' Ralph lacht zijn tanden bloot en wrijft over zijn gespierde bovenlijf. Hij laat een stilte vallen.

Sylvia voelt een golf van misselijkheid omhoogkomen. Mammie en hij, zouden ze seks hebben? Ze rilt bij die gedachte en legt een hand op haar maagstreek.

'Ik schreef haar een brief waarin ik een paar foto's van mezelf en referenties van vorige werkgeefsters meestuurde,' gaat Ralph verder. 'Josefien nodigde me uit en het klikte meteen tussen ons. Ze was lyrisch over mijn verschijning. Ga maar na, Josefien houdt van festivals, daar wil je niet met een stijve hark uit het jaar nul verschijnen, toch?' Ralph strijkt zelfverzekerd door zijn glimmende haar. De bicepsen in zijn overhemd spannen zich aan.

'Ik geloof je niet, mijn moeder is de zuinigheid zelve,' schreeuwt Jennifer. 'Mammie zou nooit een butler in dienst nemen. Haha, Sylvia, is het waar of niet?'

Stilte.

Sylvia's keel zit op slot.

'Zal ik jou eens wat vertellen, meneer de Vlaming?' zegt Jennifer. 'Jij kent mijn moeder niet, ze is zo gierig als de pest. Toen wij klein waren gingen we maar één keer per week in bad om geen zeep te verspillen. Sterker nog: als kind liepen wij in zwart, ja, je hoort het goed, zwart gebreid ondergoed. Dat was mammies idee, zodat ze minder hoefde te wassen... Welke moeder laat haar kinderen in vuil ondergoed lopen en doet ze niet in bad? Nou jij weer, Roma-mannetje. Zeg eens wat. Je hebt geen flauw idee hoe jouw Josefien echt is.'

Sylvia slikt de opkomende gal weg.

Ralph kijkt naar zijn handen. Hij begint aan zijn vingerkootjes te trekken en bij iedere knak die een botje geeft, slaakt hij een zucht van opluchting.

'Nou, en na ongeveer twee maanden riep Josefien me bij zich,' zegt hij kalm.

Sylvia werpt een blik op Jennifer, die haar theeglas aan haar mond zet en grote slokken thee neemt. Zij is allesbehalve kalm, na iedere zin van Ralph rolt ze met haar ogen.

'Josefien was heel tevreden over me,' gaat Ralph laconiek verder. 'Ze was zelfs zo tevreden dat ze me ten huwelijk vroeg.'

'Bespottelijk!' Jennifer proest de thee over de tafel in Sylvia's richting.

Ralph reageert wederom met een zelfvoldane lach. 'Ja, kijk, ik heb er natuurlijk niet om gevraagd, maar Josefien stond erop. Trouwen timmert alles dicht, vond zij. Geen huwelijkse voorwaarden, maar gewoon alles samen delen. Wil je dat ik uitleg wat dat voor jullie betekent?'

Sylvia beweegt niet. Jennifer heeft zich terug laten vallen op haar stoel. Ontzet staart ze naar Ralph.

'*Bon*, het zit zo: als Josefien sterft, wat hopelijk nog heel lang uitblijft, erf ik haar vermogen. Na het overlijden van een van de ouders krijgen de kinderen niet direct hun erfdeel. Dat staat in de wet. Jullie krijgen een vordering in geld ter grootte van jullie kindsdeel. Maar dit bedrag is pas opeisbaar als beide ouders zijn overleden. Nou ben ik natuurlijk niet jullie vader, maar ik ben wel de man van Josefien en de langstlevende. Dat betekent dat ik het kindsdeel voor jullie ga bewaren. Ik beloof dat ik daar goed voor zal zorgen. Ik laat het op de bankrekening zetten die Josefien en ik gezamenlijk hebben geopend. Ik beloof jullie dat ik daar niet aan zal komen, maar echt garanderen kan ik dat niet. Soms gebeuren er onvoorziene dingen in het leven. De komst van een nieuwe partner, een hypotheek op een huis, misschien krijg ik zelf kinderen... Ik ben nog jong tenslotte, wie weet wat de toekomst me brengt.'

'Nee!' krijst Jennifer. 'Dit kan niet, is mammie gek geworden? Een gezamenlijke rekening, langstlevende? Hoe... hoe durf je? Jij, jij... je bent geeneens familie van ons!'

Met een afwezige blik kijkt Sylvia naar Ralph. Haar ogen glanzen. Ze voelt dat ze iets moet zeggen, maar de juiste woorden ontbreken. Haar denken is van slag. Het lijkt alsof haar hoofd de informatie niet meer kan verwerken.

'Sylvia! Hoor je wat die idioot zegt? Dit hoeven we toch niet te pikken?'

'Sorry,' zegt Ralph. 'Het is niet anders, daar ligt de trouwakte, mooier kan ik het niet maken.' Hij schuift zijn stoel naar achteren en staat op. Hij wrijft in zijn handen en kijkt op zijn horloge. Dan loopt hij naar het raam en kijkt naar buiten. Hij trekt aan zijn sikje. 'Ik zie dat het eindelijk is gestopt met sneeuwen. Tijd om het pad schoon te schuiven, als Josefien thuiskomt mag ze niet uitglijden. We willen haar toch nog even bij ons houden, hè?' Weer dat lachje.

Ralph maakt zijn butlerbuiging en vraagt of ze hem willen excuseren. Zonder een antwoord af te wachten, loopt hij naar de deur. Dan, alsof hem ineens iets te binnen schiet, houdt hij zijn pas in en keert zich om.

'O, en Sylvia, als jij de kerstboom vast wilt optuigen, ga je gang. Of misschien doe jij dat liever, Jennifer? Als styliste weet je daar vast wel raad mee. We willen Josefien niet teleurstellen, hè?'

Stomverbaasd kijkt Jennifer hem na. Ze sluit pas haar mond als Ralph weg is en ze de buitendeur hoort dichtvallen.

Sylvia kan de tranen die ze al die tijd voelde branden niet meer tegenhouden. Ze slaat haar handen voor haar ogen en begint te huilen.

Jennifer veert op. Ze gaat recht voor Sylvia staan en grijpt haar beet.

'Syl, droog je tranen en luister goed naar me, ik heb een plan,' zegt ze.

41

Sylvia schudt met haar hoofd en knikt als Jennifer over haar plan uitweidt. Meer kan ze niet doen. Jennifer staat witheet voor haar en praat zo snel dat er geen ruimte is voor verweer. Bij ieder woord dat Jennifer eruit gooit, spuugt ze een beetje meer speeksel in Sylvia's gezicht.

'Ik weet het van Hugo, in zijn wereld komt het vaker voor. Kijk, jij en ik zouden niet op dat soort ideeën komen, maar soms is het niet anders, Syl. Dan moet iemand gewoon dood. Klaar. Zolang mammie leeft, is die patattenman haar erfgenaam. We zouden mammie kunnen vragen haar testament aan te passen en ons meer geld te schenken, we zouden kunnen zeggen dat we niet alleen een kindsdeel willen, maar recht hebben op meer. En wat we zeker moeten zeggen, is dat we niet willen dat die echtgenoot van haar ons kindsdeel beheert. O, god, een gezamenlijke bankrekening. Hoe stom...' Jennifer stikt nu bijna in haar eigen woorden. Ze ademt zwaar. In haar ogen staat zoveel blinde paniek te lezen dat het Sylvia bang maakt.

Sylvia zou nu iets kunnen zeggen. Dat de dingen niet helemaal gaan zoals Jennifer denkt, dat er hier en daar wat haken en ogen zijn die zij over het hoofd ziet. Maar op de een op andere manier voelt Sylvia zich lamgeslagen. Lijkt het alsof haar eigen leven vanaf nu ook nooit meer hetzelfde zal zijn. Er is al veel te veel gebeurd. Ze denkt aan mammie. Hoe kon ze? Na alles wat Sylvia de afgelopen jaren voor haar heeft gedaan? Mammie die haar zo vaak claimde als ze weer eens ergens mee zat. Belastingzaken, tuinklussen, een kapotte auto, een paar lullige boodschappen, voor elk wissewasje werd Sylvia ingezet. Als mammie griep had, stond zij sinaasappels uit te persen, haalde zij de dokter erbij, zorgde zij dat er kippensoep op tafel stond. Ze begrijpt niet van zichzelf hoe ze het zo lang, en tegen beter weten in, heeft kunnen volhouden. Waarom eigenlijk? Vanwege de erfenis, zoals Lodewijk en Jennifer daar openlijk voor uitkomen? Ging het haar ook om geld of is het vanwege haar schuldgevoel dat ze zich heeft opgeworpen als haar moeders helpende hand? Het schuldgevoel vanwege papa, omdat zij er niet was toen hij ziek werd en overleed. Was dat de reden? Dat ze vond dat ze iets had goed te maken?

Ze lacht in zichzelf en schudt haar hoofd. Zoveel jaren dat ze zichzelf voor de gek heeft gehouden. Terwijl ze wist dat het onbegonnen werk was. Mammie valt niet te pleasen, hoe goed je ook je best doet.

'Sylvia? Waarom schud je je hoofd? Ben je het er niet mee eens?' vraagt Jennifer.

'Hm?' Sylvia kijkt verstoord op. 'Sorry, ik was er even niet met mijn gedachten bij. Wat zei je?'

Jennifer zucht. 'O, Syl, moet ik nu alles alleen doen?'

Sylvia fronst.

'Luister, ik ga je mijn plan nog eenmaal uitleggen. Ik heb die gegevens niet bij me, die liggen thuis. Nou ja, in Doorn, daar staat mijn laptop. Hugo liet soms namen vallen. Ik heb natuurlijk nooit iemand ontmoet, maar als Hugo in een bepaalde bui was – niet agressief, zeg maar – en ik behoefte had aan een stoere man met opschepperige verhalen, dan kreeg ik hem aan de praat. Begrijp je wel? Dan vertelde hij graag aan zijn domme vrouwtje hoe hij bepaalde zaken oploste. O, ik geef toe, ik houd van snuffelen, en af en toe keek ik stiekem op Hugo's telefoon of op zijn computer. Zo ben ik aan nog meer informatie gekomen. En daarom...'

Uit de keuken dringt opeens gestommel door. Sylvia draait tegelijk met Jennifer haar hoofd in de richting van het geluid. Ze gaat ervan uit dat het Ralph is.

Op haar tenen loopt Jennifer naar de deur van de eetkamer, kijkt om het hoekje en drukt de deur daarna zachtjes in het slot.

'Syl,' gaat ze op fluistertoon verder. 'Daarom ga ik zo naar Doorn om die zaken te regelen. Het kost wat geld, maar misschien kun jij ook wat bijdragen? Straks als de scheiding erdoor is heb ik weer genoeg geld. Hugo gaat mij namelijk een fikse alimentatie betalen,' zegt ze lachend.

Sylvia kijkt haar zusje strak aan. 'Echt waar?' vraagt ze met ongeloof in haar stem.

Als Jennifer het oogcontact verbreekt, vermoedt Sylvia dat haar zusje liegt. Ze kent haar zwager, die geeft Jennifer geen cent.

'Heus, Syl, na mijn scheiding betaal ik je terug,' zegt Jennifer snel om haar gerust te stellen. 'Bovendien, als die huisknecht voorgoed is uitgeschakeld, gaat mammies geld weer naar ons. Stel je eens voor? Hoelang zal mammie nog leven?'

Sylvia kijkt opnieuw in het opgewonden gezicht van haar zusje en beseft dat ze niet goed genoeg heeft opgelet. 'Voorgoed is uitgeschakeld, wie?' vraagt ze.

'Ralph!' roept Jennifer. 'Fuck, Sylvia, snap je dan niet wat ik zeg?' vraagt ze met stemverheffing. 'We laten Ralph ombrengen door een mannetje van Hugo. Alles komt goed. Ik ga dat regelen, vertrouw me nou maar.'

Achter de deur klinkt een doffe bons. Jennifer houdt haar wijsvinger voor haar mond.

Sylvia knikt. Ze denkt weer aan haar moeder, door wie ze zich gebruikt voelt. Ja, ze weet het zeker, het antwoord op al haar vragen is Ralph.

Het komt door hem, hij heeft haar de ogen geopend.

42

Vanuit de keuken klinken stemmen, ze dringen door tot Sylvia's kamer. Ze hoort Ralph praten en vangt daarnaast de stem op van een jongen. Ze loopt naar de hal en werpt een korte blik naar boven, waar Jennifer haar spullen aan het pakken is.

Ze staat in dubio, ze moet Jennifer tegenhouden en tegelijkertijd is ze nieuwsgierig met wie Ralph staat te praten.

Voetstappen komen dichterbij. Achter Ralph loopt een lange, gezette, getinte jongen met donkere krullen en een helm in zijn hand. Om zijn schouders hangt een zware rugzak. Even denkt Sylvia aan een krantenbezorger die al om een nieuwjaarsfooi komt vragen, maar de schrik slaat haar om het hart als ze achter Ralph en de jongen nog een andere jongen ziet binnenkomen. Hij heeft zijn helm op, maar dat maakt niet uit. Sylvia herkent aan de slungelige houding en de blonde piekharen die onder de helm uitsteken onmiddellijk haar zoon.

'Kai?'

'Hi, boomer.'

Kai stapt om Ralph en de jongen heen. Relaxed zet hij zijn helm af, nonchalant schudt hij zijn haren los en trekt hij zijn handschoenen uit.

Sylvia spreidt haar armen en rent op hem af.

Meteen voelt ze de weerstand door Kai heen trekken als ze hem omhelst en knuffelt.

Zijn tegenzin laat haar koud. Na al die onzekerheid over zijn vermissing en zijn verblijf bij een vriend kan ze hem weer vasthouden.

'O, kind, wat ben ik blij jou te zien,' zegt ze met tranen in haar ogen. Ze drukt haar zoon nog wat steviger tegen zich aan en snuift zijn ongewassen geur op.

'Dit is Rachid,' zegt Kai. Hij maakt zich los uit Sylvia's omhelzing.

Rachid klemt zijn helm onder zijn arm, ritst zijn jack open en kijkt om zich heen. Terwijl hij zijn neus ophaalt en van zijn ene voet op de andere wipt, werpt hij eerst een onderzoekende blik naar boven en dan op de voorkamer.

Zonder Sylvia aan te kijken richt hij zich tot Kai. 'Nice,' zegt hij goedkeurend. 'Waar kunnen we gamen? Boven?'

'Ik... eh... gamen?' zegt Sylvia. 'Ik weet niet of...' Ze voelt spijt opkomen dat ze Kai hier heeft uitgenodigd met deze onbekende vriend. Alles is anders geworden nu Ralph er is. Haar zoon hoeft niets mee te krijgen van een butler die met zijn oma getrouwd is vanwege haar geld.

Ze probeert de aandacht van Ralph te krijgen. Al die tijd heeft hij er zwijgend bij gestaan. Het is gek, maar ze krijgt de neiging hem om advies te vragen. Een lach ontsnapt uit haar mond.

Kai grijnst met een scheef lachje terug.

'Bij Rachid viel niks meer te tjappen, onze doekoe was op en zijn zusje is zo awkward,' zegt hij. 'We zijn op zijn scooter. Vet glad is het, twee keer onderuitgegaan. Fok, ik heb er zo'n haat op.'

Hij klopt zijn broek af alsof daar nog sneeuw op zit en haalt zijn rugzak van zijn schouders. Hij loopt naar de tafel, schuift de vaas aan de kant en legt de rugzak erop. Dan trekt hij zijn jas uit, laat hem op de grond vallen en schuift bijna in hetzelfde gebaar de capuchon van zijn hoody over zijn hoofd. Daarop opent hij zijn laptop. Hij wacht totdat Rachid ook zijn laptop tevoorschijn heeft gehaald en tikt dan iets in. Geconcentreerd kijkt hij naar het beeldscherm, noemt het wachtwoord van de wifi op en wacht tot Rachid dat op zijn eigen laptop heeft ingetikt.

'Vet! Alles onder controle,' juicht Rachid. 'We zitten er nog in.'

Met verbazing volgt Sylvia de handelingen van de twee jongens.

'Lauw, mam, waar kunnen we gamen?' herhaalt Kai de vraag van Rachid zonder Sylvia aan te kijken. Hij graait in zijn broekzak en haalt zijn oortjes eruit. Een wikkel van een Chocoprins valt naar buiten en dwarrelt op de grond. Hij merkt het niet. Pas als er boven een deur wordt dichtgeslagen, kijkt hij op van zijn beeldscherm.

Met veel kabaal stapt Jennifer de overloop op. Onder het roepen van verwensingen sjouwt ze met haar bagage, kledingtassen en Rex onder haar arm de trap af.

'Ewa, tante Jenne,' roept Kai.

'Ik heet Jennifer, en wat doe jij hier? Pas maar op dat de politie niet te horen krijgt wat ik van jou en je vriendjes weet,' zegt Jennifer snibbig. Ze zet Rex op de grond en haalt iets uit haar tas. Het lijkt op een tuigje en is van bont.

Kai laat spontaan zijn oortjes los en kijkt met grote paniekogen naar Sylvia. 'Mam?!'

Sylvia schudt haar hoofd. 'Laat haar maar,' zegt ze.

Jennifer heeft inmiddels Rex in een hondenbontjasje gestoken en stapt langs de jongens op Sylvia af. 'Niet bang zijn, zus. Ik zorg voor alles. Als jij nou maar je zoon en zijn vriend onder controle houdt, dan komt alles vanzelf goed.'

'Ik wil niet dat je het doet,' zegt Sylvia. Ze wacht even, ze slikt. 'Ik wil niet dat je je bemoeit met Kai, en niet met... Wat zei je nou over...? Je kunt toch niet zomaar iemand...?' Om zeep laten brengen, wil ze zeggen, maar net op tijd beseft ze dat Ralph er ook nog is.

Hij staat weliswaar buiten gehoorsafstand, in de deuropening bij de keuken, maar hij houdt hen nauwlettend in de gaten. En alsof hij aanvoelt dat ze het over hem hebben, schraapt hij zijn keel en zegt dat hij boodschappen gaat doen.

'Nu we twee extra gasten hebben, zal ik iets uitgebreider moeten koken,' zegt hij.

'Doe dat,' zegt Jennifer, die haar telefoon in haar tas stopt en haar handschoenen eruit haalt. 'Met mij hoef je geen rekening meer te houden, ik kom hier niet eerder terug dan wanneer mammie er weer is.' Ze tilt Rex op, trekt zijn bontjasje recht en pakt haar spullen.

Ralph komt meteen in beweging. 'Laat mij even helpen. Wil je niet dat ik iets van je aanneem? Het is glad buiten.' Hoffelijk houdt hij de voordeur voor haar open.

Terwijl Kai hen bleekjes nastaart, bukt Sylvia zich om de wikkel van de Chocoprins op te rapen. Gedachteloos draait ze het papiertje om in haar hand. In het slordige handschrift van haar zoon is daarop iets neergekrabbeld.

Als ze de tekst heeft ontcijferd, gaat er een schok door haar heen.

Het is een adres in het centrum van Utrecht. Er staat een datum bij, een tijdstip en een geldbedrag. Aan het tijdstip te zien moet dat het moment en de plek geweest zijn waarop de plofkraak plaatsvond.

43

De namiddagzon schijnt fel op Jennifers gezicht. De verwarming van haar Kia Picanto heeft ze op de hoogste blaasstand gezet. Ze heeft zojuist het grootste deel van de dikke sneeuwlaag van haar auto geschept. Ondanks de inspanning die haar dat kostte, heeft ze het nog steeds stervenskoud. Met moeite schraapt ze de ijslaag van de voorruit. De achterruitverwarming trekt dunne, transparante lijnen over de ruit. Alles aan haar auto is zo bevroren dat ze het krabwerk bijna opgeeft.

Ralph wilde per se haar spullen naar de auto dragen. Niet uit sympathie, vermoedt ze, maar om haar nog even op haar nummer te zetten. Ze moest vooral niet denken dat hij zich door haar liet intimideren. 'Pas maar op dame, ik weet alles van jou,' zei hij. En daarop liep hij weg. Ze kreeg niet eens de kans om te vragen wát hij van haar wist.

Terwijl ze daarbij stilstaat, wordt haar aandacht getrokken door de garagedeuren. Langzaam gaan ze omhoog, en er komt een spiksplinternieuwe elektrische BMW iX3 naar buiten. Ralph zit achter het stuur.

Jennifer heeft er niet meer aan gedacht om het met Sylvia te bespreken, maar er valt een kwartje bij het zien van de auto.

Het moet Ralphs idee geweest zijn om dat zilverkleurige bakbeest te kopen. Mammie zou nooit zo'n duur kreng aanschaffen.

Hoewel er niets te lachen valt, ontsnapt er een lach uit Jennifers mond. Ze verstevigt haar greep op de ijskrabber als Ralph de auto naast haar tot stilstand brengt. Hij laat het zijraampje zakken en vraagt of ze hulp nodig heeft.

Jennifer trekt nijdig aan haar muts en keert zich om. Met al haar woede stort ze zich weer op de voorruit.

'Ik weet niet waar je heen gaat, maar je kunt ook met mij meerijden. Dan laat je dat stadswagentje toch lekker hier staan. Ik zou nu niet zonder winterbanden de weg op durven,' zegt Ralph.

'Hou je bek en laat me met rust,' schreeuwt Jennifer. Ze draait zich om en steekt dreigend haar ijskrabber door het raampje bij Ralph naar binnen. 'Er zijn manieren om types zoals jij, die gemakkelijk rijk willen worden, het zwijgen op te leggen,' zegt ze.

'Prima, zelf weten.' Ralph haalt zijn schouders op en laat het zijraampje omhoogkomen. Nog net op tijd kan Jennifer haar hand terugtrekken. Ze slaakt een vloek en kijkt toe hoe Ralph de auto naar het midden van de laan rijdt. De knerpende banden trekken hun spoor door de sneeuw, haast geluidloos zoeft de wagen weg.

'Wacht maar, klootzak,' roept Jennifer hem na. 'Wacht maar, jij haalt het nieuwe jaar niet.'

Meteen daarop stapt ze haastig in haar auto, waar Rex op de bijrijdersstoel hevig zit te rillen. Terwijl ze ademwolkjes tegen de voorruit blaast, veegt ze met haar vochtige wanten over het raam. Hoewel het zicht niet optimaal is, gaat ze de weg op.

De autobanden slippen als ze iets te veel gas geeft. Ze houdt haar adem in en opnieuw vervloekt ze Ralph. Die klojo krijgt nog gelijk. Haar banden hebben nauwelijks grip op de weg.

'Kalm blijven,' zegt ze tegen zichzelf, terwijl ze haar neus bijna tegen de voorruit drukt en stapvoets verder rijdt. 'Alles komt goed, Rex. Het vrouwtje gaat het regelen, straks wonen jij en ik weer in een echt huis.' Ze legt even haar hand vlak boven de rand van het bontjasje in de huidplooien van de nek van haar buldog. 'Heus, baby, dan krijg jij een heel fijne oppas en hoef je nooit meer mee in de auto,' zegt ze liefkozend. 'Nou, wat denk je daarvan?'

Rex kwijlt en beeft nog heviger. Jennifer draait de oprit van de A12 op, en als ze wat meer gas geeft, begint Rex te piepen en te snuiven als een angstige zeug die afgevoerd wordt naar het abattoir. Weer spreekt Jennifer de hond en zichzelf moed in. Gelukkig gaat het rijden nu een stuk makkelijker. De rechterrijstrook is vrijwel helemaal schoongeveegd en de ruiten van de auto zijn zo goed als ontdooid.

Jennifer ontspant en klikt haar telefoon in de standaard voor het raam. Ze kijkt of er nog berichtjes zijn van Sylvia, had ze niet beloofd om Carla te bellen? Maar Sylvia laat niets van zich horen, ze is vermoedelijk te druk bezig met die Kai.

Jennifer gniffelt. Toen ze met haar spullen op de overloop stond en ze die brutale gast met zijn Marokkaanse vriendje zag staan, heeft ze hen stiekem op de foto gezet. En hoewel ze aanvankelijk niet van plan was om Sylvia af te persen, vond ze toch dat ze best wat zekerheid mocht inbouwen. Nu heeft ze genoeg in handen om Sylvia onder druk te zetten. Zodra Sylvia moeilijk gaat doen over een aanslag op Ralph, hoeft zij maar met die foto's van dat lieve zoontje te zwaaien en Sylvia houdt vanzelf haar mond.

Allemaal de schuld van Hugo. Als hij haar niet zo misdadig behandelde, was het nooit zover gekomen met haar. Hij haalt het slechtste in haar naar boven. Ze knijpt in het stuur en maant zichzelf om op de weg te letten, even geen emoties. Bijna is ze bij de afslag naar de N229, nog even en ze is in haar boshuisje.

Dan komt alles goed.

Ze neemt de afslag en draait de provinciale weg op. Meteen slaat de schrik haar om het hart. In tegenstelling tot de snelweg is deze weg nog maagdelijk wit. Waar ze ook kijkt, overal ligt minstens een halve meter sneeuw. Als er al een strooiwagen voorbij is gekomen, is dat uren geleden. Misschien wel gisteravond voor het laatst.

Ook de berm schittert als een zachte donsdeken in het lage zonlicht. De achtergelegen weilanden, de kale bomen, de sloten en landweggetjes glimmen ijzig wit.

Jennifer knippert met haar ogen. Ze trekt de zonneklep van de auto naar beneden en tast in het zijvakje naar een zonnebril, maar kan hem niet vinden. De zenuwen gieren door haar lijf, nog strakker omklemt ze het stuur en bij iedere bocht die ze nadert doet ze een schietgebedje terwijl ze vaart mindert. Ze passeert een gehucht en op een enkele tegenligger na is er goddank niemand die zich op de weg waagt.

Het gaat heel lang goed. Totdat ze bijna bij de kruising met de dijk is en ze in haar achteruitkijkspiegel ineens een andere automobilist ziet.

Verbaasd vraagt ze zich af waar die zo plotseling vandaan komt, nergens zijn directe zijwegen. Lang kan ze daar niet bij stilstaan, want het volgende moment wordt haar aandacht getrokken door haar telefoon.

Een appje van mammie verschijnt op het display. Jennifers nieuwsgierigheid wint het van haar voorzichtigheid, en op het moment dat ze op de telefoon tikt ziet ze vanuit haar ooghoeken dat ze wordt ingehaald door de achterliggende auto.

Ze kijkt niet opzij maar opent WhatsApp. Terwijl ze het bericht van haar moeder probeert te lezen, wordt ze verblind door het zonlicht dat weerkaatst in de achterruit van de auto die haar heeft ingehaald. Ze knijpt haar ogen samen en remt automatisch iets af als ze de kruising nadert. Haar banden slippen. Meteen laat ze het rempedaal los.

Ze kijkt voor zich uit langs de bomen die op de dijk staan, en naar de kruising waar de auto die haar passeerde zojuist moet zijn afgeslagen. Hij is in ieder geval verdwenen.

Haar aandacht is weer bij haar telefoon, waarop een of andere onbegrijpelijke tegeltjeswijsheid van haar moeder staat. Ze laat de woorden in het appje tot zich doordringen maar begrijpt er niets van. Wat wil mammie hiermee zeggen?

'... wie een kuil graaft voor een ander...'

Jennifer komt aan op de kruising. Peinzend over de spreuk ziet ze iets van rechts komen wat niet meteen haar aandacht heeft. Pas als het tot haar doordringt dat het natuurlijk om een auto gaat, komt ze in actie.

Shit! Die auto heeft voorrang. Ze moet remmen. Remmen, op deze spekgladde weg? Ze kijkt opzij naar de auto, die recht op haar afkomt.

Hij heeft vaart. Maar... die gek rijdt veel te hard!

In paniek trapt Jennifer op de rem.

De Kia draait een paar keer om zijn as en glijdt dan de kruising op. Niet eens snel, eerder traag, zoals in een film, in slow motion.

Beng!

De Kia wordt recht op de zijkant geraakt.

Jennifer slaat met haar hoofd tegen het zijraam.

Nog een klap.

Jennifer knijpt in het stuur en probeert rechtop te blijven zitten. 'Nee!'

Nog een klap en een schok, haar lichaam vouwt dubbel. Rex vliegt uit zijn tuigje, knalt tegen de voorruit en smakt op de vloer. Jennifer wil hem grijpen, maar de auto tolt en tolt en ze wordt door de veiligheidsgordel strak in haar stoel gedrukt.

Ze hapt naar adem, ze proeft bloed en ziet hoe Rex onbeweeglijk op de mat blijft liggen.

Een klap tegen de achterbumper.

'Fuck!'

Jennifer schiet naar voren en wordt opnieuw door de gordel teruggeduwd in de stoel. Haar jas is te dik, de gordel te strak, hij snijdt door haar hals. Ze grijpt ernaar, naar de kraag van haar jas, ze moet loskomen. Hijgend en in blinde paniek trapt ze nogmaals op het rempedaal. Als een centrifuge tolt de auto in het rond, sneller en sneller.

'Neeee...' Jennifer knijpt haar ogen dicht en perst haar lippen op elkaar als de Kia recht op een boom af rijdt. Het volgende moment voelt ze een dreun door haar hele lichaam trekken. De motor slaat af en het wordt stil. Doodstil.

Voorzichtig opent Jennifer haar ogen. In de voorruit zit een gat. Koude lucht waait erdoor naar binnen. De voorkant van de auto heeft zich in de boom geboord. Een laagje sneeuw valt van de takken op het stuur en blijft daar liggen.

Onbeweeglijk zit Jennifer in haar stoel. Ze voelt haar benen niet meer en ook de druk op haar borst neemt langzaam af, net als de knellende spanning van de gordel rond haar keel.

Eigenlijk voelt ze niets meer, en ze zou rustig nog een tijdje zo kunnen blijven zitten. Wachtend op hulp. Want iemand moet haar gezien of gehoord hebben. In ieder geval de bestuurder van die andere auto.

Hoe zou het daarmee zijn?

Ze sluit haar ogen en hoort niets. Ze zou haar hoofd willen draaien, en toch iets willen roepen, maar er komt geen enkel geluid uit haar mond.

Om haar heen blijft het stil. Ook haar eigen rasperige ademhaling is nog nauwelijks hoorbaar. Gek genoeg is ze niet bang.

Die stilte zonder angst. Een stilte van licht waarin ze mammie ziet, en Sylvia en Hugo, en Lodewijk zonder Carla. Ze zijn er opeens allemaal. Zelfs Ralph. Niemand zegt iets. Iedereen zwijgt en na een tijdje lossen ze samen op in een scherp wit licht.

Zo wit als het sneeuwlaagje op haar stuur.

44

Op het moment dat Sylvia langs de voorkamer loopt, ziet ze nog net door het raam bij de voordeur hoe Ralph in de BMW van mammie de oprit naast het huis op rijdt. Vanuit de kamer klinken de stemmen van Kai en Rachid. Na geharrewar over aansluitingen op de tv hebben ze zich uiteindelijk op de bank verschanst met cola, chips en hun gamespullen. Sylvia kijkt op haar horloge. Ralph is lang weggebleven, langer dan ze had verwacht.

Zij heeft ondertussen niet stilgezeten en bij de paperassen van mammie naar recente bankafschriften van Ralph en mammie gezocht. Er is inderdaad een gezamenlijke rekening, waar een flink bedrag op staat en waarvan ook behoorlijk hoge bedragen voor etentjes, hotels, kleding en dure apparaten zijn afgeschreven. Die ontdekking verontrustte Sylvia al, maar nadat ze op internet ook nog zaken over het erfrecht had uitgeplozen, moest ze tot haar schrik constateren dat Ralph gelijk had. Als mammie overlijdt, wordt het kindsdeel door de echtgenoot beheerd.

Met al dat speurwerk is de tijd omgevlogen en heeft ze nog niet met Carla gebeld. Ze heeft het Jennifer beloofd. Ze tast in de zak van haar vest en pakt haar telefoon.

Maar als ze naar het nummer van Carla kijkt, kan ze het niet opbrengen om erop te drukken. Het idee dat Carla Lodewijk al heel lang bedriegt met die George weerhoudt haar ervan. Sylvia en Lodewijk zijn dan wel geen dikke vrienden, Lodewijk blijft toch haar broer. Ze heeft medelijden met hem en zou het liefste Carla eens flink de waarheid zeggen. Zeggen dat ze het kan uitzoeken met de zaak en die villa in Haarlem, en dat de familie van Lodewijk pal achter hem staat.

Volgens Jennifer is Lodewijk er kortgeleden bij toeval achter gekomen dat George, zijn trouwe maar schijnheilige verkoopmedewerker, iets met Carla heeft. Tot die tijd zou Lodewijk in de illusie geleefd hebben dat zijn huwelijk nog goed zou komen. Hoe Jennifer aan die informatie komt, vertelde ze er niet bij. Dat doet er nu niet meer toe. Sylvia kent haar zusje en haar gesnuffel.

Shit, Jennifer! Die opmerking van haar over Hugo en dat er mannetjes zijn die voor een paar duizend euro iemand koud kunnen maken zonder dat er een haan naar kraait, herhaalt zich in Sylvia's hoofd. Ze wilde Ralph toch niet koud maken, toch niet écht?

Sylvia staart naar haar telefoon. Dat verhaal over de mannetjes van Hugo is niet goed tot haar doorgedrongen. Ze werd te veel afgeleid door Kai en die wikkel van de Chocoprins. Meteen nadat Jennifer was vertrokken, heeft Sylvia opnieuw naar het bericht over de plofkraak gezocht. Alles klopte. Het is daar, precies op die plek heeft een pinautomaat gehangen, en precies op het tijdstip dat Kai had genoteerd, heeft de ontploffing plaatsgevonden. Tegen beter weten in heeft ze al die tijd gehoopt dat de camerabeelden logen en dat haar instinct haar voor de gek hield. Dat het niet waar was, dat haar zoon geen plofkraak zou plegen.

Het is wel waar. En er knaagt iets, iets wat al sterker wordt vanaf dat ze hier vrijdagochtend binnenkwam... en al haar gedachten in beslag neemt.

Ze kijkt op uit haar gepeins als ze de tussendeur van de garage hoort opengaan. Ralph komt de keuken binnen.

Ze hoort hem haar naam roepen.

Vlug maakt ze zich uit de voeten en steekt ze de hal over naar haar slaapkamer. Haastig drukt ze de deur in het slot. Als een tijger in een kooi begint ze te ijsberen en beent ze heen en weer tussen het bed en het bureau van mammie. De la van het bureau staat nog open. Papieren liggen verspreid over het bureaublad en op het bed.

Gedachten tuimelen over elkaar heen, ze kijkt naar haar telefoon, wat moet ze doen?

'Sylvia? Ik ben thuis, waar ben je?' De stem van Ralph galmt door het huis. Sylvia houdt haar pas in en blijft afwachtend staan. Haar duim hangt al boven de telefoon om Jennifer te bellen. Apathisch staart ze naar het nummer van Jennifer, ze hoeft er alleen maar op te drukken en te zeggen dat er andere oplossingen zijn om Ralph buitenspel te zetten, dat Jennifer niet zomaar iets moet ondernemen. Dat zou stom zijn, zeker nu Sylvia weet dat Ralph mammie...

Sylvia ademt snel in en uit. Ze gaat op bed zitten.

Waar wacht ze op?

Weer hoort ze Ralph, dichterbij nu. In de hal, bij de kapstok. Ze ziet hem voor zich. Hoe hij zijn jas uittrekt, de bontkraag afklopt, zijn laarzen verwisselt voor zijn loafers, zijn gladde zwarte haar met een kambeweging achterover...

Ze moet het hem vertellen, dat ze het weet. Dat ze alles van hem weet en dat ze ermee naar de politie gaat.

Nee, dat kan ze niet, want...

'Hier zit je dus.'

Ralph is naar binnen gestapt. Met de sleutelbos in zijn hand staat hij voor haar. Zoals ze verwachtte heeft hij zijn loafers aan, maar zijn haar hangt slordig om zijn gezicht. Het wit van zijn ogen is bloeddoorlopen, hij kijkt ernstig, één mondhoek trekt schuin opzij in zijn poging te lachen. Over zijn wang loopt een felrode striem, alsof hij met zijn scheermes is uitgegleden.

'Gaat het met je?' vraagt hij.

'Waarom zou het niet gaan?' Sylvia's stem beeft.

'Ik... eh...' Ralph kijkt om zich heen. Hij wijst op de papiermassa. 'Zo, en? Behalve de trouwakte nog iets anders gevonden?'

'Wat had ik nog meer moeten vinden dan?'

Ralph fronst. Zijn donkere ogen boren zich in die van haar.

'Je weet vast wel wat ik bedoel,' zegt hij. Hij grijnst even.

Sylvia durft bijna niet te ademen. Nu, ze moet het nu zeggen, waar wacht ze op?

Dan zoemt de telefoon in haar hand.

Verbeeldt ze het zich of schrikt Ralph?

Ze kijkt naar het toestel en ziet dat het Jennifer is die belt. Ze aarzelt even of ze in het bijzijn van Ralph zal opnemen en drukt dan op de groene knop.

'Ja, Jennifer? Ben je iets vergeten?'

Stilte.

Ze hoort iemand kuchen. Ze kijkt naar Ralph. Trekt hij wit weg?

Een mannenstem in haar oor. En is dat een sirene, het geluid van een zaag? Ze staat op van het bed en keert Ralph de rug toe.

'Hallo? Jennifer?' vraagt ze met vrees in haar stem.

'Mevrouw Van de Berg? Bent u familie van mevrouw Van Haeften?'

'Ja, ik ben haar zus, is er iets met haar?'

'U spreekt met Cor Manders, verkeerspolitie Doorn. Uw zus heeft een auto-ongeluk gehad. Ik bel met haar telefoon. Wat is uw adres?'

'Mijn adres? Ik... maar... Wat is er gebeurd?'

'Wij hebben een paar vragen. Als u liever naar het bureau komt...'

'Ik... Nee, een ongeluk? Hoezo, waar en... waar is Jennifer?'

'We kunnen even iemand bij u langs sturen, als u zegt waar u bent.'

Sylvia noemt het adres van haar moeder. De man zegt dat er binnen een uur iemand bij haar zal zijn. Daarna lost zijn stem op in het geluid van de motorzaag en wordt de verbinding verbroken.

'Is er iets met Jennifer?' vraagt Ralph. Hij is nog in de kamer. Zijn stem klinkt bezorgd.

Sylvia draait zich met een ruk om, ze beeft over haar hele lijf als ze hem met open mond aanstaart. Ze knikt en schudt haar hoofd. Haar ogen vullen zich met tranen, haar keel sluit zich af. Die bezorgdheid van Ralph. Dat moet gespeeld zijn. Alles aan hem is vals...

Hij, de indringer en de bedrieger. Hij, de man van mammie, die daar voor haar staat in mammies slaapkamer. Hij, de butler die van alle deuren sleutels heeft. De man met die gitzwarte ogen die haar bijna had betoverd...

Waar was hij al die tijd toen hij zogenaamd naar het dorp was voor een boodschap?

45

Ze zijn er snel, sneller dan ze had verwacht. De vrouw is Antilliaans, de man wit. Zij heeft zich voorgesteld als Zoë, hij heet Frank. Zij is groot, heeft lange, donkere krullen en draagt een metalen bril. Ze heeft haar lippen roze gestift en heeft een vriendelijke lach. Hij is een sportschooljongen, kaal, fors en met staalblauwe ogen waar geen enkele empathische uitstraling van uitgaat.

Misschien dat Zoë daarom het woord neemt. Ze praat sowieso makkelijk en met de ronde, zangerige klank van haar stem heeft ze Sylvia al snel op haar gemak gesteld.

Sylvia gaat voorop naar de eetkamer. Zoë loopt achter haar langs naar de tafel en legt haar tas erop. Ze trekt een stoel naar zich toe en vraagt of Sylvia wil gaan zitten.

Na het telefoontje met de politieman is Sylvia meteen naar Kai en Rachid gelopen en heeft hen naar boven gestuurd. Naar de oude kamer van haar vader, waar de logeerspullen van Lodewijk nog staan. Ze heeft de jongens op het hart gedrukt zich gedeisd te houden als er wordt aangebeld en zich absoluut niet te laten zien. Toen ze begonnen te mopperen, liet Sylvia het woord 'politie' vallen en kwamen de twee onmiddellijk in actie. Kai keek Sylvia doodsbang aan, en dat was voor haar de zoveelste bevestiging dat haar zoon betrokken is bij een misdaad waar ze zich niet langer voor kan afsluiten.

'Mooie boom,' zegt Zoë. Ze wijst op de Nordmann achter Sylvia. Ze lijkt te schrikken van haar eigen woorden en mompelt een verontschuldiging. Ze pakt haar tas op, zoekt naar iets maar haalt er niets uit.

In de stilte die valt kijkt Sylvia even naar Frank die bij de deur is blijven staan. Vanuit zijn positie neemt hij de kamer in zich op en kucht geregeld alsof hij iets wil gaan zeggen. Maar het blijft bij een kuch, want Zoë praat weer. Druk gebarend en zonder adempauzes. Alsof door snel te praten de boodschap die ze komt brengen minder hard zal aankomen. Ze heeft het over de winterse kou, over de verraderlijke gladheid en de vele ongelukken die daardoor gebeuren.

'Bent u alleen hier?' vraagt ze.

Sylvia knikt. 'Mijn moeder zit in Dresden en mijn broer ligt in het ziekenhuis. We zouden hier kerst vieren samen met mijn zusje... Waar is ze nu?'

Frank kucht weer.

Zoë neemt opnieuw het woord. 'Ja, ik vrees dat we slecht nieuws hebben...' Zoë haalt haar bril van haar neus. Ze heeft mooie grote ogen waarmee ze Sylvia indringend aankijkt. 'Aanvankelijk leek het erop dat uw zus het overleefd had. We hebben haar uit de auto moeten zagen. De auto is total loss. De hond – die op slag dood geweest moet zijn – hebben we meegegeven aan de dierenambulance. We konden uw zus helaas niet meer redden. Onderweg naar het ziekenhuis is ze aan haar verwondingen overleden.'

Sylvia knikt, ze ademt zwaar. 'Hoe is het gebeurd, kwam het door de gladheid?' vraagt ze. Haar stem is hees. Wil ze dit wel weten?

'Over de toedracht van het ongeval tasten we nog in het duister. Het moet om een aanrijding gaan. De auto van uw zus was aan beide zijden zwaar beschadigd. Het lijkt erop dat iemand haar moedwillig heeft aangereden. Omwonenden die ons alarmeerden hebben de botsing wel gehoord, maar niets gezien. De bestuurder van de andere auto is doorgereden, maar hij moet blikschade hebben. Er volgt nog een onderzoek, en zodra we daarmee klaar zijn, hoort u van ons. Uw zus ligt tijdelijk in het mortuarium van het ziekenhuis. Kunnen wij nog iets voor u doen? Iemand inlichten of voor u bellen?'

'Bellen? Eh, nee... maar...' Er schiet Sylvia iets te binnen. 'Na het ongeluk belde iemand van de politie mij met de telefoon van mijn zusje... Klopt dat?'

'Eh, ja, natuurlijk,' Zoë zet haar bril weer op. Ze draait zich om naar Frank en trekt haar wenkbrauwen op.

'Heb jij?' vraagt ze.

Frank komt in beweging. Hij kucht weer en haalt een telefoon uit zijn zak. De telefoon zit in een plastic zakje. Als Frank hem op tafel heeft gelegd, schuift Zoë het toestel naar Sylvia toe.

'Dit is haar telefoon. We hebben ten slotte u gebeld omdat we zagen dat er recent veel met u gebeld en geappt is. Uiteraard hebben we ook contact gezocht met de echtgenoot van uw zus, maar tot nu toe is dat niet gelukt. Wij troffen hem niet thuis. Misschien dat we vanavond meer kans maken.'

'Jennifer en Hugo liggen in scheiding,' zeg Sylvia schor.

'O, juist, kan het zijn dat uw zwager dan niet op het huisadres woont?' Zoë pakt nu een blocnote en begint te schrijven. 'Weet u waar wij hem kunnen bereiken? Heeft u misschien het adres van zijn werk?'

Sylvia schokschoudert. 'Hij is makelaar, Van Haeften in Oudewater, maar Jennifer was het huis uit gegaan. Ik zou even moeten zoeken naar het adres van Hugo's kantoor.'

'Maakt u zich geen zorgen, dat doen wij wel. O, ja, nog een vraagje over de foto's...'

'Foto's?' Sylvia fronst.

Zoë trekt het zakje met de telefoon weer naar zich toe. Ze haalt het toestel eruit en scrolt door het menu.

'Hoe weet u de pincode van mijn zusje?' vraagt Sylvia verbaasd.

'De technische recherche krijgt iedere beveiliging eraf,' zegt Zoë. Ze spreidt haar duim en wijsvinger over het schermpje om iets wat daarop staat te vergroten.

'Kijk, het gaat om deze laatste foto. Volgens de tijd en de datum moet die vlak voor het ongeluk genomen zijn. Vanochtend, hier in Maarssen. Waarschijnlijk zelfs hier in uw hal, kijk, staat daar niet zo'n tafel met een vaas?' Ze wijst de hal in. 'Het gaat om deze twee jongens, kent u ze?'

Sylvia's hart staat stil. Ze voelt hoe het bloed uit haar gezicht wegtrekt als ze op de foto Kai en Rachid herkent. Razendsnel probeert ze na te denken. In hoeverre werkt dit politiekorps samen met de politie in Utrecht waar de plofkraak plaatsvond? Is deze foto al rondgegaan? Wat moet ze zeggen?

'Mevrouw Van de Berg? Kent u deze jongens?'

Sylvia kijkt naar Zoë. Ze voelt hoe de donkere ogen haar peilen.

'Nee,' zegt ze. 'Ik heb geen idee wie dat zijn. Dat moeten krantenjongens geweest zijn, of anders pakketbezorgers? Mijn zusje kocht veel online. Ik was vanochtend laat op, ik heb ze niet gezien. Het spijt me.' Sylvia staat op. 'Vindt u het erg om me nu alleen te laten? Ik moet mijn moeder en mijn broer inlichten dat Jennifer is overleden. We zullen nog een hoop te regelen hebben.'

'Uiteraard. Alle begrip. En nogmaals, als we meer weten, komen we bij u terug.' Zoë schuift haar stoel achteruit en komt overeind. Dan loopt ze met Frank de hal in. Voor de tafel blijft ze staan. Ze kijkt even naar boven en neemt alles bewonderend in zich op.

'Mooi huis,' zegt ze. Dan kijkt ze Sylvia weer aan. Vlug wendt Sylvia haar blik af, en ze opent de voordeur voor de twee agenten.

'Sterkte met alles,' zegt Zoë.

'Dank u.'

Frank geeft een knikje en kucht maar weer eens.

Sylvia sluit de deur achter hen en kijkt spiedend om zich heen. Een flits van angst gaat door haar heen. Ze was hem bijna vergeten, maar waar zou Ralph gebleven zijn?

46

Met bonkend hart staart Sylvia naar de keukendeur, waar geluiden achter klinken die doordringen naar de hal. Ze hoort de tussendeur naar de garage dichtslaan en meteen daarop wordt het stil. Ze luistert naar haar versnelde ademhaling en beseft dat toen de politie hier aanbelde, Ralph zich meteen in de garage moet hebben verschanst. Ze denkt aan zijn gehavende gezicht, aan zijn haren die uit model zaten en zijn verwilderde blik, en een golf van paniek slaat over haar heen.

Volgens Zoë is Jennifer misschien wel moedwillig aangereden en is de bestuurder van die andere auto ervandoor gegaan. Zou Ralph met mammies BMW...? Angst, afkeer, maar voornamelijk woede over Ralph nemen Sylvia's gedachten in bezit.

Ze moet ongemerkt naar mammies auto gaan kijken, ze moet iemand spreken, ze moet vertellen wat ze vermoedt. Maar wat als dat niet klopt? En wie moet ze op de hoogte brengen? Hugo? Lodewijk? Carla en George? God nee, zeg, die twee al helemaal niet.

De politie gaat naar Hugo, vertelde Zoë. Lodewijk ligt in coma, daar hoeft ze niets van te verwachten. Sylvia slaat haar handen voor haar gezicht en ze schudt haar hoofd.

En dan is er nog mammie... Waar moet ze beginnen, wie kan ze vertrouwen? Haar hoofd tolt. Kan ze zichzelf eigenlijk nog wel vertrouwen?

Jennifer is dood. Haar opstandige zusje, zomaar ineens over en uit. Nooit meer samen ruziën over onbenullige dingen. Sylvia voelt tranen wellen. Ze beseft dat ze er alleen voor staat. Nu komt het erop aan dat ze juist handelt en in de juiste volgorde.

Ze laat haar armen zakken en werpt een blik op de keukendeur. Ze hoort Ralph stommelen. Ze realiseert zich dat ze niet zomaar naar de garage kan gaan om de BMW te inspecteren, niet zonder goed excuus. Als haar vermoedens juist zijn, loopt ze nu zelf ook gevaar. En zij niet alleen...

Haastig komt ze in beweging en kijkt omhoog naar de overloop. De stilte wordt verbroken door Kai en zijn vriendje. Ze lachen. Sylvia moet meteen denken aan de foto op Jennifers telefoon die de politievrouw haar liet zien. Waarom had Jennifer die gemaakt, met welk doel? De kwaadheid die zich in Sylvia heeft vastgezet na het zien ervan jaagt haar opnieuw op.

Vanuit de keuken klinkt het gekletter van pannen. Ze hoort Ralph kastdeuren open- en dichtdoen. Ralph, daar is hij weer, terug in haar hoofd. Ralph die nergens voor terugdeinst...

Sylvia's brein staat op barsten, de gedachten tuimelen over elkaar. Het komt erop aan dat ze zich nu niet laat afleiden door haar gevoel. Dat betekent dat Kai eerst in veiligheid moet worden gebracht. Kai moet hier weg. Wie weet wat de technische recherche nog meer op de telefoon van Jennifer heeft gevonden. Dingen die door hen gewist zijn en misschien ergens bij de politie liggen opgeslagen. Dingen die Jennifer kon gebruiken om haar af te persen met Kai. Sylvia vervloekt haar domme, snuffelende zusje.

Met grote stappen rent ze de trap op. De deur van haar vaders kamer staat op een kier. Het lijkt alsof daar gerookt wordt, een wietgeur bereikt haar neus. Ze hoort de jongens giechelen als meisjes.

Met ingehouden adem, bang voor wat ze daar zal aantreffen, duwt ze de deur verder open en stapt over de drempel. Kai en Rachid liggen languit op het logeerbed. Een fles whisky – vermoedelijk van Lodewijk – staat op de grond naast het bed. De fles is voor driekwart leeg. En terwijl de jongens om de beurt aan een joint trekken wordt er een vol glas whisky op dezelfde manier gedeeld.

'Kai!' Sylvia stapt woedend op haar zoon af en rukt het whiskyglas uit zijn hand.

'Hi boomer.' Met een lodderige blik kijkt hij haar aan. Grote pupillen en blozende wangen, haren die in slierten tegen zijn voorhoofd kleven. Een kind nog, gaat het door haar heen.

Rachid begint te lachen. Zijn T-shirt is omhooggeschoven tot ver boven zijn vette, blote buik. Hij heeft de hik, en nadat hij nog een trekje van de joint heeft genomen, blaast hij de rook nonchalant in Sylvia's gezicht.

'Relax,' zegt hij tegen haar. Hij sluit zijn ogen.

'En nu is het afgelopen. Stoppen jullie!' roept Sylvia.

Ze trekt de joint uit de mond van Rachid en dooft hem in het glas met whisky.

'Hé, fok, wat?' Kai komt loom overeind. 'Boomer, ben je gestoord of zo? Laat ons met rust.' Traag verplaatst hij zich in Sylvia's richting, en als hij voor haar staat geeft hij haar een duw. 'Stom kutwijf, flikker op,' zegt hij terwijl hij het whiskyglas in haar buik drukt.

Sylvia verstijft. Meteen herpakt ze zich en grijpt Kai beet. Ze trekt hem aan zijn haren de kamer uit en slingert hem aan zijn armen de overloop op.

'En nu is het klaar! Verdomme!' brult ze. 'Ik heb jouw gedrag veel te lang getolereerd. Maar het is over, voorbij. Hoor je me?!'

Kai lacht. Harder en harder klinkt zijn schaterlach over de stille overloop.

'Ik weet dat jij een plofkraak hebt gepleegd in Utrecht. En ik weet dat de politie je zoekt. Ze hebben me een foto van jou laten zien. Een foto van jou en Rachid die Jennifer hier gemaakt heeft. Er hoeft maar dit' – Sylvia knipt met haar vingers – 'te gebeuren of je bent erbij, jongen.'

'Plofkraak? Hihi...' Kai schudt giechelend zijn hoofd. 'Hoe kom je...?'

'Hou op met die onzin, ik weet dat jij het was. Er zijn camerabeelden op het journaal geweest, en diezelfde beelden gaan rond op Facebook. Denk je nou echt dat er niemand is die jou zal verraden? En dan dit.' Sylvia graait in de zak van haar vest, haar vingers halen de koekwikkel tevoorschijn. Ze houdt hem omhoog en drukt hem onder Kais neus.

'Wil je beweren dat dit zomaar een willekeurig adres in Utrecht is? De tijd en de datum en het geld, alles klopt. Toeval?'

'Hou je bek, stom wijf.' Kai grijpt in het luchtledige naar het briefje. 'Je snapt er niks van. Het was Milans idee, we hebben bijna niks buitgemaakt en...'

Sylvia pakt Kai beet en schudt hem door elkaar.

'Weet je wel wat je op het spel zet? Je krijgt een strafblad en daarmee kom je nergens aan de bak. Hoe kun je zo stom zijn, hoe kun je mij dit aandoen?' Haar stem breekt.

Even gebeurt er niets. Dan komt Rachid de kamer uit. Hij loopt krom en klaagt over misselijkheid. Hij grijpt naar zijn buik, en nog voordat Sylvia kan reageren spuugt hij zijn maaginhoud naar buiten.

Sylvia voelt haar eigen maag ook omhoogkomen, de tranen

branden in haar ogen en ze heeft het idee dat ze ieder moment kan bezwijken onder deze druk. Toch herpakt ze zich. Er is geen weg terug. Kai heeft het er zelf naar gemaakt.

'Het lijkt me het beste dat jullie meteen vertrekken, ieder naar zijn eigen huis,' zegt ze. 'Kai, ik breng jou als eerste weg. En jij?' ze wendt zich tot Rachid. 'Is er iemand die jou kan komen ophalen?'

Rachid schudt zijn wit weggetrokken hoofd. 'Ik ben alleen thuis met mijn zusje,' kreunt hij. Hij wrijft weer over zijn buik. 'Familie naar Marokko...'

'Dan zet ik jou bij je zusje af. Kom op, pak je spullen. Het is afgelopen. Ik heb hier genoeg aan mijn hoofd met...'

'Met?' De stem van Ralph klinkt van beneden uit de hal.

Sylvia draait zich om en ziet hoe Ralph met snelle tred de trap op komt. Vlug zet ze Kai aan tot actie. 'Schiet op, neem je rugzak en laptop mee.'

'Zo *awkward*, man,' zegt hij tegen Rachid.

'Wat is hier aan de hand?' Ralph loopt op Sylvia af. Ze voelt zijn zwarte ogen branden, en even twijfelt ze of dit het moment is om over Jennifers dood te beginnen. Ze doet het niet. Geen emoties, maar handelen, prent ze zichzelf opnieuw in.

'Mijn zoon en zijn vriend gaan naar huis,' zegt Sylvia. 'Ze hebben zitten blowen en drinken, misschien kun jij me helpen om ze in de auto te zetten?'

Ralph kijkt van Kai naar Rachid en naar het braaksel dat op de grond ligt. Hij trekt zijn mond in een scheef lachje. 'En dat mag de butler zeker opruimen?' zegt hij. 'Trouwens, waar kwam die politie voor langs?' vraagt hij.

'Dat vertel ik later nog wel.' Sylvia kookt van woede, maar houdt zich in. Ze neemt Ralph wat beter in zich op en ziet dat hij naast de kras op zijn wang ook een fikse bloeduitstorting bij zijn oog heeft. Om zijn pols heeft hij een verband gewikkeld.

'Ben je gevallen?' vraagt ze.

'Ja, uitgegleden op een spekglad stoepje toen ik de boodschappen in de auto wilde leggen,' antwoordt Ralph. 'Maar het is niets. *Pas de problème.*' Haar blik ontwijkend stapt hij vlug op Rachid af, pakt hem bij zijn arm en trekt hem mee de trap af.

'Hé... man...' protesteert Kai.

Met walging ziet Sylvia dat hij veel te dronken is om iets te ondernemen. Steun zoekend bij de trapleuning volgt hij zijn vriend, die hardhandig wordt meegenomen door Ralph.

De buitendeur slaat dicht en Sylvia keert zich om. Ze loopt de logeerkamer in, pakt de rugzakken en verdeelt haastig alle spullen van de jongens over hun tassen. Als ze daarop de overloop op loopt, voelt ze haar telefoon in haar zak trillen.

Het is Carla.

'Hoi Carla, kan ik je zo terugbellen? Ik sta op het punt om...' Ze valt stil. Buiten gaat Ralph tegen Kai tekeer. Ze moet erheen. Straks...

'Carla?'

Stilte.

Sylvia houdt haar pas in en blijft ongeduldig stilstaan. Ze luistert naar de snelle ademhaling van Carla.

'Carla? Gaat het?'

'Sylvia... ik...' Een snik. 'Ik... wil zeggen dat Lodewijk zojuist is overleden. Ik heb Josefien gebeld, maar ik krijg haar voicemail.' Carla zucht en huilt.

Sylvia verkrampt. Het voelt alsof de grond onder haar voeten wordt weggeslagen. 'O, nee,' zegt ze. 'Niet ook Lodewijk.'

Ze grijpt zich vast aan de trapleuning en laat zich op een traptrede vallen. Ze kromt haar rug en kermt alsof ze hevige pijn heeft.

'Het spijt me,' zegt Carla snikkend. Ze zucht nu heel diep. De zucht klinkt bijna als een opluchting.

'Maar hoe bedoel je "ook"?' vraagt Carla.

'Mijn broertje en zusje, op één dag... allebei kwijt... ik...' Sylvia begint zachtjes te huilen.

'Wat, Sylvia? Wat bedoel je? Is Jennifer...? Hè? Nee! Ik begrijp het niet.'

'Ja, Carla. Jennifer heeft een auto-ongeluk gehad. Iemand heeft haar aangereden... Ik... O, ik weet het niet meer. Kan ik je straks terugbellen? Ik zal de uitvaart moeten regelen. Ik weet dat Lodewijk en jij gescheiden zijn, maar misschien dat je mij...? Zijn auto staat hier voor de deur en zijn spullen liggen nog...'

'Tuurlijk, komt goed. Laat dat maar aan George en mij over. Ik ga nu eerst alles in het ziekenhuis afronden, dan bel ik je later, goed? Probeer jij contact te leggen met Josefien?'

Voorzichtig komt Sylvia overeind. Haar benen lijken haar nauwelijks te kunnen dragen. Haar mond voelt droog, ze rilt over haar hele lichaam als ze aan haar moeder denkt.

'Dat is goed,' zegt Sylvia. 'Mammie,' verzucht ze. Haar stem breekt. Ze praat zo zacht dat Carla haar waarschijnlijk niet meer hoort. Carla is weg. De ingesprektoon klinkt loeihard in Sylvia's oor. Langzaam laat ze de hand waarin ze de telefoon vasthoudt zakken.

'Het is goed,' mompelt ze voor zich uit. 'Ik zal zorgen dat mammie het te horen krijgt.'

47

Een halfuur later is Sylvia op weg naar Lunetten. Een kracht buiten haar om stuwt haar door het traag rijdende verkeer over de rondweg. Sommige delen zijn praktisch onbegaanbaar vanwege de vastgevroren sneeuwresten en pekel. Hier en daar zitten er vervaarlijke gaten in het asfalt. Gesterkt door adrenaline slalomt Sylvia eromheen.

Ze moet denken aan Ralph en de manier waarop ze hem vertrouwen schonk door hem te laten meehelpen met het uitgraven en schoonkrabben van haar Toyota. Alweer drukte ze haar gevoel weg en luisterde ze naar haar verstand, dat zei dat het veiliger was om mee te veren met Ralph. Ze heeft tegen hem gezegd dat ze vanavond terugkomt. Ze heeft hem wijsgemaakt dat ze vanuit haar ouderlijk huis de zaken wil regelen rondom de uitvaart van haar broer. Ze heeft niets losgelaten over Jennifers dood, maar gedaan alsof Jennifer nog leefde. Ze vertelde dat de politie was geweest om te zeggen dat Jennifer zwaargewond was overgebracht naar het ziekenhuis, en dat ze op zoek waren naar degene die haar heeft aangereden. Tot haar verbazing knikte Ralph en vroeg hij zonder blikken of blozen of niemand getuige was geweest van het ongeluk.

Sylvia had willen zeggen dat er wel getuigen waren, om zijn reactie te peilen, maar toen Ralph haar stoïcijns bleef aankijken, gaf ze het gesprek een andere wending. Ze zei dat ze in het ouderlijk huis wilde zijn als mammie thuiskwam. Even leek Ralph van zijn stuk gebracht, maar meteen daarop begon hij te glimlachen. Een glimlach die steeds breder werd en uiteindelijk zijn hele gezicht innam. Ze moest ervan gruwen, maar liet niks merken.

Ze werpt in de achteruitkijkspiegel een blik op haar zoon. Uitgeteld leunt hij tegen de hoofdsteun. Zijn mond hangt halfopen, zijn ogen zijn gesloten. Hij en Rachid waren daarstraks zo ver heen van de drank en de drugs dat ze al snel in slaap vielen op de achterbank.

Toen ze bij het huis van Rachid aankwamen en zijn zusje de voordeur opendeed, voelde Sylvia een steek van medelijden bij het zien van het jonge meisje met het dikke, donkere krulhaar en de grote glanzende ogen. Sylvia schatte het kind op amper tien jaar en ze vroeg zich af welke ouder zomaar zijn twee kinderen alleen achterliet. In de kerstvakantie nog wel.

Weer kijkt ze in de spiegel naar Kai. Zij is altijd een bezorgde moeder geweest en wilde het allerbeste voor haar zoon, en nu heeft ze besloten dat het allerbeste voor hem – en ook voor haarzelf – is om hem los te laten.

Ze mag niet opgeven, ze wist al heel lang dat dit moment een keer moest komen. Ze is er bijna. Nog maar een paar stappen, dan is ze vrij. Zo vrij als toen ze jaren geleden door Australië liftte. Los van alle familiebanden en los van de hoop op mammies liefde...

Een golf van verdriet overspoelt haar en doet haar naar adem happen. Haar ogen vullen zich met tranen en benemen haar het zicht op de weg. Vlug herpakt ze zich. Ze slikt de brok uit haar keel en met haar handpalm veegt ze ruw het vocht van haar wangen.

'Mam?'

Ze schrikt op en kijkt naar Kai. Hij knippert met zijn ogen en strijkt zijn verwarde haar uit zijn bleke gezicht. Gespannen kijkt hij om zich heen.

'Waar is Rachid?' vraagt hij met een klein stemmetje.

Sylvia's hart breekt als ze haar jongen zo aangeslagen en ineengedoken als een zielig vogeltje ziet zitten. Ze is geroerd en voelt troostende woorden omhoogkomen. Meteen daarop is er die andere gedachte weer. Nee, ze moet hem loslaten. Het is voor zijn eigen bestwil.

'Rachid is thuis,' zegt ze. Met kracht omklemt ze het stuur en richt ze haar blik strak op de besneeuwde weg.

Niet veel later rijdt ze de straat in bij haar flat, waar het altijd zoeken is naar een parkeerplaats. Kai roept dat ze hem voor de deur moet afzetten. Ze kan het zelfs opbrengen om kalm en ongeëmotioneerd te vragen of hij even wil blijven zitten totdat ze de auto ergens geparkeerd heeft.

Kai rukt kwaad aan het portier dat Sylvia heeft vergrendeld. 'Doe die fucking deur open!' brult hij. 'Ik ben niet van plan om ver te gaan lopen.'

'Goed, jij stapt vast uit, maar vanaf nu blijf je binnen. Er komen vanavond geen gamevriendjes langs en als jij je roes hebt uitgeslapen, gaan jij en ik nadenken over jouw toekomst. Ik heb daar namelijk bepaalde ideeën over.'

'Pff, schei uit, mens, ik ben hartstikke moe.'

Sylvia ontgrendelt het portierslot en Kai stapt uit.

Met zijn hoofd tussen zijn schouders sleept hij zich over het bevroren wegdek naar de ingang van het flatgebouw. Sylvia parkeert een paar meter verder haar auto tussen twee paaltjes en haast zich achter Kai aan naar het trappenhuis.

Zwijgend en zonder elkaar aan te kijken, staan ze daarna naast elkaar in de lift.

Eenmaal boven in de ijskoude flat doet Sylvia wat ze altijd doet bij thuiskomst: jas aan de kapstok, schoenen uit, kachel aan en water opzetten voor thee. Deze handelingen mogen dan op de automatische piloot gebeuren, sinds haar aankomst gisterochtend bij mammie is haar leven zo ingrijpend veranderd dat niets meer vanzelfsprekend is.

Kai verdwijnt mokkend in zijn kamer.

Sylvia kijkt hem na voordat ze haar eigen slaapkamer in loopt. Daar trekt ze haar jurk uit en verwisselt hem voor een spijkerbroek en een warme coltrui.

Niet veel later zit ze met een beker hete thee aan tafel. Thee maakt haar rustig. Het haalt de nervositeit weg, en dat heeft ze nodig om beter te kunnen nadenken, om haar gedachten te ordenen. Terwijl de hete vloeistof door haar keel glijdt, kijkt ze uit het raam op de tegenovergelegen lage huizen. Het is donker buiten, op de daken ligt sneeuw. De lucht erboven is helder. Sylvia wrijft langs de mouw van haar trui. Ze zou net als Kai willen wegkruipen en zich willen opsluiten.

Jennifer is dood, Lodewijk leeft ook niet meer, Sylvia kan het amper bevatten. Gisteren maakten ze nog ruzie over de erfenis, over geld en over mammie, over haar verrassing die zo heel anders uitpakte dan zij verwacht hadden.

Wat hadden zij dan verwacht?

Verdomme, die rotcenten ook. Daar begint alle ellende, bij dat duivelse geld van mammie. Dat werd hun blinde vlek. Ze waren er zo van overtuigd dat ze een financiële verrassing zouden krijgen, dat geen van hen zag wat er echt gebeurde. Behalve Ralph. Ralph, sluwe man.

Een indringer en een golddigger, noemde Jennifer hem. Ze wilde hem uit de weg laten ruimen door een mannetje van Hugo.

Is het Sylvia's schuld? Als zij Jennifer had weten tegen te houden, zou Jennifer dan nog leven? Als zij vrijdagochtend niet... Als, als, altijd maar dat stomme schuldgevoel. Verdomme, het is niet haar fout, het komt door mammie. Mammie en Ralph... de erfgenaam, haar verrassing.

Jennifer dood, Lodewijk dood... Wie volgt hen op? Zijzelf? Geen denken aan!

Ze kijkt op haar telefoon, opent WhatsApp en scrolt door de laatste berichten. Even wordt haar blik vastgehouden door de groepsapp van mammie. In het laatste appje heeft ze het over haar vriendin Barbara, en dat zij verrast zullen zijn als ze horen wie Ralph is. Daarna is er niets meer verstuurd.

Peinzend en met ingehouden adem scrolt Sylvia langs de andere namen. Die van Jennifer en van Lodewijk en ze kijkt naar haar eigen eindeloze reeks aan appjes die ze verstuurd heeft naar Kai... zonder dat hij daarop reageerde.

Loslaten, vrij worden. Deze gedachten hameren opnieuw door haar hoofd. Net als het feit dat het niet haar schuld is. Niet alléén haar schuld en daarom moet ze nu handelen. Ze tikt een appje naar Carla.

Sorry, ik krijg mammie ook niet te pakken. Wat nu?

Sylvia legt haar telefoon op tafel, ze wacht niet op een antwoord maar gaat over tot verdere actie. Ze staat op en als een robot checkt ze de dingen die belangrijk zijn voor haar zoon. Ze kijkt in de koelkast waarin nog genoeg cola staat om de avond mee door te komen, en hij kan kiezen uit een kant-en-klaarmaaltijd of een pizza.

Ze loopt de gang in, pakt haar tas en stopt haar telefoon erin. Voordat ze bij de kapstok is, kijkt ze in de spiegel en bindt haar losse haar bij elkaar in een staart. Dan loopt ze terug. Voor de slaapkamerdeur van Kai blijft ze stilstaan en legt haar oor ertegen. Als ze geen geluid hoort, opent ze voorzichtig de deur. Kai ligt op bed languit op zijn buik te slapen.

Sylvia loopt iets verder de kamer in. Ze gaat naast het bed van haar zoon staan en beroert heel even met haar vingertoppen een losse haarlok. De korte aanraking heeft een schokeffect op haar, vlug trekt ze haar hand terug. Tranen branden in haar ogen.

Niet gaan janken nu. Het moet, het is nu of nooit.

Ze draait zich om. Haar ogen zoeken de kamer af naar Kais jas, die op een stapel andere kleren blijkt te liggen. Sylvia bukt en voelt in de zakken. Ze stuit op een zakje wiet en de huissleutel. De wiet laat ze zitten, de huissleutel gaat mee.

Op haar tenen verlaat ze de kamer, zachtjes sluit ze de deur. Ze haalt haar winterjas van de kapstok en trekt hem aan. Voordat ze de deur uit gaat, pakt ze nogmaals haar telefoon. Dit keer tikt ze een berichtje voor Kai.

Sorry dat ik je heb opgesloten. Zie het niet als straf, maar als bescherming. Je ontspoort. Ik ben je moeder, ik behoor je te behoeden voor erger. Het spijt me dat het zo ver heeft moeten komen. XXX

48

Het is donker om het huis. De buitenlamp die normaal gesproken automatisch aanfloept als er een auto de oprit op rijdt heeft Sylvia vlak voordat ze wegging uitgeschakeld. Ze rijdt haar auto tot voorbij de oprit naar de parkeerplaats aan de zijkant van het huis, waar je er vanaf de weg geen zicht op hebt. Ze dooft de koplampen, blijft even zitten om diep in te ademen en stapt dan uit. Maanlicht verlicht de besneeuwde tuin en laat de ijspegels aan de boomtakken schitteren. Als haar leven niet zo op zijn kop had gestaan en er niet zoveel verschrikkingen op haar pad waren gekomen, had ze van deze sprookjesachtige sfeer kunnen genieten. Nu voelt ze voornamelijk de kou die om haar hart ligt en huivert ze.

Bij de garagedeur blijft ze even stilstaan. Ademwolkjes blazend kijkt ze naar het raam van de voorkamer, waarachter licht brandt. Ze ziet een lange schaduw langs het raam bewegen. Ralph.

Weer is ze even in ademnood en lijken haar longen te worden samengeknepen als ze beseft dat ze alleen met hem in huis zal zijn. De man uit Brussel die zich de echtgenoot van haar moeder noemt. De butler die daar het haardvuur opstookt en het gezellig maakt...

Angst zet zich om in haat. Haar ene hand omklemt haar tas en met de andere haalt ze de sleutelbos uit haar jaszak. Ze besluit om via de garage naar binnen te gaan. Stilletjes draait ze de garagedeur van het slot. Ze laat het gevaarte iets omhoogkomen, en nog voordat hij helemaal is gekanteld, bukt ze zich om eronderdoor naar binnen te gaan. Meteen sluit ze hem weer af.

Met ingehouden adem luistert ze of ze Ralph hoort aankomen.

Geen geluid, alles blijft stil. Snel komt ze weer in beweging. Ze doet het licht aan, maakt zich smal en loopt langs de Volkswagen Kever naar de BMW.

Ze staat onmiddellijk stil. In het gele schijnsel van de slecht verlichte garage hoeft ze er niet eens met haar neus bovenop te zitten om te zien wat ze al vermoedde. De bumper van de auto hangt los, een deel van één portier is ingedeukt en vlak boven de wielen lopen vuurrode lakstrepen.

Ralph moet de rode Kia Picanto van Jennifer hebben aangereden.

In huis klapt een deur dicht. Sylvia kijkt verschrikt op. Zonder nadenken snelt ze naar de tussendeur die vanuit de garage naar de keuken leidt, ze opent hem en spurt naar binnen. Voetstappen naderen vanuit de hal. Met bonkend hart zet ze haar tas op de keukentafel en trekt zo kalm mogelijk haar handschoenen uit.

Ze prent zichzelf in dat dit het moment is. Ze mag niet bang zijn, ze heeft niets te verliezen. Ja, haar leven, en daarom komt het erop aan om nu sterk te zijn.

De deur gaat open. Ralph stapt de keuken binnen. Of hij het speelt, kan ze niet goed inschatten, maar hij reageert in ieder geval verrast op haar aanwezigheid.

'Hé! Jij bent het, ik heb je niet zien aankomen.' Hij draait zich een halve slag en wijst naar de oprit. 'Staat je auto niet op de parkeerplaats?'

'Jawel, ik ben via de garage binnengekomen. De buitenlamp is blijkbaar kapot,' zegt Sylvia terwijl ze haar jas uittrekt en over de stoel hangt.

'O, ja? Hm, vanochtend deed hij het nog, vreemd, het is niet het soort lamp dat snel kapot gaat.' Ralph komt een stap dichterbij. Onderzoekend neemt hij Sylvia op. Ze voelt zijn priemende blik en kijkt van hem weg.

'Zo, nou...' die bedwelmende nabijheid van Ralph zorgt ervoor dat ze begint te stotteren. Al die voornemens van haar om hem aan te pakken, ebben voor een ogenblik weg. Even richt ze haar blik op de deur naar de kelder en kijkt daarna weer naar Ralph. Hij heeft het verband dat om zijn pols zat eraf gehaald en de wond van een grote pleister voorzien. Zijn vingers zijn geschaafd en Sylvia vermoedt dat hij een schouderkneuzing heeft opgelopen, want hij beweegt zijn arm ietwat spastisch.

'... daar zijn we dan, jij en ik. Het kan raar lopen, niet?' Ze heeft zich herpakt. Haar stem klinkt schril, haast opgewekt. 'We hebben er nog niet veel bij stilgestaan, maar morgen is mammie jarig. Tachtig wordt ze, een hele leeftijd. Het is wel jammer dat ze nu niet hier is, hè?'

Ralph glimlacht. Zijn ogen glinsteren. Hij laat de vingers van zijn geblesseerde hand langs zijn sikje glijden. Hij voelt eraan alsof hij houvast zoekt bij het kleine plukje haar. 'Inderdaad, morgen wordt een bijzondere dag. Wat denk je van een goed glas wijn om Josefiens verjaardag al een beetje te vieren? Ik heb daar beneden een paar mooie flessen zien liggen.'

'Goed plan,' zegt Sylvia. 'Dan kleed ik me even om.' Ze haalt haar jas van de keukenstoel, pakt haar tas en handschoenen van tafel en stapt om Ralph heen.

'Doe dat. Misschien moeten we dan ook maar samen eten? Een soort vervroegd kerstdiner, ik heb vanmiddag genoeg boodschappen in huis gehaald,' vervolgt Ralph. 'Tenslotte had ik gerekend op meer gasten.' Hij grijnst.

'Hm, dat lijkt me heerlijk,' zegt Sylvia. Ze moet zich goed houden, ze heeft zich voorgenomen nog niet over de dood van Jennifer te vertellen. Vlug draait ze zich om. Weg van die grijns, weg van die ogen. De kilte die haar om het hart slaat probeert ze te negeren. Ze denkt aan haar missie, ze denkt aan Kai en aan haar overleden broer en zus. Ze heeft zich voorgenomen dat dit haar laatste zet wordt. Ze ziet het als haar taak, een taak die bij haar past, die ze onwillekeurig al haar hele leven met zich meedraagt en die nu zijn hoogtepunt heeft bereikt.

Ze opent de deur naar de hal en hoort hoe Ralph de kelderdeur van het slot draait. Het roept bij haar nog meer woede op. Ze krijgt de neiging terug te lopen, de sleutels uit zijn hand te slaan en hem aan te vliegen. In plaats daarvan knijpt ze zo hard in de stof van haar jas dat haar knokkels wit worden. Ze ademt diep in, kijkt niet om en loopt door.

Ze is sterk, ze kan het.

49

Op de eettafel ligt een wit damasten kleed met bijpassende, glad gevouwen servetten en het zilveren bestek van mammie. Er staan twee borden, twee wijnglazen, een kandelaar met vijf kaarsen erin en twee flessen wijn. De Nordmann staat op zijn plastic voet en in de takken brandt de kerstverlichting. Ralph is goed bezig geweest. En alsof er niet twee doden te betreuren vallen, geeft het fonkelende lamplicht van de guirlande de kamer iets feestelijks.

Alle overige kerstspullen staan nog onuitgepakt in de dozen naast mammies stoel. De tijdschriften en haar asbakje zijn weggehaald. Alles oogt schoon en fris. Zelfs de ramen glimmen.

Sylvia werpt een blik op de tuin. Het moet buiten inmiddels al diep onder het vriespunt zijn. Angstgedachten bestoken haar, een lichte huivering loopt langs haar blote rug. Ze beseft dat ze veel te koud gekleed is in haar zwarte cocktailjurkje en twijfelt of ze nog terug zal lopen naar haar kamer om een vest aan te trekken. Maar juist op het moment dat ze zich omdraait, gaat de deur van de eetkamer open en komt Ralph binnen met een dampende schotel.

'Kun je vlug iets in het midden zetten?' zegt hij, wijzend met zijn hoofd in de richting van de tafel waarop een tweetal vilten onderzetters ligt.

Sylvia doet wat Ralph vraagt en nadat hij de hete schaal op de tafel heeft geplaatst en zijn ovenwanten heeft uitgetrokken, recht hij zijn rug en neemt hij haar met zijn bekende frons goedkeurend in zich op. Weer twijfelt ze of ze het niet te veel heeft aangedikt. Ze voelt Ralphs ogen langs haar losse haar en make-up naar haar diep uitgesneden decolleté glijden. Haastig wendt ze zich naar de schotel.

'Wat is het?' vraagt ze voordat hij iets over haar uiterlijk kan zeggen.

'Kalkoen,' zegt Ralph. Hij haalt de deksel van de schaal en meteen stijgt er een kruidige damp van gebraden vlees uit op. 'Maar er is nog meer. Als jij de wijn vast ontkurkt en de kaarsen aansteekt, dan haal ik de rest.'

Ralph keert zich om en loopt weg.

Met trillende handen steekt Sylvia de kaarsen aan en maakt daarna een fles wijn open.

Ze kijkt naar de kalkoen en vraagt zich af of ze hiervan een hap door haar keel zal krijgen. Meteen maant ze zichzelf om bij de les te blijven en zo normaal mogelijk te doen.

Ze zit hier vanwege mammie, ze zit hier straks met de echtgenoot van mammie aan tafel. Wil ze een antwoord krijgen op al die prangende vragen die haar sinds haar aankomst bestoken, dan moet ze zich aan haar plan houden.

'Ah, mooi zo, dat ziet er gezellig uit.' Ralph komt binnen met een dienblad waarop dampende schaaltjes met groenten en aardappeltjes staan.

Opnieuw voelt Sylvia zich verkrampen bij Ralphs uitdagende toon. Ze denkt aan het auto-ongeluk van Jennifer en ziet de beschadigde BMW die in de garage staat weer voor zich. Ze grijpt zich vast aan een van de stoelen om niet uit balans te raken en prent zichzelf in dat wanneer ze iets eet en drinkt ze deze schijnvertoning beter zal aankunnen.

Ralph lijkt haar gedachten te lezen. 'Waarom ga je niet zitten, je ziet zo bleek. Je wilt toch wel wat eten?'

Ze knikt, forceert een glimlach en trekt de stoel naar achteren.

Ralph zet het dienblad op tafel en pakt er een vleesmes vanaf.

'Heb je het niet koud? Ik heb de thermostaat van de kachel al wat hoger gezet. Het is een koud huis, hè?' zegt hij terwijl hij het mes vervaarlijk omhooghoudt en haar strak aankijkt.

Weer verkrampt Sylvia, weer vermant ze zich.

'Wat ga je met het huis doen?' vraagt ze. Meteen baalt ze van de vraag, stom, ze moet beter oppassen met wat ze zegt. Ze pakt de wijnfles en schenkt twee glazen uit, maar ze is zo gespannen dat ze wijn naast het glas morst.

Ralph merkt het niet, hij lijkt even van zijn stuk gebracht door haar opmerking. Hij laat de hand waarin hij het mes houdt zakken en kijkt haar niet-begrijpend aan.

'Als mammie dood is, ga je het dan verkopen of ga je hier wonen?' vraagt ze. Ze pakt haar wijnglas op en steekt haar neus erin.

Stilte.

'O, daar heb ik nog niet over nagedacht. Josefien is nog niet dood, met haar energie wordt ze honderd.'

Nu wordt Sylvia's gezicht één groot vraagteken.

Ralph neemt weer de regie, hij richt het mes als een steekwapen op de kalkoen en begint in het gevogelte te snijden, waarbij het vocht uit het sappige vlees loopt. Sylvia leunt achterover in haar stoel en neemt een grote slok wijn.

Langzaam komt er weer een zekere rust over haar. Drinkend van de wijn voelt ze hoe die haar lichaam verwarmt en haar nieuwe energie en lef geeft. Nauwgezet volgt ze de bedreven handelingen van Ralph als hij een stuk vlees op haar bord legt en er groenten en aardappels omheen rangschikt.

'Zoiets?' vraagt hij nadat hij er jus overheen heeft gegoten. 'Of nog meer?'

'Nee, nee, dank je, dat is voorlopig genoeg,' zegt ze. Ze kan het zelfs opbrengen om naar hem te lachen.

'Mooi. Zo. Nou, wie had dat gedacht, dat wij hier samen zouden overblijven.' Ralph werpt een tevreden blik over de tafel, pakt zijn wijnglas op, neemt een slokje, keurt het goed en maakt dan een gebaar om te toosten.

Sylvia ademt diep in. Ze houdt haar glas omhoog en kijkt de man tegenover haar spottend aan. 'Wij samen? Vergeet je mammie niet?' vraagt ze.

Ralph lacht van oor tot oor. 'Ja, die moeder van jou, laten we op haar drinken. Ik ben inmiddels zo benieuwd naar jouw verhaal...' Hij wacht even, neemt nog een slokje wijn. Hij laat het vocht door zijn mond rollen voordat hij het doorslikt en vervolgt dan met gedempte stem, alsof iemand hen zou kunnen horen: 'Tenslotte weten wij beiden wat daar beneden nog meer is behalve goede wijnen.'

50

Na die laatste opmerking van Ralph durft Sylvia nog nauwelijks te bewegen. Stijf van de zenuwen zit ze in haar stoel en kijkt ze toe hoe Ralph het vlees keurt en de pepermolen oppakt om daar wat peper uit te draaien. Ze schudt haar hoofd als hij haar de molen aanreikt.

‘Eet eerst wat,’ zegt hij. ‘Je hoeft je geen zorgen te maken over Josefien, heus, ik kan je verzekeren dat het goed met haar gaat. Daar heb ik wel voor gezorgd nadat jij haar...’

Ralph houdt abrupt zijn mond. Doordringend kijkt hij haar aan. Hij grijnst.

Sylvia’s adem stokt, ze voelt hoe het bloed wegtrekt uit haar gezicht. Ze opent haar mond om te antwoorden, maar Ralph pakt meteen de draad weer op.

‘Vooruit, proef iets van die verrukkelijke kalkoen. Ik heb niet voor niets zo mijn best gedaan, ik laat mijn maaltijd niet bederven door jouw opmerkingen of vragen over Josefien.’

Sylvia pakt haar vork op. Ze voelt zich gesterkt door de gedachte dat ze haar emoties niet de vrije loop zou laten. En op dit moment zit er toch niets anders op dan te doen wat Ralph wil. Ze steekt haar vork in het vlees en snijdt er met haar mes een stukje vanaf. Hoewel ze er met lange tanden aan begint, heeft ze tot haar verbazing binnen de kortste keren de helft van haar bord leeggegeten.

Ralph slurpt en praat over wijnen. Hij kauwt zijn vlees weg en nadat hij de tweede fles wijn heeft geopend en weer is gaan zitten, schraapt hij opnieuw zijn keel.

'Het zit anders dan je denkt,' zegt hij hoofdschuddend, waarna hij met een tandenstoker tussen zijn tanden begint te wroeten.

'Haha, dat geloof ik niet, nogmaals, ga me nou niet wijsmaken dat je van mijn moeder houdt. Je bent gewoon een ordinaire golddigger,' herhaalt Sylvia.

'Pardon? Je bent ronduit beledigend. Jij weet niks van mij en mijn liefde voor oudere, kwetsbare vrouwen.'

'Kwetsbaar? Schei uit, man, leg mij dan maar eens uit wat er zo kwetsbaar is aan mijn moeder.' Sylvia laat het laatste stukje kalkoen van haar bord naar binnen glijden.

'Goed, waar zal ik beginnen?' zegt Ralph, hij kijkt alsof hij heel diep moet nadenken.

Sylvia veegt geërgerd met haar servet de jus weg die langs haar mond loopt. Ze wil net weer iets zeggen als Ralph van wal steekt.

'Zoals ik al eerder zei: Josefien zocht écht een butler. Een manusje-van-alles, maar ook iemand die haar kon begeleiden naar concerten, films en evenementen. Iemand die genegen was om met haar – in de laatste dagen van haar leven – op reis te gaan.'

'Wat?!' Sylvia slaat een hand voor haar mond. 'De laatste dagen van haar leven? Net zei je nog dat ze honderd zou worden.'

Ralphs gezicht betrekt en wordt opeens ernstig.

'Klopt, dat zei ik om bij jou een reactie uit te lokken. Ik wilde kijken hoeveel jij van haar weet, hoe goed jij je eigen moeder kent. Want Josefien wordt geen honderd, sterker nog: Josefien is terminaal.'

'Termi...' Met grote ogen kijkt Sylvia Ralph aan. 'Maar... hè? Nee... ik...'

'Josefien heeft kanker, uitgezaaide darmkanker. Vorige maand gaven de artsen haar nog hooguit drie tot vier weken. De diagnose was dat ze het nieuwe jaar niet meer zou halen.'

Sylvia's mond valt open. Haar ogen schieten heen en weer, haar brein werkt razendsnel; dingen vallen ineens op hun plek. Mammies belachelijke uitgavenpatroon, een peperdure auto, een butler, een huwelijk met Ralph... O, god, dit zet alles in een ander daglicht. Sylvia's gezicht begint te gloeien.

Oppassen nu, niet te vroeg juichen, bij de les blijven.

'Ze wilde het jullie met haar verjaardag vertellen. Morgen dus. Als een niet al te fijne verrassing. Ik viel ook onder die verrassing, maar niet zoals die zich nu uitpakte. Het is jouw schuld dat alles anders liep, nietwaar?'

Ralph trekt fronsend aan zijn sikje.

Sylvia kijkt hem gespannen aan. Verwacht hij dat ze nu iets gaat zeggen?

'Hoewel jij, jouw broer en je zus daar heel andere ideeën bij hadden, kloppen de meeste dingen die ik verteld heb over Josefien en mij. We zijn getrouwd in Brussel, uiteraard niet omdat we verliefd waren, maar omdat Josefien erop stond dat ik haar fortuin zou erven en beheren. Mijn rol was voor haar iets zakelijks, begrijp je? Een soort ingebouwde zekerheid, zodat ze na haar dood nog steeds de regie kon houden.'

Sylvia schudt verbaasd haar hoofd. 'De regie? Hoezo? Waarom dan?'

'Josefien vertelde me dat ze met geen van jullie een warme band had.' Ralph grinnikt. 'Dat heb ik inmiddels wel begrepen.'

Sylvia verschiet van kleur. De woede die ze voelt opkomen, drukt ze meteen weer weg. Ze moet zich niet door deze charlatan van de wijs laten brengen. Ze blijft Ralph strak aankijken en vraagt zich af hoe deze man zo zelfverzekerd een oordeel kan vellen. Wat weet hij van haar leven? Van de tirannie van mammie waaronder zij en de anderen jarenlang gebukt gingen?

Hoelang kent hij mammie? Amper een jaar, en dan zou hij háár straks gaan vertellen wat zij met haar eigen kindsdeel van de erfenis mag doen? Een warme gloed trekt langs haar hals omhoog en doet haar wangen gloeien. Het groeiende gevoel van verzet neemt haar zo in beslag dat het haar de adem beneemt. Ze denkt aan Kai en aan wat mammie allemaal over hem gezegd heeft. Mammie... verdomme.

'Ik geef toe, toen ik hoorde om welk fortuin het ging, moest ik mezelf even in mijn arm knijpen om er zeker van te zijn dat ik niet droomde,' zegt Ralph met enige ironie in zijn stem. 'Want kijk, als je zoals ik ervoor kiest om butler te worden, doe je dat niet bij iemand met een AOW'tje. Voordat ik bij Josefien in dienst kwam, had ik al een aantal rijke dames onder mijn hoede gehad. Met plezier gunden ze mij wat extra's na hun dood, maar deze dames beschikten slechts over een fooi vergeleken met het vermogen van jouw moeder. Dus, ja, ik heb ervaring. Maar noem me geen golddigger, dan word ik opstandig.'

Weer dat lachje.

'Ik geef toe, het is mijn schuld; ik heb Josefien aangezet tot ons huwelijk in gemeenschap van goederen. Ik wees haar erop dat dan alles was dichtgetimmerd en dat ze geen extra kosten hoefde te maken bij een notaris. Ik kan niet ontkennen dat ik daarbij wat van mijn charmes heb ingezet.'

Een brede lach vult Ralphs gezicht.

Vol walging kijkt Sylvia van hem weg. Haar hartslag versnelt als hij zijn stoel achteruitschuift en opstaat. Hij pakt de wijnfles, kijkt keurend naar de inhoud en komt ermee naar haar toe gelopen.

'Nog een bodempje,' zegt hij. En als hij zich met de fles over haar heen buigt, blijft zijn kin net boven haar schouder hangen. 'Zal ik?'

Sylvia krimpt in elkaar. Ze voelt de warme adem van Ralph langs haar blote rug glijden. De aardse, houtachtige geur die om hem heen hangt, bezorgt haar kippenvel. Roerloos blijft ze zitten totdat hij haar glas heeft bijgevuld.

Even gebeurt er niets. Dan ineens strijkt Ralph met zijn vingertoppen langs haar hals.

In een reflex maait Sylvia om zich heen en springt op uit haar stoel.

'Sorry, sorry.' Ralph heft afwerend zijn hand. 'Het spijt me, het ging per ongeluk. Je bent mooi, weet je dat?' Zijn stem is hees en zijn fonkelende ogen haken zich vast in de hare.

Sylvia ademt snel, haar middenrif trekt samen, ze voelt een golf van misselijkheid omhoogkomen. Ze moet iets doen, iets zeggen, reageren. Verdomme!

'Ik... Waarom... Heb je Jennifer...? Ik weet dat je haar... Ik heb mammies auto gezien. Ze is dood, je hebt haar doodgereden. Waarom...?' Sylvia houdt verschrikt haar mond. Ze moet zich aan haar plan houden, ze zou niet over Jennifer beginnen. Het komt door de alcohol en het verhaal over mammies ziekte. Straks wordt ze nog overmoedig.

Er valt een stilte.

Ralph draait zich om en loopt terug naar zijn stoel. 'Lijfbehoud,' zegt hij. Hij klinkt opgelucht en gaat zitten. 'Ik moest voorkomen dat Jennifer mij zou laten uitschakelen. Ik zie dat je dat verbaast? Je zult ook verbaasd zijn als ik je vertel dat ik allang wist dat ze het ongeluk niet overleefd heeft. Ik heb zo mijn bronnen.' Hij schudt meewarig zijn hoofd. 'Jennifer was ertoe in staat om me te laten ombrengen. Geld maakt mensen gek. Ik heb ervaring...'

'Ga weg. Jij kende haar niet!' schreeuwt Sylvia. Ze heeft zich herpakt. 'Jij, jij, je kent ons niet eens. Het is walgelijk zoals jij jezelf hebt opgedrongen in mammies... Nee, in ons leven.'

'Ho, stop. Dit verdient enige uitleg en verdediging. Kijk, ik ben butler. En butlers weten alles van hun baas en van de familie van de baas. Maar een goede butler kijkt, weet en zwijgt. Josefien heeft mij nodig om haar nalatenschap straks goed te beheren. Als zij dood is, is er niemand die daarvoor zorgt en daarom...'

'Jij... Hoe kun je... Ik ben er ook nog. Ik ben haar dochter, ik heb het recht...' roept Sylvia. Tranen branden in haar ogen.

'Het spijt me, Sylvia, maar jouw recht is dat ik, als wettelijke echtgenoot en erfgenaam van Josefien, jouw erfenis beheer. Pas als ik er niet meer ben kun je aanspraak maken op jouw deel. Zo staat het in de wet. Daar hebben we het eerder over gehad, toch? Kijk, Jennifer begreep dat, daarom wilde ze mij uitschakelen. Maar vooruit, ik doe niet moeilijk. Misschien wil jij de boeken van je vader? Of de snuisterijen van Josefien? Het huis staat vol met die troep.'

Sylvia slikt. Ze krijgt geen lucht meer. Ze zou Ralph willen aanvliegen, willen vastgrijpen, in elkaar willen rammen, op zijn hoofd willen beuken en daar net zo lang mee doorgaan totdat hij...

Nog niet, nog niet, blijf kalm.

'Wat ben je van plan?' vraagt ze schor.

Ze legt haar handen op haar rug zodat hij niet ziet hoe ze trillen.

Ralph trekt zijn wenkbrauwen op. 'Ik kan beter vragen wat jij van plan bent, Sylvia. Nu ken je mijn verhaal, en ik ben heel benieuwd naar dat van jou.'

Sylvia opent haar mond, ze hapt naar adem.

'Maar voordat ik daarnaar luister en we verdergaan met dit gezellige dinertje, haal ik nog even een paar flesjes wijn uit de kelder, goed? Wijn geeft ons de moed om eerlijk te zijn, en dat hebben wij nodig als we over onze toekomst praten.'

51

Meteen nadat Ralph de kamer uit is gelopen, reikt Sylvia over de tafel naar het vleesmes. Ze rolt het in haar servet, staat op en snelt naar de deur. Met ingehouden adem luistert ze of ze Ralph nog hoort lopen. Pas als ze er helemaal zeker van is dat hij naar de kelder is, steekt ze de hal over naar haar slaapkamer. Vlug sluit ze de deur.

Naast het bed staat alles klaar voor haar vertrek. Haar weekendtas, de koffer van Lodewijk – die ze daar vanmiddag al heeft neergezet en waarop nog zijn laptop ligt – en de sleutels van het huis. Ze slaat het dekbed terug en schuift het vleesmes aan de muurkant tussen het bed en het matras. Ze schopt haar schoenen uit, verwisselt de panty voor warme sokken en ritst haar jurk open. Terwijl ze de jurk over haar hoofd trekt, voelt ze dat de wijn haar aardig heeft geraakt. Even duizelt het haar, maar meteen daarop hervindt ze haar evenwicht. Ze werpt de jurk boven op de andere kleren in haar tas en trekt de spijkerbroek en trui die nog over de stoel hangen weer aan. Op het moment dat ze haar enkellaarsjes heeft aangetrokken en een haarklem pakt, klapt er in de hal een deur dicht.

Ze hoort voetstappen en een andere deur dichtgaan. Meteen

daarna is er de stem van Ralph. 'Sylvia?! Waar ben je?'

Ze aarzelt. Ze werpt een angstige blik op het dekbed. Moet ze nu meteen tot actie overgaan of wachten tot later?

'Sylvia?'

Geen tijd om langer te weifelen.

Ralph klopt op de deur van haar kamer. De klink gaat naar beneden.

'Ja, ja, ik ben hier.'

Ze draait de sleutel om in het slot en terwijl ze in de deuropening blijft staan, schuift ze met een nonchalant gebaar haar haar omhoog en zet het vast met de klem.

'Ach, gaan we weer voor casual?' Ralph heeft een fles wijn in zijn hand, en met een quasiteleurgesteld gezicht keurt hij haar nieuwe outfit. Sylvia doet automatisch een stap terug als Ralph zich breed maakt en op haar afstapt. Zijn blik dwaalt door de kamer en over het bed. Sylvia komt meteen weer in beweging.

'Vooruit, je hebt hier niets te zoeken,' zegt ze. Ze strekt haar armen om Ralph af te weren en geeft hem een zetje.

Hij lacht erom en biedt geen weerstand.

'Kom, laten we de draad weer oppakken,' vervolgt ze. Ze gebaart naar Ralph dat hij moet doorlopen. 'En ja, ik vond het te koud, ik was wat overdressed. Sorry, heb je de wijn al ontkurkt?'

Haar stem klinkt sterk, maar haar pas is wankel. Ze voelt opnieuw de invloed van de wijn. Als ze de deur achter zich heeft dichtgetrokken en zo kordaat mogelijk voor Ralph uit loopt naar de eetkamer, voelt ze hoe hij haar nakijkt.

Halverwege de hal bedenkt ze zich en houdt haar pas in. Ralph kan argwaan krijgen als hij ziet dat het vleesmes weg is. Met een ruk draait ze zich om.

‘Laten we naar de voorkamer gaan,’ zegt ze. Haar stem is nu net zo bibberig als haar lichaam. Ze probeert het te negeren.

‘Wil je geen dessert dan?’

‘Eh, nee, liever alleen nog wat wijn.’

‘Oké, dan haal ik de glazen even,’ zegt Ralph.

‘Eh… doe geen moeite. Laat mij maar…’

Ralphs gezicht betrekt. Zijn blik wordt donker, hij spant zijn kaken. Sylvia voelt dat ze hem beter niet te veel kan tegenspreken. Ze zit hier met de man die haar zus opzettelijk heeft doodgereden, en die met haar moeder is getrouwd om haar geld.

Een man die haar moeder opgesloten in een kelder laat zitten…

Ze kijkt op haar horloge en denkt aan Carla, aan het berichtje dat ze haar heeft gestuurd. Ze moet nog wat extra tijd rekken.

‘Ga jij maar naar binnen, ik haal de glazen,’ zegt ze liefjes. En zonder op Ralphs reactie te wachten snelt ze naar de keuken voor schone wijnglazen. ‘Gooi jij vast een extra blokje hout in de haard?’ roept ze Ralph na, op een toon alsof ze een date hebben.

Even later zit ze opnieuw tegenover Ralph met een glas wijn in haar hand. Ze neemt zich voor er matig van te drinken.

Zodra Ralph niet oplet of wordt afgeleid door het vuur in de haard, giet ze wat wijn uit haar glas in een van de plantenpotten bij het raam.

‘Dus jij stuurde ons die appjes vanaf mammies telefoon,’ zegt ze. ‘Ik begreep het al niet. Ik snapte ook niet wie mij belde, maar dat was jij dus.’ Ze probeert het luchtig te laten klinken. ‘Maar dan heb je alles kunnen volgen. Ieder bericht dat ik, of Lodewijk en Jennifer, naar mammie verstuurde kwam bij jou terecht.’

‘Ja, dat was dé manier om uit Josefiens naam berichten te

plaatsen, zowel in de groepsapp als aan jullie persoonlijk, en daarmee verwarring te zaaien.'

'Verwarring, ja, dat is je aardig gelukt.' Sylvia peinst. 'Maar waar was jij dan al die tijd, voordat je opeens op de stoep stond?' vraagt ze.

'Ik logeerde hier in de buurt, in een hotelletje in Maarssen. Aanvankelijk om even ergens te verblijven zodat Josefien mij later als haar verrassing aan jullie kon presenteren. Maar dat liep anders nadat jij hier vrijdagochtend roet in het eten had gegooid... Toen veranderde alles en werd ik gedwongen af en toe langs te komen om poolshoogte te nemen; om te kijken hoe het met Josefien ging.'

'Dus toch! Ik wist dat ik in de nacht van vrijdag op zaterdag iemand langs mijn kamer hoorde lopen.'

'Tja, niets ging meer zoals ik had gepland,' zegt Ralph. 'Niemand had kunnen voorzien dat jij hier vrijdagochtend al zo vroeg zou zijn. Ik wist ook niet dat jij de sleutels van het huis had. Dat heeft Josefien me niet verteld,' vervolgt hij spijtig.

'Wat dacht je eigenlijk toen je haar vond?' vraagt hij.

Hoewel de onderhuidse spanning Sylvia bijna te veel wordt en een plotseling opkomende hoofdpijn zich boven haar ogen vastzet, vertrekt ze geen spier.

'Ik schrok. Uiteraard schrok ik,' herhaalt ze uiterlijk kalm. 'Mammie zei dat ze van de trap was gevallen en ik geloofde haar. Ze woont hier tenslotte alleen. Ik wist toen nog niet dat jij in haar leven was gekomen.'

'Waarom bond je haar vast en sloot je haar op in die kelderkamer?' vraagt Ralph. 'Wat was je van plan met haar te doen? Haat je haar zo erg dat je een oude vrouw bij deze temperaturen in een kelder laat zitten? Wilde je dat ze doodvroor?'

Sylvia kijkt even op haar horloge. Moet ze nog meer tijd

rekken? Ze slaat haar ogen op en kijkt weer in het grijnzende gezicht van Ralph. Wat heeft het voor zin om deze gast de waarheid te vertellen? Waarom zou ze in deze laatste minuten dat ze samen zijn iets met hem delen over haar verknipte jeugd met mammie? Waarom zou ze hem vertellen wat de doorslag gaf om mammie daar in de kelderkamer op te sluiten?

'Nou?' Ralphs stem doorbreekt de stilte.

'Eh... tja, ik kan jou net zo goed vragen waarom jij haar niet bevrijdde,' zegt Sylvia. 'Hoe was het voor jou toen je haar daar beneden vastgebonden aantrof? Was je verrast? Had je verwacht dat ze niet meer leefde? Ik neem aan dat jij haar van de trap hebt geduwd.'

Stilte.

Ralph wendt zijn blik af naar de haard. Hij knippert met zijn ogen.

'Dat was niet nodig,' zegt hij. Zijn stem klinkt mat. 'Ze moet zelf gevallen zijn. De opiaten die ze slikt tegen de pijn brengen haar in een roes. Een soort dronkenschap. Ik wist niet wat ik zag toen ze daar vastgebonden op die bureaustoel zat. Ik vroeg me meteen af wie van jullie dat gedaan had... en...'

'Je had haar toch kunnen losmaken? Waarom deed je dat niet?'

Stilte. Ralph staat op, zet zijn wijnglas op tafel en draait zich om naar de mand met hout. Dan loopt hij naar de haard en gooit er nog een blok op.

'Bij nader inzien kwam het me eigenlijk wel goed uit. Aanvankelijk wilde ik haar daar meteen weghalen, maar Josefien stond erop om er een soort spel van te maken. Het was haar idee van die appjes en zo, ze wilde jullie dwarszitten. Die haat tussen jullie, waar komt die toch vandaan?'

Ralph wacht even.

Sylvia reageert niet.

'Dus toen ik zag dat er voldoende eten en dekens voor haar waren, zorgde ik dat ze haar dagelijkse dosis pijnstilling kreeg,' gaat Ralph na een korte stilte verder. 'Ik vroeg natuurlijk aan Josefien wie haar daar had opgesloten, maar zij vond dat ik daar zelf maar achter moest komen. Ik kreeg de indruk dat ze de situatie nogal amusant vond, zo vlak voor haar dood. Alweer was ik stomverbaasd. Ik legde de schuld bij de opiaten. Ik dacht dat het door de pillen kwam dat Josefien zo vreemd en gevoelloos reageerde.'

'Mijn moeder heeft geen gevoel,' zegt Sylvia bijna geluidloos. Haar keel zit op slot.

'O?' Ralph fronst.

'Wanneer wist je dat ik het was en niet Lodewijk of Jennifer?' vraagt Sylvia zacht.

Weer die peilende blik van hem. Ze wordt er gek van. Net als van die stekende hoofdpijn.

'Ik had je moeders bril op de keukentafel gelegd,' zegt Ralph. 'Ik was benieuwd hoe jullie daarop zouden reageren. Zonder bril is Josefien stekeblind. Maar hij was meteen daarna weg. Ik vraag me nu af of Lodewijk en Jennifer hem eigenlijk nog gezien hebben. Niet veel later vond ik hem in jouw kamer terug.'

Sylvia's hartslag versnelt. Hoe onzeker ze zich ook voelt, ze moet hierdoorheen, nog even volhouden. Weer kijkt ze op haar horloge.

'Als je zo zeker wist dat ik het was, waarom heb je dan niets tegen de anderen gezegd?' vraagt ze.

Ralph lacht weer. 'Ik vond het wel leuk om je zo angstig te zien, en nogmaals, het spel van Josefien – al dan niet beïnvloed door de opiaten – werd dat vanzelf ook voor mij.'

'Een spel? Is dit voor jou een spel?' roept Sylvia. Haar stem wint aan kracht.

'Absoluut! Van spelletjes word ik rijk. Haha, je had dat gezicht van jou moeten zien toen ik met je meeliep naar de kelder om de kerstspullen te halen. Ik dacht dat je zou gaan kotsen. Je durfde niet mee naar binnen te gaan, je wist niet hoe ik zou reageren. Vanaf dat moment – toen ik bij die arme, vastgebonden moeder van jou de kelderkamer in liep – wisten we allebei dat er geen weg meer terug was, hè?'

Sylvia voelt een rilling langs haar rug lopen. De stekende, kloppende pijn boven haar ogen ontneemt haar voor even het zicht op Ralph. Ze sluit haar ogen en drukt met haar vingers ter hoogte van de plek waar het bonkt.

'Kijk, ik zou Josefien sowieso een dezer dagen uit haar lijden hebben verlost, maar nu jij haar blijkbaar ook dood wilt hebben, ga ik mijn handen daar niet meer aan vuilmaken. Niemand wil graag leven met een moord op zijn geweten. Of jij soms wel?'

Sylvia opent haar ogen.

'Jij hebt Jennifer vermoord. Ben je dat nu al vergeten?'

'Haha, laat ze dat maar eens bewijzen. De enige die het weet ben jij. Alleen wij tweeën weten wat er hier is gebeurd, toch? Of heb je dat criminele zoontje van je ingelicht?'

'Laat Kai erbuiten,' roept Sylvia. Ze verslikt zich en moet hoesten.

Ralph trekt zijn wenkbrauwen op.

'Hm, het lijkt me niet makkelijk om zo'n opstandig pubertje uit handen van de politie te houden. Ik zou het vervelend vinden als ik via hem gelazer krijg met de flikken. Begrijp je dat?' Ralphs stem wordt donker.

'Hoe weet je dat Kai...?' Sylvia hapt nu naar adem.

'Een butler weet alles.' De vette grijns is terug op Ralphs gezicht.

Sylvia opent haar mond, maar de woorden blijven steken in haar keel. Een koortsachtige gloed trekt over haar gezicht. Ze heeft niet alleen hoofdpijn, ze voelt zich ineens ook heel erg moe en slaperig.

Ze kijkt nog eenmaal op haar horloge, ze denkt aan haar plannen en aan Carla. Dan wordt haar aandacht door het wijnglas getrokken. Opiaten, zei hij. Hij zal toch niet...?

Er valt een stilte waarin Ralph haar nauwlettend in de gaten houdt.

Verdomme! Hij moet haar gedrogeerd hebben. Ze wil opstaan en haar glas neerzetten, maar haar benen weigeren dienst en terwijl ze rilt van de kou voelt ze zich warm en bezweet. Ze begint te klappertanden.

'Je ziet er niet goed uit, Sylvia. Gaat het?'

'Nee, ja, ik... ik voel me...' Sylvia veegt langs haar voorhoofd. Ze ziet dubbel. Shit, dit gaat fout. Ze moet hier weg, anders...

'Waarom ga je niet even liggen? Misschien heb je te veel gedronken?' Ralph klinkt bezorgd.

Sylvia komt langzaam overeind en valt meteen weer terug in de stoel. Ze ziet Ralph als een schim op zich af komen. Ze voelt hoe hij haar beetpakt, zijn arm om haar middel slaat, een hand in haar rug zet als hij haar optilt. Ze wil zich losmaken uit zijn greep, maar haar hoofd tolt en de kamer draait.

'Kom, laat me je naar je slaapkamer brengen. Hup, niet tegenstribbelen. Dit is het beste voor je. Je gaat er niet dood aan, jij niet, je gaat er gewoon een beetje van slapen. Het is een licht pilletje, vertrouw me nou maar. Het is veel te belangrijk voor mij dat je blijft leven. Straks, als ik de politie heb ingeschakeld en ze jou hier vinden met je dode moeder, zal alles erop wijzen dat jij haar hebt vermoord.'

Ralphs lach klinkt griezelig schel en echoot zwaar door

Sylvia's hoofd. Ze wil zich verzetten, maar haar ogen worden zwaar en haar lichaam verslapt. Ze kan maar aan één ding denken: ze moet wakker blijven, niet slapen, wakker blijv...

52

Het schelle geluid van de deurbel dringt Sylvia's kamer binnen. Met een schok wordt ze wakker, ze ligt in haar kleren onder het dekbed. Ze hoort de ping van een binnenkomend appje en tilt haar hoofd op. Met samengeknepen ogen probeert ze in de duisternis van de kamer haar telefoon te zoeken. Moeizaam richt ze zich verder op. Haar mond is droog, haar hoofd loodzwaar, het voelt alsof ze een kater heeft. Even vraagt ze zich af hoe ze hier op bed is beland, maar meteen daarop ziet ze zichzelf weer aan de arm van Ralph naar binnen strompelen.

Ralph! Mammie!

Ze zet haar handen op het matras om zich nog iets verder op te drukken. Vermoeid laat ze haar hoofd hangen, een losse haarlok valt voor haar gezicht. Ze likt langs haar droge lippen, ze heeft dorst. Water drinken moet ze, en iets innemen tegen dat katergevoel. Vooruit, ze moet opstaan, kijken wat Ralph doet en erachter zien te komen waarom hij haar maar tijdelijk heeft uitgeschakeld.

Wat is hij van plan? Gaat hij mammie vermoorden, zodat zij de schuld krijgt? Shit!

Weer een ping. Dit keer ziet ze heel duidelijk haar telefoon oplichten. Ze knipt de lamp boven het bed aan en staat op. Duizelig verplaatst ze zich naar het ladekastje. Op het moment dat ze de telefoon oppakt, hoort ze gestommel in de hal. Ze draait zich om en luistert. Het lijkt op het geluid van een rolkoffer die langs haar deur rijdt.

Met ingehouden adem wacht ze af of Ralph binnenkomt. Maar achter de deur is het weer stil.

Ze kijkt op het display van haar telefoon en ziet dat het bijna halftwaalf is. Er zijn twee berichten van Carla en er is een appje van Kai, dat ze direct opent. Hij is woedend op haar omdat ze hem heeft opgesloten. Hij vraagt waar ze uithangt en vuurt een scheldkanonnade op haar af waarvan ze alleen het woord 'kanker' kent. Haastig veegt ze het appje van Kai weg en gaat naar de berichten van Carla.

Opnieuw schalt het geluid van de bel door het huis.

Het is Carla, ziet Sylvia op het appje. Ze staat voor de deur en probeert haar te bereiken.

Hadden wij niet afgesproken dat ik hiernaartoe zou komen?
Waarom doe je niet open?

Sylvia heeft ruim een uur liggen slapen. Wat heeft Ralph in die tussentijd gedaan? Hij moet de bel ook gehoord hebben. Vlug komt ze in beweging. Ze legt haar telefoon neer en loopt terug naar het bed. Ze slaat het dekbed open en steekt haar hand tussen het matras en de plek bij de muur waar ze het vleesmes heeft verborgen.

Haar mond valt open, een schok gaat door haar heen als ze niets voelt.

Op handen en voeten kruipt ze over het bed. Haar vingers glijden van het hoofdeinde naar het voeteneinde langs de muur en schuren tot bloedens toe open. Niets. Uit alle macht trekt ze aan het beddengoed en rukt het van het matras. Het hoeslaken scheurt, stof waait op, haar knokkels branden, maar hoe diep ze haar hand ook tussen het matras en de muur steekt, ze vindt geen mes.

'Nee, verdomme, nee, Ralph!'

Ze schrikt van haar eigen stem. Hijgend draait ze zich om en laat ze zich van het bed vallen, luisterend of ze Ralph heeft gealarmeerd. Maar achter de deur blijft het akelig stil.

Die stilte... Nee! Het mes is weg, het mes met haar vingerafdrukken erop. Shit, als Ralph...

Waar is Ralph? Waar is mammie?

Sylvia sprint op de deur af. Ze grijpt zich vast aan de deurklink als ze overvallen wordt door een duizeling die haar bijna doet omvallen. Snel herpakt ze zich. Ze moet helder blijven en doen wat ze zojuist van plan was. Te beginnen met: hoofd onder de kraan, water drinken en kijken waar die klootzak uithangt.

Ze zet het geluid van haar telefoon op stil en steekt het toestel in haar zak. Daarop opent ze de deur en werpt ze een vluchtige blik op de donkere hal.

Niets, niemand. Geen Ralph. Alles blijft stil.

Haastig schiet ze de naastgelegen badkamer binnen.

Het is er warm en vochtig en het ruikt er naar amandelolie, alsof iemand zojuist nog uitgebreid een bad heeft genomen. Sylvia schudt haar hoofd. De geur verwart haar. Onwillekeurig moet ze aan mammie denken. Ze dwingt zichzelf daar niet te lang bij stil te staan.

Ze draait de koude kraan boven de wastafel open en houdt haar hoofd net zolang onder de straal tot de huid van haar wangen begint te tintelen. Het water verdooft de pijn en verdrijft het katergevoel. Het maakt haar hoofd weer enigszins helder. Gulzig drinkt ze zoveel water dat ze er misselijk van wordt. Ze richt zich op, dept haar hoofd met een handdoek en verlaat de badkamer.

Een flauw schijnsel dat van boven komt, van de overloop, verlicht voor een deel de trap en de vloer in de hal. Sylvia kijkt om zich heen. Haar aandacht wordt getrokken naar de kapstok waaronder een koffer staat. Eroverheen hangt Ralphs jas met de bontkraag, ernaast staan zijn laarzen. Ze houdt haar adem in en verkrampt. Dus toch.

Ralph moet klaar zijn voor vertrek. Heeft hij mammie dan al...?

Automatisch werpt ze een korte blik op de overloop en draait dan haar hoofd in de richting van de keukendeur. Ralph zal hier niet weggaan voordat hij er zeker van is dat haar moeder niet meer leeft. Dan pas krijgt hij zijn fortuin.

Sylvia huivert. Het volgende moment slaat de schrik haar opnieuw om het hart als ze achter de voordeur Carla hoort roepen.

'Sylvia? Sylvia, ben je daar?' Carla tikt tegen het raam.

Sylvia's ademhaling stokt, ze kan niet opendoen. Eerst Ralph, dan Carla, alles moet in de volgorde van haar oude plan. Hoe dan? Ze is het mes kwijt waarmee ze Ralph wilde neersteken. Bovendien weet ze niet waar hij is: boven, in de garage, in de keuken... in de kelder?

Zou mammie daar nog zijn? Even trekt er een gevoel van spijt door haar heen. Het is straks haar schuld als mammie door Ralph... Meteen verwerpt ze dat idee. Ze ademt in en zet zich schrap. Op haar tenen sluipt ze door het donker naar de keuken.

De keukendeur staat op een kier, de ruimte erachter is

schaars verlicht. Ze duwt de deur iets verder open en ziet dan dat alleen het lampje van de afzuigkap brandt.

Buiten klinkt het geluid van een autoportier dat dichtslaat. Er wordt een motor gestart. Is dat Ralph of is dat Carla?

Sylvia rent de keuken in en beent op de tussendeur af. Maar nog voordat ze daar is, wordt haar aandacht getrokken door de kelderdeur. Weer hoort ze een geluid. Ze houdt haar pas in als ze beseft dat het uit de kelder komt.

Mammie?

Een flits van angst gaat door haar heen. Het is riskant, maar ze heeft geen andere keus. Als Ralph daar beneden is met mammie, dan moet ze nu ingrijpen.

Gevoed door adrenaline grijpt ze naar een zware gietijzeren koekenpan die nog op het fornuis staat. Zonder erbij na te denken omklemt ze de steel, houdt de pan als een schild voor haar borst en loopt ermee naar de kelderdeur. Ze legt haar oor tegen de deur en wacht.

Alles blijft stil.

Heeft ze het zich verbeeld en is Ralph met de auto weggereden? Maar die koffer dan bij de kapstok, en zijn jas en zijn laarzen? Nee, degene die net wegreed, moet Carla geweest zijn.

Dat besef maakt Sylvia extra alert. Alles draait nu om haar doorzettingsvermogen. Ze moet niet bang zijn, ze moet doorgaan. Ze trekt de kelderdeur een stukje open. De dranger knerpt en doorklieft de stilte. Bijna laat ze in paniek de deur weer los, maar dan hoort ze Ralph kuchen. Er wordt iets verplaatst daar beneden, en Sylvia hoort voetstappen. Ze vloekt inwendig en trekt de deur nu helemaal open. In de kelder wordt het opeens doodstil.

Met ingehouden adem stapt Sylvia over de drempel. De deur valt tegen haar rug. Ze zet haar voet naar achteren om hem open te houden. Balancerend tast ze naar de lichtschakelaar. Tevergeefs drukt ze op het knopje. Het peertje moet door Ralph zijn losgedraaid. Vertwijfeld werpt ze een blik in het donkere trapgat.

'Ralph?' roept ze schor. 'Ben je daar?'

Stomme vraag.

Geen geluid.

Voorzichtig komt Sylvia in beweging. De pan houdt ze nu met twee handen vast. Ze doet nog een stap naar voren en meteen valt de deur met een klap achter haar dicht. Wankel op haar benen zoekt ze naar de traptreden.

'Ralph?' Tweede poging.

Stilte.

Voorzichtig daalt Sylvia de trap af. Haar hart bonkt zwaar achter haar ribben. Halverwege – haar ogen zijn inmiddels aan de duisternis gewend – blijft ze staan en steekt ze haar hand in haar zak voor haar telefoon. Ze opent het menu en drukt op het icoontje voor de zaklamp. Meteen wordt de omgeving verlicht. Nog een trede. Bijna. Ze spitst haar oren, alles blijft stil.

Dan opeens lijkt er naast haar iets te bewegen. Ze stopt, richt haar zaklamp op het geluid en ziet uit het donker Ralph opdoemen. Zijn ogen fonkelen. De kras over zijn wang steekt scherp af naast zijn snor. Op zijn gezicht ligt een grijns.

'Houd dat ding eens lager,' commandeert hij.

Sylvia laat haar telefoon zakken. Ze schijnt nu ter hoogte van zijn borst en ziet dat hij iets in zijn hand houdt. Een glinsterend voorwerp.

'Was je dit kwijt?' Hij stapt op haar af.

Sylvia ziet de punt van het vleesmes schitteren.

'Nee!' gilt ze. Ze deinst achteruit en in een reflex laat ze haar telefoon los. Hij klettert tegen de trap en valt op de grond.

Meteen is het weer donker.

Sylvia bukt en maakt zich klein. Hijgend omklemt ze de pan. Ze ziet dat Ralph haar even kwijt is. Hij steekt vloekend met het mes in haar richting.

'Kutlamp!' roept hij.

Sylvia begrijpt dat hij een zaklamp bij zich moet hebben en dat hij daarmee worstelt. Ze grijpt haar kans en werpt zich naar voren. Op goed geluk en met alle kracht die ze in zich heeft zwiept ze de pan in Ralphs richting.

Ze voelt dat de pan hem raakt.

'Au! Godver...'

Glasgerinkel, een fles rolt over de vloer.

Ralph moet tegen een van de wijnkasten zijn gevallen. Sylvia durft niet te bewegen. Ze hoort Ralph zwaar ademen. Hij is vlakbij. Voorzichtig verzet ze haar voeten, en dan ziet ze dat Ralph op de grond ligt. Ze hoort hem zuchten. Nogmaals zwaait ze met de pan en laat hem met een klap neerkomen op het lijf van Ralph. Hij schopt en schreeuwt. Met beide handen omklemt Sylvia de steel zo stevig dat ze bijna omvalt als ze opnieuw uithaalt.

Het wordt stil.

Verstijfd blijft ze staan, in die vreemde stilte, in afwachting van wat er komen gaat.

Ze moet hier weg, ze moet terug naar boven...

Nee, ze moet eerst haar telefoon zoeken. Ze kijkt omhoog naar de donkere traptreden. Een tochtstroom trekt langs haar benen. De tocht komt noch van boven, noch van rechts waar Ralph is, maar van links.

Met een ruk draait ze zich om. Opnieuw heft ze haar gietijzeren wapen. Ze hoort de deur van de kelderkamer opengaan. Iemand drukt op een lichtschakelaar. Een lamp floept aan boven haar hoofd. Ze hapt naar adem en knijpt haar ogen tot spleetjes.

Haar hart lijkt het te begeven als de deur van de kelderkamer verder opengaat en ze tussen haar wimpers door een frêle verschijning in de deuropening ziet staan.

Leunend tegen de deurpost, met haar armen over elkaar, staat ze daar, kwetsbaar en fier tegelijk. Geurend naar de amandelolie die Sylvia in de badkamer rook. De geur die bij haar past, al zo lang als Sylvia haar kent.

53

Ze heeft haar haar zoals altijd opgestoken in een knot. Ze draagt make-up en een donkergroene maxi-jurk met een hooggesloten kraagje. Ze heeft korte bontlaarsjes aan met een stevige blokhak. Dat maakt haar een stuk langer. Om haar hals hangt een houten ketting met grove kralen. Ze draagt geen rode, maar een groene uilenbril, waarachter haar ogen fel fonkelen. Haar lach lijkt oprecht en haar stem klinkt net zo stevig als haar verschijning.

'Je kijkt me aan alsof je een spook ziet,' zegt ze.

'Ik... maar... hoe?' Sylvia heeft de pan laten zakken. Haar knieën knikken. Ze schudt haar hoofd, ze kan het niet geloven. Is dit dezelfde vrouw die zij hier halfdood en vastgebonden heeft achtergelaten? Haar moeder lijkt uit de dood herrezen.

'Ralph heeft goed voor me gezorgd,' zegt Josefien. 'Ik ben heel blij met hem. Dat zal je begrijpen. Nadat jullie hier samen de kerstspullen hadden opgehaald en jij je vanaf dat moment niet meer liet zien, omdat je ervan uitging dat Ralph jouw taak wel zou overnemen, ben ik met Ralph mee naar boven gegaan. We sliepen samen in de fitnesskamer die altijd op slot zit en waar niemand komt behalve ik. Je denkt toch niet dat hij me in die koude kelder zou achterlaten? Hoe kun je zo hardvochtig zijn, Sylvia? Om je oude moedertje hier op te sluiten en als enig sanitair een emmer bij me neer te zetten? Ik vraag me af wat ik jou heb aangedaan dat je me zo slecht behandelt. Van wie heb je dit gedrag geleerd? Niet van mij in ieder geval.'

'Hè? Maar...? Waarom bleef je boven in die kamer? Je had toch gewoon tevoorschijn kunnen komen en mij... ons... Waarom heb je dat niet gedaan?'

'Omdat jij met jouw idiote actie mij op andere ideeën bracht. Mijn verrassing – Ralph – zou sowieso pas op mijn verjaardag verschijnen, maar nu kon ik jullie nog eens extra aanpakken en tegen elkaar uitspelen. Door de appjes die Ralph in mijn naam verstuurde, maakte ik jullie helemaal gek. Jou in ieder geval, is het niet? Haha, dat gezicht van jou toen je me eten bracht. Je zocht hier de hele boel af naar mijn telefoon. Je begreep er niets van. En ik haalde mijn schouders op en deed alsof ik niet wist waar je het over had. Je was zo woedend en zo van slag, had je me daar laten verhongeren? Ben je zo slecht, Sylvia? Ik had het van jou niet verwacht. Maar dat doet er nu niet meer toe... Ralph en ik gaan er straks vandoor.'

'Vandoor? Maar...?'

'We hadden er niet op gerekend dat jij zo snel wakker zou worden. Ralph heeft blijkbaar niet de juiste dosering slaapmiddel in je glas gedaan.' Josefien haalt haar schouders op. 'Het is niet anders. Ralph en ik gaan op een lange en verre reis naar warmere streken. Een safari lijkt me wel wat. Je kent mijn liefde voor dieren. Trouwens, nu we het daar toch over hebben...'

'Een safari? In jouw conditie?' roept Sylvia. Ze schudt haar hoofd, slaat een hand voor haar mond en lacht.

'Hoezo, in mijn conditie?' Josefien kijkt Sylvia niet-begrijpend aan.

'Ralph vertelde dat je terminaal bent. Dat je het nieuwe jaar niet zult halen... Ik begreep daaruit dat je daarom zo'n dure BMW hebt aangeschaft en zoveel geld over de balk smijt.'

'Wat?!' Josefien opent even haar mond, stomverbaasd kijkt ze Sylvia aan en begint dan ook te lachen. 'Die Ralph, altijd in voor grappen. Het is zijn Vlaamse humor. Een beetje macaber, dat wel, maar... Terminaal. Hm, nee, niet dat ik weet. Zeker niet. Ach, die Ralph.'

Josefien fronst. 'Hm, zou hij iets van plan zijn?' voegt ze er met een glimlachje aan toe.

'Ja, natuurlijk is hij iets van plan. Hij wil je geld, hij is niet voor niets met je getrouwd. Dat moet je toch weten? Hij heeft ook gezegd dat hij je uit je lijden zal verlossen...'

Er valt een stilte.

'Heeft hij dat gezegd? Zo.' De glimlach op Josefiens gezicht is weg. 'Waar is hij eigenlijk?' vraagt ze. 'Is hij naar boven gegaan? Ik hoorde hem zojuist toch met jou ruziën?'

Sylvia verroert zich niet. In shock staart ze naar haar moeder die op haar afkomt. De woorden resoneren in haar hoofd.

Niet terminaal, op reis met Ralph...

'Vooruit, wat sta je daar nou geschokt te staren? Ga eens aan de kant,' zegt Josefien bits. Ze geeft Sylvia een harde duw, stapt om haar heen en loopt in de richting van de wijnkasten. Doelgericht bukt ze zich naar de onderkant van de voorste kast en drukt op een schakelaar. Vrijwel meteen daarop worden alle wijnkasten verlicht. Sylvia ziet tegen een van de deuren in de hoek Ralph liggen. Het vleesmes ligt naast zijn voeten, zijn hoofd ligt in een plas bloed. Hij beweegt niet.

'Ralph!' roept Josefien. Ze vliegt op hem af en knielt bij hem neer. Ze tilt zijn hoofd op en strijkt door zijn haar. 'Doe iets!' roept ze naar Sylvia.

Sylvia komt aarzelend in beweging en loopt op haar moeder af. Ralph moet met zijn hoofd in de scherven van een wijnfles zijn gevallen. Overal om hem heen ligt glas.

Sylvia realiseert zich dat dit dezelfde kapotte fles moet zijn als waar de hond van Jennifer zich aan bezeerd had. Alleen blijft het bij Ralph niet bij een licht schaafwondje.

Een vlijmscherpe punt van het glas heeft zich in zijn halsslagader geboord. Bloed gutst naar buiten, over de handen van Josefien, in de schoot van haar groene jurk.

'Ik... Maar... Ik sloeg hem alleen maar met die pan,' stamelt Sylvia. Geschokt staart ze naar de gekromde rug van haar moeder.

'Doe iets, stom wijf!' schreeuwt Josefien. Ze buigt zich nog wat verder over Ralphs lichaam, zoekt in zijn broekzakken en haalt er iets uit tevoorschijn.

'Hier, mijn telefoon,' zegt ze terwijl ze het toestel omhooghoudt voor Sylvia. 'Pak aan. Hij ademt nog. Bel 112. Vlug!'

Sylvia komt weer bij haar positieven. Ze herpakt zich, neemt het toestel van Josefien aan en terwijl ze naar haar vloekende en kermende moeder kijkt, herhaalt ze in gedachten haar woorden.

Stom wijf. En dan zou zij nu moeten bellen?

'Verdomme, Ralph, dit hebben we niet afgesproken,' mekkert Josefien nadat ze de code om de telefoon te ontgrendelen aan Sylvia heeft gegeven.

'Jij denkt alleen maar aan jezelf, hè?' Sylvia's stem klinkt donker. 'Zelfs nu, nu je naast je stervende man zit...'

'Mijn stervende man? Ha, mijn butler, mijn knecht, zal je bedoelen! Ik betaal hem ervoor.'

'Jouw knecht? Iedereen is jouw knecht. Wel jammer voor hem dat hij nu niet jouw geld erft. Gaat het toch nog naar je kinderen, naar mij. Je had het net over hardvochtig, maar als er iemand is die kil en liefdeloos is, ben jij dat wel. Om je eigen kinderen zo te behandelen, om ze... Hoe noemde je dat net? Gek te maken, tegen elkaar uit te spelen, zo erg dat ze elkaar gaan haten? Wat voor iemand ben jij eigenlijk, mammie? Om te trouwen met je... knecht?'

Abrupt laat Josefien Ralph los. Zijn hoofd bonst zwaar tegen de vloer en valt terug in de plas bloed.

Sylvia kijkt geschrokken naar het lichaam, maar verroert zich niet. Iets in haar zegt dat het genoeg is, dat dit buiten haar om gebeurt. Dat dit het moment is om aan zichzelf te denken.

'Ik voel me nergens schuldig over,' zegt Josefien. Haar ogen schitteren, haar gezicht verstrakt en haar mond wordt een streep. Een diepgeworteld trauma lijkt naar boven te komen.

'Ik deed wat rijke meisjes indertijd hoorden te doen: trouwen, kinderen krijgen, theekransjes organiseren en er zijn voor mijn man,' zegt ze na een korte stilte. 'Maar na een tijdje vielen de schellen van mijn ogen en begreep ik dat het niet mijn keus was om een gezin te stichten, maar dat de omgeving dat van mij eiste.'

'Hou op! Je bent verschrikkelijk,' roept Sylvia. 'Zelfs nu er twee van je kinderen niet meer leven, denk jij nog uitsluitend aan jezelf en de door jou gemaakte verkeerde keuzes.'

Josefien verliest haar kalmte, ze hapt naar adem. Hijgend en met stemverheffing gaat ze verder.

'Weet je, Sylvia, dat Lodewijk nu dood is, is zijn eigen schuld. Vreten en zuipen, en nooit gelukkig. Van de zaak maakte hij een zootje, net als van zijn huwelijk. En dan mijn jongste dochter, de ruziezoekster, de hysterica, zij had nooit geboren mogen worden. Zij is altijd een blok aan mijn been geweest. Ik heb Ralph gevraagd me daar voorgoed van te verlossen.'

'Hè? Nee!' Sylvia's mond valt open. 'Jij... jij, monster...'

Josefiens mondhoeken krullen. Meewarig kijkt ze Sylvia aan.

'En dan jij,' vervolgt ze. 'Jij met je slaafse gedrag. Dat je mij de laatste jaren hielp was alleen maar uit wroeging omdat je niet thuis was toen je vader stierf. Niet omdat je zoveel van mij hield. Kom, geef toe, je bent een slaaf van je emoties. Een zwakkeling.'

Sylvia zwijgt. Vol ongeloof kijkt ze naar de vrouw die haar moeder is.

'Ik heb van je vader gehouden. Zeker in het begin van onze relatie. Het was een goede man,' zegt Josefien. Het klinkt oprecht, haar blik wordt opeens zacht.

Sylvia slikt. Ze wil nog iets zeggen, maar Josefien neemt alweer het woord.

'Waarom bond je me vast?' vraagt ze opnieuw. 'Vertel op. Wat was voor jou de trigger om me daar in die kelder op te sluiten en me te willen vermoorden? Was het om iets wat ik gedaan had, of had gezegd?'

Sylvia kijkt in de ijskoude ogen van haar moeder. Even twijfelt ze. Wat heeft het voor zin om deze vrouw nogmaals op haar gebrek aan empathie te wijzen? Maar de woede die Josefien bij haar oproept is sterker dan haar ratio.

'Dat klopt,' zegt ze en ze knikt. 'Het was om iets wat je zei.'

54

Sylvia wacht even. Ze kijkt weer naar Ralph, hij heeft hulp nodig. Maar ze weet dat als ze niet uitkijkt ze zelf gevaar loopt. Daarom dwingt ze zichzelf om zich te concentreren op haar moeder.

'Toen ik je hier vond, mammie, op de koude vloer en in je dunne pyjama, klaagde je over pijn,' begint ze. 'Je was gevallen, zei je, je wist niet hoelang je daar al had gelegen. Je was buiten westen geweest, voegde je eraan toe, en je greep naar een plek op je hoofd waar je pijn had. Je vroeg me je te helpen. Ik zag aan de schaafwond op je scheenbeen dat je over die valpartij niet loog. En toen ik je haar losmaakte om te kijken hoe je hoofd eruitzag, ontdekte ik een fikse bult. Daarna deed ik wat ik moest doen, zoals altijd, zoals ik dat jarenlang voor je heb gedaan als jij me iets vroeg. Ik bood je mijn arm en terwijl ik je ondersteunde, hinkte je mee naar de kelderkamer. Ik opende de deur en jij ging op een oude bureaustoel zitten. Ik knielde naast je neer om te kijken of je niets gebroken had. Ik was enigszins bezorgd en jij gaf mij het gevoel dat ik niet bezorgd genoeg kon zijn.'

'Pfff.' Josefien begint te lachen. Ze wil iets zeggen, maar Sylvia gaat meteen verder, alsof ze in trance is komen de woorden naar buiten.

'Iemand noemde je ooit passief-agressief, mammie, en ik wist toen niet wat dat betekende. Pas toen ik het begrip opzocht, herkende ik in de betekenis iets van jouw persoonlijkheid. Je bent charmant, mooi en je vleit graag. Met jouw half geloken oogopslag, weet je precies hoe je onder alle omstandigheden het slachtoffer moet spelen om anderen voor je te laten lopen. Dat ben jij. Altijd al geweest, zo lang ik jou ken. Ik ken je al mijn hele leven en vaak heb ik gedacht, was zij maar niet mijn moeder, weet je dat? Maar ik hielp je. Uiteraard hielp ik je. Je keek me aan vanuit die stoel daar, in die kamer daar.' Sylvia wijst woest naar de deur van de kelderkamer. 'Daar waar je ons vroeger opsloot. Jennifer vaker dan mij. Je zat daar, je keek me aan en je begon over je plannen, over je testament dat je wilde veranderen. Je zei nog niets over Ralph, maar je begon over Kai.'

'Hou op, ik krijg hier genoeg van.' Josefien draait zich om.

'Nee, je luistert, nu luister je naar mij. Ik heb Ralph neergeslagen, ik kan jou hetzelfde aandoen.' Sylvia grijpt naar de arm van Josefien, ze geeft er een ruk aan en heft de pan die ze nog steeds in haar hand houdt.

Josefiens kaak verstrakt. Roerloos blijft ze staan.

'Je vroeg me wanneer Kai weer eens zijn neus zou laten zien, of hij op je verjaardag zou komen,' vervolgt Sylvia kwaad. 'Je zei dat als hij dat niet deed, je dan misschien eens een strenge kant van jezelf moest laten zien. Je noemde mij een slappeling. Dat ik niet tegen hem optrad, vond je ronduit onvergeeflijk. Volgens jou was Kai een jongen die hier en daar wat correcties nodig had. En toen begon je over wat hij op zijn kerfstok had. Je vroeg of ik op de hoogte was van het feit dat hij een vrouw op straat had beroofd. Het was hier in de buurt, zei je. Het was nota bene een bekende van jou geweest. Nadat Kai de vrouw had overvallen, wilde ze haar tas niet loslaten. De vrouw was gaan gillen en Kai ontsnapte op het nippertje aan de politie. Hij had dat vol trots aan jou verteld, zei je. Je voegde eraan toe dat hij jou altijd zo'n stoere oma had gevonden en dat jij hem wel zou begrijpen. Je verweet mij opnieuw dat ik hem niet onder controle had. Je zei dat je hem bij de politie zou kunnen aangeven. Ik vermoedde dat je dat nooit zou doen. Het was weer zo'n typisch moment van jou om mij de stuipen op het lijf te jagen en Kai en mij tegen elkaar uit te spelen. Het gaf je macht over ons. Toch? In ieder geval was het voor mij de druppel, en daarom bond ik je vast. Ik zorgde ervoor dat het hier warm genoeg was, ik plaatste een straalkachel, bracht je eten en warme kleren. Je hoefde niet dood te gaan, maar ik wilde wel dat je voelde hoe het was om hier opgesloten te zitten en daarom...'

Josefien begint hard te lachen. 'O, gut, kind, wat een toestand. Heb ik dat allemaal gezegd? Zozo, haha. Dus jij denkt dat ik Kai niet zou durven aangeven?' Josefien schudt haar hoofd. 'Nee, ja, je hebt gelijk, misschien ben ik wel trots op mijn kleinzoon. Het is zeker geen mietje, hij heeft mijn genen en daarom...'

'Stop! Stop! Ik ben het zat,' gilt Sylvia. 'Ik wil het hier niet meer over hebben. Niet over Kai, niet over jou, en ook niet over dat testament en jouw erfenis. Ralph ligt daar dood te gaan, die erft niets meer.'

Josefien draait zich nogmaals om en werpt een minachtende blik op Ralph.

'Hm, dat deed hij toch al niet,' zegt ze, nog steeds met een lach in haar stem.

Ze kijkt Sylvia weer aan. 'Je denkt toch niet dat ik mijn hele vermogen aan zo'n gladjanus nalaat?'

'Maar...? En jullie huwelijk dan?'

'Nou ja, een beetje had ik wel voor hem gereserveerd. God, er is zoveel, hij had geen idee,' verzucht Josefien. 'Ralph moest het met een paar tonnetjes doen, voor hem was dat al genoeg. De rest gaat naar de dieren en naar... Maar goed, alles staat zwart-op-wit en ligt bij de notaris en...' Josefien slikt de laatste woorden in, ze mompelt iets overstaanbaars en draait zich opnieuw naar het lichaam van Ralph.

'Verdomme, Sylvia, door jouw schuld kan ik straks op zoek naar een andere butler.'

Sylvia schudt haar hoofd. Vol afkeer kijkt ze naar haar moeder, naar de smalle rug en de kromme schouderbladen in de strakke jurk. Ze voelt de steel van de koekenpan in haar ene hand branden en de telefoon van haar moeder in de andere. Ze hoeft de pan nog maar één keer te heffen en...

Ze weet nu hoe zwaar hij is, hoe hard hij iets kan raken en met welk effect. Eén klap is voldoende om de oude vrouw voorgoed uit te schakelen.

Ze doet het niet.

Traag verplaatst haar blik zich van haar moeder naar de plek waar ze haar eigen telefoon heeft laten vallen. Ze raapt het toestel van de grond en stopt het in haar zak. Ze schraapt haar keel en loopt de trap op.

'Ik zal een ambulance bellen, maar dat moet boven, ik heb hier in de kelder geen bereik,' zegt ze, terwijl ze de telefoon van haar moeder ontgrendelt.

'Doe dat,' snauwt Josefien. 'Misschien is het nog niet te laat.' Ze buigt zich over Ralph.

Bij iedere stap die Sylvia zet, voelt ze haar hart sneller kloppen. Bijna is ze boven.

'Nog steeds geen verbinding,' roept ze naar Josefien.

Beneden blijft het stil. Sylvia duwt de kelderdeur open en stapt de keuken binnen. Zoals gewoonlijk valt de deur vanzelf achter haar dicht. Daarop handelt ze als in trance. Ze zet de koekenpan neer en trekt een van de zware keukenstoelen bij de tafel vandaan. Die zet ze voor de kelderdeur. Ze schuift de tafel ernaartoe en rangschikt de andere stoelen er zo omheen dat de kelderdeur van binnenuit maar gedeeltelijk te openen is. Vervolgens pakt ze de koekenpan op. Bloed van Ralph kleeft op de plek waar ze hem geraakt heeft. Ze plaatst de pan bij de afwas in de vaatwasser.

Voordat ze de machine aanzet, wast ze zorgvuldig haar handen. Pas als ze er zeker van is dat er geen enkele vezel van Ralph meer aan haar vingers kleeft, legt ze een extra vaatwasblokje tussen het bestek en start ze het programma.

Tot zover gaat alles goed.

Als ze de hal in loopt, denkt ze even haar moeder te horen roepen. Ze schenkt er geen aandacht aan en kijkt naar de koffer van Ralph die bij de kapstok staat. Ze stapt erlangs en haalt haar jas van de hanger. Haastig loopt ze door naar haar kamer. Daar haalt ze de sleutelbos uit haar jaszak en legt die, zoals ze aanvankelijk van plan was, samen met de laptop van Lodewijk in zijn koffer. Ze sluit de koffer, tilt hem op en rijdt hem naar buiten. Ze trekt de voordeur met een klap achter zich dicht en draait hem niet op slot.

De vrieskou beneemt haar voor een moment de adem. Ze is nog steeds wiebelig van de slaappillen en de wijn. Ze wacht even tot ze voldoende energie heeft om de koffer en de weekendtas op te pakken. Dan gaat ze op een drafje naar de parkeerplaats. Ze schuift de koffer en de tas op de achterbank van de auto en stapt in.

Op de ramen van de auto heeft zich een dunne ijslaag gevormd. Zonder zich daarover te bekommeren, start ze de motor en zet ze de ventilator van de kachel aan. Koele lucht blaast over haar gezicht. Het angstgevoel dat haar in een wurggreep heeft, drukt ze weg door haar ogen te sluiten en zichzelf moed in te praten.

Adem in, adem uit. Alles komt goed.

Haar vingers zijn koud en stijf. Met moeite ontgrendelt ze de telefoon van haar moeder en zoekt ze tussen de contacten naar Carla's naam om haar een berichtje te sturen.

> Dag Carla, ik wens je veel sterkte met het verlies van Lodewijk. Ik kan helaas niet op de uitvaart komen. Ik zit nog in Duitsland. Zodra ik weer thuis ben, bel ik je. Ik heb hier een slechte verbinding. Groet, Josefien.

Ze wacht even en als er twee blauwe vinkjes achter het bericht verschijnen, zet ze de telefoon uit en stopt hem in haar zak. Daarop pakt ze haar eigen toestel en scrolt opnieuw naar Carla's naam. Ze herleest het bericht dat Carla haar heeft gestuurd toen ze hier voor de deur stond en razendsnel verzint ze een antwoord.

> Ha Carla, ik zie dat je vanavond bij mammie aan de deur bent geweest. Ik vroeg me al af waar je bleef. Ik ben thuis in Lunetten. Mammie zit nog in Dresden. Had Lodewijk dat niet verteld? Het spijt me dat je voor niets naar Maarssen bent gereden. Mijn schuld. Zullen we morgen even bellen?

Sylvia ziet dat het bericht wordt verzonden en ontvangen. Opgelucht ademt ze uit.

De kachel blaast inmiddels warme lucht en heeft de ramen

ontdooid. Sylvia is enigszins opgewarmd en de ergste zenuwen zijn weggenomen.

Ze start de auto en zonder haar koplampen aan te doen, rijdt ze de oprit af.

Hoewel op dit late tijdstip en met deze vrieskou niemand zich op straat waagt, ontsteekt ze pas aan het einde van de laan haar lichten. Ze zucht. Nog even en ze is weer thuis. Terug bij Kai in Lunetten.

Zondag

55

Sylvia kijkt op het horloge dat op haar nachtkastje ligt, het is bijna zes uur. Ze heeft maar een paar uurtjes geslapen. Ze staat op en kleedt zich aan. Alles aan haar bovenlichaam is verstijfd. Ze strekt zich uit en loopt de woonkamer in. Onrustig verplaatst ze zich door de schemerige ruimte. Zonder het licht aan te doen, loopt ze naar de tafel, pakt een stoel en gaat zitten.

Haar gedachten gaan naar het moment waarop ze Ralph neersloeg in de kelder en alles wat daarna gebeurde. Bijna ging het mis. Ze was overmoedig geworden door Ralphs verhaal tijdens het eten.

Het begon toen Ralph vertelde dat mammie terminaal was. Ze schrok zich rot. Het vooruitzicht dat haar moeder niet lang meer te leven zou hebben en Ralph haar hele vermogen zou erven, deed haar besluiten voorgoed met hem af te rekenen. Ze smeedde vliegensvlug een plan, waarin ook Carla een rol ging spelen.

Met de smoes dat Lodewijks laptop, koffer en kleren nog bij mammie lagen, vroeg ze Carla om die aan het eind van de avond te komen ophalen. Ze schatte in dat ze tegen die tijd Ralph in de keuken met het vleesmes zou hebben overmeesterd en neergestoken.

Hij hoefde niet meteen dood, maar moest wel zodanig worden toegetakeld dat hij het uiteindelijk niet zou overleven. Tegen Carla zou ze dan zeggen dat ze Ralph in het donker had betrapt en hem per ongeluk had neergestoken omdat ze dacht dat hij een inbreker was. Toen ging ze er nog van uit dat Ralph de waarheid sprak en dat mammie terminaal was. Ook leefde ze in de veronderstelling dat mammie nog in de kelder zat. Hoe kon ze bevroeden dat ze allang door Ralph was bevrijd? Ze wist niet beter dan dat hij mammie daar vasthield omdat hem dat beter uitkwam. Bovendien was ze er niet op voorbereid dat Ralph haar zou drogeren door een slaapmiddel in haar glas te doen en dat hij zou ontdekken dat zij het vleesmes tussen haar matras had verstopt. Dat moet hij gezien hebben toen hij haar naar haar kamer bracht en haar in bed legde.

Een koude rilling loopt over haar rug. Ze denkt aan Kai.

Toen ze vannacht thuiskwam is ze meteen naar zijn kamer gegaan. Ze trof hem in een diepe slaap. Met pijn in haar hart heeft ze zijn gezicht gestreeld en zoete woordjes gefluisterd. Minutenlang stond ze daar te kijken, fluisterend, huilend.

Daarna is ze gaan douchen. Haar vuile kleren stopte ze in de wasmachine, samen met de mobiel van mammie. Ze moest er zeker van zijn dat het toestel nooit meer gebruikt kon worden. Uitgeput ging ze in haar pyjama op bed liggen. Van slapen kwam het niet. De ene na de andere doemgedachte over Kai bestookte urenlang haar hoofd. Uiteindelijk viel ze doodmoe in slaap.

Ze kijkt nogmaals op haar horloge. Nadat ze heen en weer benend door het huis – van de woonkamer naar de keuken, naar de gang, naar de slaapkamer en terug naar de woonkamer – ten slotte bij de voordeur haar pas inhoudt, ademt ze diep in. Ze legt haar klamme handpalmen naast de deurspion, buigt zich naar het kijkgat en spiedt naar buiten. Op de reling tegenover haar deur ligt meer dan vijf centimeter sneeuw. De kapotte lamp van de galerij flikkert. Sylvia beweegt haar ogen van links naar rechts. Er is niemand. Alles is stil.

Weer kijkt ze op haar horloge. Ze ziet de seconden wegtikken. Ze drukt haar oog dichter tegen de verspieder in de deur om niets te hoeven missen. Haar hart lijkt even stil te staan als op de parkeerplaats onderaan de flat autoportieren dichtslaan. Er klinken stemmen.

Met een ruk maakt Sylvia zich los van de deur, ze draait zich om en loopt terug de gang in naar de kamer van Kai. Met ingehouden adem opent ze de deur tot op een kier. Ze kijkt naar Kai die op zijn rug ligt te slapen – armen onder zijn hoofd, mond wijd open – en ze weet nog net op tijd een kreet te onderdrukken. Haar hart bonkt zo hard in haar oren, dat ze denkt dat haar gehoor het acuut begeeft.

Iemand slaat op de deur.

Ze kijkt opzij de gang in naar de voordeur. Doet de bel het niet?

Weer dat gebonk.

Iemand roept haar naam.

Tranen branden. Ze veegt langs haar ogen en loopt naar de voordeur.

Drie mannen in uniform, groot, lang, jong en sterk. Ze laten hun identiteitsbewijs zien.

'U had ons gebeld, waar is uw zoon?'

Sylvia knikt. Haar keel sluit zich af, zwijgend wijst ze de gang in. De hand waaraan haar wijsvinger zit zou ze willen afhakken. *Smerige verraadster.*

De mannen lopen de gang in naar de deur waarop Kai met dikke, zwarte viltstift in hanenpoten ***KEEP OUT, ANGRY GAMER*** heeft gekrast.

Ze schaamt zich opeens voor de tekst. Ze leest er de afkeer in van een zoon voor zijn bemoeizuchtige moeder. Want wie anders zou de kamer van haar zoon kunnen binnenstappen dan zij?

De mannen valt het niet op.

Terwijl Sylvia achteruitdeinst, lopen zij de kamer van Kai in.

Kai schreeuwt en vloekt en roept om haar.

Sylvia krimpt ineen en slaat haar handen voor haar oren. Ze kan het gegil van haar zoon niet aanhoren. Als een lafaard snelt ze de woonkamer in. Zo ver mogelijk bij de deur naar de gang vandaan.

'Mam!' schreeuwt Kai. 'Mam! Ze hebben me verlinkt, mam!'

'Kalm aan, hou je een beetje in. Als je gewoon meeloopt, hoeven we je geen handboeien om te doen,' zegt een van de mannen.

'Mam! Mam...?!'

Voetstappen in de gang, stemmen van de mannen, de stem van Kai. Schreeuwend en om hulp roepend, om háár roepend. Ze slaat haar armen om haar bevende lichaam, ze huilt, ze kan zich niet omdraaien, niet kijken en niets zeggen.

De voordeur klapt dicht en alles wordt stil.

Sylvia rent de kamer uit, de gang op en naar buiten. Op de galerij ziet ze hoe haar zoon in zijn hoody en trainingsbroek, beneden op de parkeerplaats als een misdadiger wordt afgevoerd. Sylvia grijpt zich vast aan de reling en leunt er met haar hele bovenlichaam overheen om het politiebusje te kunnen nakijken. Haar vingers bevriezen, haar lijf schudt, klappertandend vervloekt ze zichzelf. Ze had het nooit moeten pikken. Niet moeten wegkijken en doen alsof het normaal was dat Kai haar uitschold, naar de keel vloog en vernederde.

Het is gebeurd, ze heeft haar kind aangegeven. Ze is een verraadster. Kai is opgepakt en afgevoerd voor verhoor.

Rillend maakt Sylvia zich los van de reling. Ze gaat naar binnen, sluit de deur en zakt in elkaar. Het voelt alsof een deel van haar lichaam is geamputeerd. Het voelt alsof ze nooit meer zal kunnen lopen, zal kunnen ademen; ja, haar leven lijkt voorbij.

Secondelang blijft ze gehurkt tegen de deur zitten.

Langzaam komt ze omhoog en schuifelt ze de gang in naar Kais kamer. De gordijnen zijn nog gesloten. Alles ruikt naar slaap. Niemand zou geloven dat hier een paar minuten geleden een jongen van veertien door drie politiemannen van zijn bed is gelicht.

Sylvia stapt over gamespullen, kleren en schoenen die over de vloer verspreid liggen en laat zich op het bed van haar zoon vallen. Ze pakt de punt van het teruggeslagen dekbed op en gaat eronder liggen. Ze kromt haar rug alsof ze pijn heeft en drukt kermend haar gezicht in Kais kussen. De warmte van zijn lichaam is nog voelbaar. Ze sluit haar ogen en snuift zijn typische jongensgeur op. De tranenstroom die op gang komt, is niet te stillen.

'Vergeef me,' mompelt ze. 'Vergeef me, het is waar, je bent verlinkt. Maar niet door Milan, Rachid of een van je andere vrienden van wie ik de namen niet ken. Nee, ík heb jou aangegeven, je bloedeigen moeder. De vrouw die je heeft gebaard en die nu pas, na veertien jaar, de navelstreng kan doorknippen.'

Een paar dagen later

56

Het winterse zonlicht valt door de hoge ramen van de aula en verlicht de witte bloemenzee op de kist. Naast de kist – in een eveneens witte lijst – staat een foto van Lodewijk. Aanvankelijk herkende Sylvia haar broertje niet. Lodewijk is op het portret gebruind, slank, brilloos en minstens tien jaar jonger. Pas toen Sylvia van Carla hoorde dat zij geen recente foto's van Lodewijk had, besefte ze dat de relatie tussen Lodewijk en Carla langer dan een halfjaar voorbij moest zijn.

Een steek van verdriet gaat door haar heen als ze naar Josje kijkt die achter de katheder een gedicht van Willem Wilmink voorleest. Sylvia buigt haar hoofd en veegt met de zakdoek die ze van Carla heeft gekregen langs haar ogen. Ze wist dat Lodewijk vroeger veel boeken had, maar ze kan zich niet herinneren dat hij ook van poëzie hield. Het ontroert haar.

Hoe goed kenden zij elkaar nou eigenlijk? Dat gold ook voor haar en Jennifer. Haar lichaam wordt waarschijnlijk komende week vrijgegeven, als het politieonderzoek naar het ongeluk wordt gesloten. Sylvia moet aan Kai denken.

Nadat ze gisteren uitgebreid met een rechercheur had gepraat, begreep ze dat Kai niet alleen betrokken was bij de plofkraak, maar dat hij het afgelopen jaar ook samen met zijn vrienden verantwoordelijk is geweest voor verschillende roofovervallen. Mammies verhaal klopte.

Sylvia kon het niet geloven toen de rechercheur vertelde dat Kai had bekend dat hij bij een snackbar, een avondwinkel en een tankstation met een neppistool mensen onder schot heeft gehouden. Ze wist dat hij een keer een scooter heeft gestolen, maar dat hij zoveel andere dingen op zijn geweten heeft...

Ze richt haar blik weer op de katheder. Terwijl Kai straks voor een aantal jaren in jeugddetentie belandt en daar een strafblad aan overhoudt, gaat de dochter van Lodewijk... Ja, wat doet Josje eigenlijk? Studeerde zij geen kunstgeschiedenis?

Sylvia kijkt om zich heen, ze ziet voornamelijk mensen die ze niet kent. Ze vermoedt dat het veelal kennissen zijn van Carla. Lodewijk had niet zoveel vrienden. Althans niet dat ze weet. Alweer gaat het door haar heen dat ze zo weinig van elkaars leven wisten. Zou dat in andere families ook zo gaan?

De muziek gaat aan, een stem die op Nat King Cole lijkt, zingt een ballad over 'The Sand and the Sea'. Het lied, dat haar tot nog meer tranen roert, heeft iets zomers en past niet bij de winterse kou die in het gebouw hangt.

Carla staat op en loopt naar het podium. Ze wacht even tot de muziek afgelopen is en zegt dan dat Lodewijk van de zee hield en dat zij en Josje daar mooie herinneringen aan hebben. Daarna haalt ze nog meer herinneringen op aan Lodewijk. De woorden dringen niet door tot Sylvia. Het verhaal van Carla glijdt langs haar heen, ze kan alleen maar aan Kai denken. Pas als Carla een dankwoord uitspreekt en een knikje geeft in Sylvia's richting, is ze er weer bij.

Sylvia knikt terug. Ze heeft van tevoren met Carla afgesproken dat Carla de uitvaart zou regelen en dat zij geen praatje hoeft te houden.

Iedereen staat op. Carla en Josje lopen als eersten langs de kist. George en Sylvia volgen hen. Ze blijven op een afstandje staan waarna een kleine stoet van belangstellenden zich langs de kist verplaatst. Sommigen leggen er een witte roos op. Sylvia is tussen Carla en Josje gaan staan om de condoleances in ontvangt te nemen. George staat naast Carla. Hij houdt haar linkerhand vast. Het ontgaat Sylvia niet dat er iets van opluchting op zijn gezicht te zien lijkt. Alsof hij van een loodzware last is verlost nu Lodewijk dood is.

Als daarna de kist achter het gordijn naar de crematieruimte glijdt en George samen met Josje gearmd naar de koffiekamer loopt, pakt Carla Sylvia bij haar arm.

'Gaat het?' vraagt ze.

'Ja, hoor, met jou ook?'

'Ik had het je eerder willen vertellen van George en mij, maar het kwam er niet van. Ik hoop dat je niet...'

'Het is goed, Carla. Je hebt een mooi afscheid voor Lodewijk georganiseerd.'

'Dank je wel, ik vond het ook fijn. Ook voor Josje. Hij was tenslotte haar vader.' Carla wrijft langs haar wimpers en dept een traan weg in haar ooghoek. Haar ogen glanzen. Haar onderlip trilt. 'Er komt ineens veel op me af, ik ben blij dat George er voor de zaak is,' vervolgt ze. 'We gaan volgende week, na de feestdagen, het huis van Lodewijk leeghalen. Als jij nog iets van hem wilt hebben?'

'Nee... ik denk het niet. Ik...' Sylvia ademt diep in en fronst. 'Heeft mammie nog iets laten weten?' vraagt ze. Ze durft Carla niet aan te kijken, ze staart naar de afgesloten deur die naar de koffiekamer leidt. Er is niemand die hen hoort. 'Ik krijg haar namelijk maar niet te pakken.'

Carla lijkt blij te zijn met de vraag.

'Ja, je moeder stuurde me een paar dagen geleden, op de avond dat ik bij haar in Maarssen aan de deur was geweest in plaats van bij jou in Lunetten, een appje waarin ze me sterkte wenste. Ze schreef toen dat ze nog steeds vastzat in Duitsland en dat ze daar een slechte telefoonverbinding had. Maar weet je, Sylvia, dat geloof ik niet.'

'O, hoezo?' Sylvia draait abrupt haar hoofd om en kijkt Carla weer aan. Haar brein werkt razendsnel, ze denkt aan het appje dat ze namens haar moeder heeft verstuurd. Is er iets wat ze over het hoofd heeft gezien?

'Ieder hotel heeft wifi,' vervolgt Carla. 'Ze zou wel kunnen appen, maar niet kunnen bellen? Laat me niet lachen. Sorry hoor, maar jouw moeder is een smerige egoïst. Ze wíl me niet bellen. Ze is natuurlijk veel te bang dat wij ons afvragen waar ze zit en met wie. De stiekemerd. George zou heus niet te beroerd zijn om haar op te halen, hoor. Als ze per se naar de crematie had willen komen, had dat best gekund. Bovendien heeft ze genoeg geld om een privéjet te huren. Haar eigen zoon, verdorie!' Carla's ogen vlammen van woede.

'Komt ze wel naar Jennifers uitvaart?' vraagt ze.

Sylvia schudt haar hoofd. Ze schokschoudert. 'Ik weet het niet, Carla. En ja, je hebt gelijk: Josefien heeft nooit bijzonder veel om ons gegeven.'

'Het is een takkewijf!' roept Carla. Ze schrikt van haar eigen stem.

Opeens pakt ze Sylvia's handen. 'Sorry, het moet voor jou ook niet makkelijk geweest zijn,' zegt ze.

Sylvia voelt Carla's ijskoude vingers op haar eigen koele handen. Het bezorgt haar een onaangenaam gevoel. Vlug maakt ze zich los.

'Even iets anders.' Ze kijkt Carla strak aan. Ze forceert een glimlach en doet een stap achteruit. 'We hebben het er niet meer over gehad, maar ik heb Lodewijks laptop en koffer nog in mijn auto liggen. Nadat de politie mij kwam inlichten over Jennifers dood, ben ik meteen teruggegaan naar Lunetten. Jennifers spullen staan nog steeds bij mammie, daar moet Hugo zich later maar over ontfermen. Maar wat doe ik met de spullen van Lodewijk? Zou jij die willen meenemen?'

'Ja, tuurlijk, Sylvia, dat doet George straks wel. Kom, het is niet zo belangrijk. Laten we naar de anderen gaan en ophouden over Josefien. Die zoekt het maar uit daar in Duitsland. Of waar ze ook is.'

Sylvia slikt en geeft een dankbaar knikje. Ze stapt in de richting van de uitgang. Alles is weer onder controle.

'Ik bewonder het dat je altijd zo goed voor haar hebt gezorgd, weet je dat?' zegt Carla, die naast haar is komen lopen. 'Doe jij nog steeds de planten als ze niet thuis is?'

'Ik... eh... O, nee, allang niet meer,' zegt Sylvia snel. Ze doet haar best overtuigend te klinken, ze mag nu geen steken laten vallen. 'Mammie had daar de laatste tijd iemand anders voor. Ik meen dat ze een butler had. Bovendien weet ik niet beter dan dat Lodewijk haar steun en toeverlaat was. Jennifer en ik hadden geen sleutels van het huis, alleen Lodewijk kon bij mammie naar binnen. Heeft hij dat nooit verteld?'

Carla houdt haar pas in. Ze kijkt Sylvia onderzoekend aan, en begint te stralen, alsof ze opeens een geweldige ingeving krijgt.

'Nee, dat wist ik niet. Maar weet je, Sylvia, stel dat ik de sleutels tussen zijn spullen vind, dan ga ik deze week naar Maarssen. Zo lang Josefien weg is, kan ik mooi even kijken of daar nog iets ligt wat Lodewijk toekomt. Iets waar Josje recht op heeft. Boeken, foto's of andere persoonlijke dingetjes van Lodewijk. Want Josefien zal niets uit zichzelf weggeven.'

Sylvia doet alsof ze aarzelt. Ze legt een vertwijfelde toon in haar stem. 'O, maar denk je niet dat mammie dan verrast zal zijn als ze ontdekt dat...'

'Wat? Hoezo verrast?'

Sylvia schudt haar hoofd. 'Nee, niets, het is niets. O, ik...' Ze kijkt zogenaamd verschrikt op haar horloge. 'Is het al zo laat? Carla, het spijt me, maar ik moet nu gaan. Kai wacht op me. Hij heeft de laatste tijd wat extra aandacht nodig, ik wil hem niet te lang alleen laten.'

Voordat Carla kan reageren omhelst Sylvia haar en geeft twee luchtzoenen. 'We spreken elkaar,' zegt ze. En zo vlug ze kan maakt ze zich uit de voeten. Zonder om te kijken verdwijnt ze naar buiten.

57

De kerstdagen zitten erop, het jaar loopt ten einde en Sylvia heeft net een klant voor een pedicurebehandeling binnengelaten, als er opnieuw wordt aangebeld.

'Loop maar vast door,' zegt ze tegen de klant, wijzend op haar behandelkamer achter in de gang. 'Ik kom zo.'

Ze tuurt door de deurspion en ziet Carla staan. Sylvia doet niet meteen open en neemt Carla wat beter in zich op. Ze ziet pips. Ze draagt een grijs wollen mutsje dat ze tot diep over haar oren heeft getrokken, de kraag van haar zwart gewatteerde jackje houdt ze tegen haar hals gedrukt. Haar rood gestifte lippen vormen een streep en haar lichte ogen schieten nerveus heen en weer, alsof iemand het op haar gemunt heeft.

Weer belt ze aan.

Sylvia doet open. 'Carla, hallo, wat doe jij hier? Is er iets gebeurd?'

'Ja, eindelijk tref ik je thuis,' Carla stapt hijgend naar binnen. 'Ik heb je zo vaak gebeld.'

'Echt waar? Dat moet me dan ontgaan zijn, heb je wel het juiste nummer?'

'Weet ik niet, maar ik heb tegen de politie gezegd dat ik jou...'

'De politie?'

'Ja, de politie...' Carla laat haar kraag los. Ze hapt naar adem. 'O, het is zo erg, Sylvia. Ik was er gisteren, samen met George en we roken het meteen toen we binnenkwamen. O, het was verschrikkelijk... die stank!'

Sylvia wijst naar de deur van haar behandelkamer aan het einde van de gang.

'Carla, ik heb een klant, ze wacht op me, ik eh... Over een halfuurtje, hooguit drie kwartier ben ik klaar. Waarom ga je niet even in de woonkamer zitten? Dan drinken we zo koffie. Kom, trek je jas uit, er liggen tijdschriften voor als je wat wilt lezen...'

'Nee, nee, je snapt het niet.' Carla schudt wild haar hoofd. 'Het is je moeder. Josefien en een man. We vonden ze daar in huis, gistermiddag. En daarna was er politie en werd het heel laat... Ik heb de hele nacht geen oog dichtgedaan. Ik had je nog gebeld, heb je geen voicemail? We zijn zelfs nog aan de deur geweest, heb je niets gehoord?' Carla struikelt over haar eigen woorden.

'Sorry, maar ik geloof dat ik niet helemaal begrijp wat je...'

'Je moeder, Sylvia, je moeder is dood!'

'Mammie, dood? Hè?! Maar wat... Hoe...?'

'Ja, ja, ze lag daar, samen met hem. O, verschrikkelijk, ik... ik heb nog nooit zoiets gezien,' zegt Carla. 'Ik...' Haar stem breekt. Ze wordt ineens spierwit bij de herinnering.

Sylvia's klant komt geschrokken de behandelkamer uit. 'Is er iets ergs gebeurd?' vraagt de vrouw.

'Het is iets in de familie,' antwoordt Sylvia. 'Vindt u het goed om een andere keer terug te komen? Ik bel u later op de dag voor een nieuwe afspraak.'

De vrouw is begripvol en trekt haar jas aan, kijkt ontzet naar Carla en rent nog net niet de deur uit.

Sylvia slaat een arm om Carla's schouder en duwt haar zachtjes de woonkamer in. 'Kom, ga even zitten, word even rustig.'

'Het is zo erg, dat juist wij, George en ik, ze daar...' fluistert Carla. 'Zoals ze daar lagen... Het stonk zo. O, zo vies, zo vies. Ik zei je toch dat ik niet geloofde dat ze in Duitsland zat?' Met grote ogen kijkt Carla Sylvia aan.

'Maar... ik snap nog steeds niet...'

'Na de uitvaart van Lodewijk vond ik in zijn koffer de sleutels van Josefiens huis. George en ik hebben toen eerst nog het huis van Lodewijk leeggehaald en zijn pas daarna naar Maarssen gegaan. En toen...' Carla begint te huilen.

Sylvia streelt haar rug.

'We belden meteen de politie, die stuurde ons weg. We moesten later op het bureau komen om allerlei vragen te beantwoorden. Zulke rare vragen... Alsof wij verantwoordelijk waren voor de dood van jouw moeder. Begrijp je dat?'

Sylvia schudt haar hoofd.

'De politie zoekt nu uit of het een ongeluk is of dat er...'

'Een ongeluk? Hoe dan?'

'Hij lag beneden in de kelder en je moeder lag achter de kelderdeur. Ze moet nog geprobeerd hebben om weg te komen.'

'In de kelder? Maar...'

'Ja, die stank kwam uit de kelder. George durfde te gaan kijken, wat niet meteen zo gemakkelijk was. Die stomme eethoek met die zware stoelen had je moeder heel onhandig vlak voor die kelderdeur gezet... Je kon er amper langs naar binnen. Bovendien ging hij sowieso moeilijk open, wist je dat? Er zat zo'n ouderwetse dranger op. Je moest wel beresterk zijn wilde je die deur van binnenuit kunnen openen.' Carla slaat een hand voor haar mond bij de herinnering.

'En toen?' vraagt Sylvia. Ze heeft op de bank plaatsgenomen naast Carla.

'Die man en jouw moeder... Ze waren dood. Er stond ook een koffer klaar in de hal. Misschien was die van die man. Jij vertelde toch dat je moeder een butler had? Misschien was hij dat? Misschien wilde hij ervandoor gaan nadat hij je moeder had omgebracht?'

'Jezus, Carla, omgebracht? Mijn moeder? Maar waarom...?'

'Geld, Sylvia. Wat anders? Je moeder had geld.'

Carla laat haar hoofd hangen. Ze veegt langs haar neus. 'O, ik heb nog nooit zoiets verschrikkelijks gezien.'

'Wat kan ik doen?' vraagt Sylvia na een paar seconden stilte.

Carla heft haar hoofd. Ze haalt haar schouders op. 'Niets, de politie zal jou ook vragen komen stellen, en waar ik bang voor ben is dat ze misschien denken dat wij, George en ik, er iets mee te maken hebben, omdat wij... Ik...' Carla houdt abrupt haar mond. Onderzoekend kijkt ze Sylvia aan.

'Weet je nog dat ik naar Maarssen kwam? Ik zou de spullen van Lodewijk ophalen, bij jou, niet daar, maar hier in Lunetten.'

'Ja? En?'

'Het schijnt dat iemand uit de buurt die daar zijn hond uitliet mij toen heeft gezien. Toen ik wegreed... en... dingen worden snel verkeerd uitgelegd.'

'Ai, ik begrijp het,' zegt Sylvia. 'Maar ik zou me maar geen zorgen maken. Als het waar is dat die man mammie iets heeft aangedaan, dan komt dat vanzelf uit. Bovendien had niemand op dat moment de sleutels van het huis. Die lagen in Lodewijks koffer, zei je net, toch? En die koffer lag in mijn auto.'

Carla knikt en kijkt schuldbewust naar Sylvia.

'Ja, maar wat ik niet wist en wat Josje later aan de politie vertelde is dat zij altijd een goede band heeft gehad met jouw moeder, net als Kai...' Carla kijkt om zich heen. 'Hoe gaat het eigenlijk met Kai?'

Sylvia verkrampt. Ze slikt even, maar houdt zich goed.

'Goed, met Kai is het goed, maar ga verder over Josje,' zegt ze vlug.

'Ja, zie je, Sylvia, wat ik niet wist is dat Josefien ooit haar huissleutel aan Josje heeft gegeven. Ze schijnt zelfs regelmatig bij haar oma geslapen te hebben. Ik wist van niks, echt niet. Mijn band met Josefien was slecht, zoals je weet. En dat Lodewijk... Ach, Lodewijk. Hij was zo dol op Josje.'

'Ik begrijp niet helemaal waar je naartoe wilt,' zegt Sylvia.

'Ja, weet je, toen ik hoorde dat Josje een sleutel had en daardoor een mogelijke verdachte was in een moordzaak, moest ik mijn kind een alibi geven. Ik zei tegen de politie dat Josje thuis was bij George en dat ik weliswaar over de huissleutel kon beschikken, maar dat ik die bewuste avond niet naar binnen ben geweest.'

Sylvia staat op. Peinzend neemt ze Carla in zich op. 'Denk je dat ze je geloven?' vraagt ze.

'Ik heb geen idee, de politie laat niets los. En Josje was die avond niet thuis en had ook geen alibi. Ze vertelde me dat ze in haar eentje was wezen schaatsen tot laat in de avond. Ik vermoed dat ze een vriendje heeft waar ze niets over kwijt wil. Je weet hoe kinderen zijn, boordevol geheimen.'

Sylvia knikt. Ze denkt aan Kai en voelt opeens iets meer sympathie voor Carla.

'En weet je wat ook niet in mijn voordeel werkt?' gaat Carla verder. 'George en ik zijn dan wel samen, maar de meubelzaak staat nog steeds op Lodewijks naam. Ook betaalde Lodewijk mij een behoorlijk bedrag aan alimentatie. Die inkomsten vallen straks weg. Ik heb geen baan en zou gebaat zijn bij een deel van de erfenis van jouw moeder, niet dat ik zou erven, maar Josje. En daarom...'

Sylvia knijpt haar ogen tot spleetjes. 'Josje?' vraagt ze. Nieuwe gedachten bestoken haar hoofd. Natuurlijk zullen de kleinkinderen iets erven van mammie, zij krijgen hun deel van de erfenis van Jennifer en Lodewijk. Maar mammie kennende zal ze ook wel weer iets gevonden hebben om dat in te perken.

'Ik begrijp het, Carla. Maar ik vrees dat ik niets voor je kan doen. We zullen moeten afwachten wat de politie zegt. Ik denk dat je nu beter kunt gaan.'

Carla staat op. Bij de deur in de gang blijft ze even staan. Ze legt haar hand om de klink en draait zich om. Indringend kijkt ze Sylvia aan.

'Ik denk dat je niet alles weet,' zegt ze. 'Ik wist het ook niet, we vonden het op de bodem van Lodewijks koffer. Daar zat een extra vak dat je kon openritsen. Heeft hij tegen jou niks gezegd?'

Sylvia fronst. 'Sorry, nee, waar heb je het over, Carla?'

'Het was een plastic mapje met papieren van een notaris. Kopieën die verband houden met je moeders erfenis. Een verzegelde envelop waarop stond: "Na mijn dood te openen." Misschien dat Lodewijk die envelop van jouw moeder had gekregen en moest meenemen?'

Sylvia denkt pijlsnel na. Er schiet iets door haar hoofd. Het moment waarop Lodewijk op de grond lag nadat hij een hartinfarct had gekregen. Hij probeerde haar toen iets duidelijk te maken. Hij had het over een vondst op hun vaders kamer...

'We hebben die envelop geopend en daarom maak ik me zorgen. Ik weet niet precies hoe hoog jullie kindsdeel is, maar een groot deel van jouw moeders vermogen gaat naar de dierenbescherming en...'

Sylvia lacht. 'Ja, vertel mij wat,' onderbreekt ze Carla. 'Mammie hield meer van dieren dan van haar kinderen.'

Carla wacht even.

'Zie je wel, je weet het echt niet. Jouw moeder hield niet alleen van dieren, ze hield ook van haar kleinkinderen. In de papieren van de notaris staat dat jouw Kai en mijn Josje na de dood van Josefien het grootste deel van haar vermogen erven.'

'Wat?!' roept Sylvia. Haar mond blijft openstaan. Ze verstijft.

'Vandaar dat ik zo bang ben voor de politie,' zegt Carla. 'Jij was hier duidelijk niet van op de hoogte, dat werkt alleen maar in jouw voordeel. En natuurlijk ook in Kais voordeel, ik ben blij dat het goed met hem gaat. Nu nog mijn lieve Josje. Je begrijpt dat ik alles op alles zal zetten om haar te beschermen. Was ze maar nooit over die reservesleutel van Josefien begonnen.'

Er valt een stilte.

Carla komt weer in beweging. Ze loopt naar de voordeur, opent hem en stapt naar buiten.

Op de galerij draait ze zich even om. 'Doe je de groeten aan Kai?' vraagt ze. 'Als dit alles achter de rug is, moeten we maar weer eens afspreken. George wil graag contact met je houden.'

Sylvia knikt. Ze opent haar mond, maar ze is nog te verbijsterd om iets te zeggen.

'Sterkte,' zegt Carla.

Sylvia kijkt haar na. Even wordt het zwart voor haar ogen, ze moet zich vastgrijpen aan de deur om niet om te vallen.

Zodra ze weer bij haar positieven is praat ze zichzelf moed in. 'Het is voorbij, mammie is gevonden, alles komt goed. Ik ben vrij. Mammies kwade geest kan me niet meer raken.'

58

Vijf maanden later loopt Sylvia over de begraafplaats in Maarssen. Ze draagt een luchtig zomerjurkje en sandalen. Het is een prachtige, warme dag. De bomen zitten vol in het blad en boven haar hoofd tjilpt een mussenkoor. Alles om haar heen ritselt en ademt leven. Bij een lommerrijk deel van de begraafplaats blijft ze staan voor een grote, zwarte marmeren steen. In de steen staan de namen van haar grootouders en die van haar moeder gebeiteld.

Sylvia rommelt met het handvat van haar tas, ze ademt snel en kijkt om zich heen. Pas als ze er zeker van is dat er niemand in de buurt is, schraapt ze haar keel. En alsof dit de enige manier is om alles op een rijtje te zetten, begint ze hardop tegen de steen te praten.

'Het is klaar. Sinds gisteren is bekend geworden dat het politieonderzoek naar jouw dood is gesloten. Uiteindelijk wees alles in de richting van Ralph die met jou trouwde om je geld te erven. Het was klip-en-klaar. Door de builen op je hoofd – van de eerdere valpartij – ging men ervan uit dat je met Ralph had gevochten in de kelder. Men vermoedt dat hij je naar de kelder had gelokt om je daarin op te sluiten. Jullie vochten en hij viel. Een noodlottige val, hij viel in een glasscherf, precies zoals het is gegaan. Toen jij daarna probeerde te ontsnappen – gehavend, en op jouw leeftijd over onvoldoende kracht beschikkend – lukte het je niet om de deur van de kelder helemaal te openen. Ook al had je de longen uit je lijf geschreeuwd om hulp, niemand die je zou horen.

Zoals niemand ons vroeger kon horen als jij ons in de kelder opsloot.

Arme Carla. Zij en George hebben het de afgelopen maanden heel moeilijk gehad. Waar Carla bang voor was, gebeurde. De politie kwam erachter dat jij een gigantisch bedrag naliet aan Josje en Kai. Lodewijk was dood, Carla had geen cent en de zaak stond nog steeds op Lodewijks naam. Jouw geld was meer dan welkom bij Carla en Josje.

Ik bleef buiten schot. Op de avond dat ik jou en Ralph achterliet en jij daar hoogstwaarschijnlijk de nacht in de kelder niet overleefde, was ik zogenaamd thuis, bij Kai. Kai zit vast. Ik heb hem twee keer opgezocht. Aanvankelijk was hij woedend omdat ik hem had aangegeven. Pas toen ik over jouw dood en het vooruitzicht op de erfenis begon, bond hij in. Hij gaf mij onmiddellijk een alibi voor het tijdstip dat ik op die avond, toen ik je achterliet, even weg was. Hij wilde niet eens weten waar ik was geweest, hij zou nooit geloven dat ik jou dit zou aandoen. Zijn slappe boomermoeder een moordenaar?

Kai is een jongen zonder enig inlevingsvermogen of empathie. Het enige wat hem opwond was het geld dat hij ging erven. Hij zei dat als hij vrijkwam, hij onmiddellijk naar het buitenland zou vertrekken en hij mij nooit meer hoefde te zien. Dat deed me vreselijk veel pijn...'

Sylvia ademt diep in. De woorden die ze al die tijd met zich meedroeg, stromen als een waterval over haar lippen. Eindelijk hardop te kunnen zeggen waar ze voorgoed mee heeft afgerekend, met haar liefdeloze moeder, het geeft haar nieuwe energie om door te gaan.

'Als ik aan Kais kwade genen denk, word ik zo treurig dat ik ervan moet huilen, mammie. Maar tranen misstaan niet op een begraafplaats.'

Weer wacht Sylvia even, ze haalt een zakdoek uit haar tas en snuit haar neus. Nogmaals ademt ze heel diep in. Ze moet het hardop zeggen, hier en nu, tegen die steen. Dat heeft ze zich voorgenomen, dan pas is ze écht vrij. Haar stem klinkt schor als ze verdergaat.

'Mijn kindsdeel van de erfenis heb ik deze week ontvangen. Voor iemand die leeft van haar werk als pedicure is het een godsvermogen. Ik weet nog niet wat ik ermee ga doen. Net als met het huis in Maarssen. In de geest van jouw feminisme, mammie, zou dat een mooie plek kunnen zijn voor alleenstaande moeders die tijdelijk onderdak nodig hebben. Daar ga ik over nadenken. Het idee dat ik genoeg heb om nooit in armoede te vervallen, daarvoor bedank ik je, mammie. Maar voor de rest? Voor de rest wil ik je zo snel mogelijk vergeten,' zegt ze.

Dan zet ze zich schrap en geeft ze een trap tegen de steen waarop de data van haar moeders geboortedag en haar overlijden onder de naam staan gebeiteld. Een lichte schok gaat door haar heen als ze opeens iets beseft. In tegenstelling tot Josefiens geboortedag blijft het gissen of de datum van haar overlijden wel klopt. Het is een schatting geweest van de schouwarts. Niemand weet precies hoelang mammie en Ralph daar gelegen hebben.

Sylvia peinst. Gezien de kou en het ontberen van eten en drinken zou het zomaar eens kunnen dat mammie haar laatste adem uitblies op haar verjaardag. De dag waarop ze haar verrassing met hen, haar kinderen, wilde delen.

Hoe gek kan het lopen. Sylvia schudt haar hoofd, het is voorbij, het maakt niet meer uit. Langzaam maakt ze zich los van het graf en draait ze zich om, een zware last is van haar schouders gevallen. En terwijl ze terugloopt over het zonnige pad naar de uitgang van de begraafplaats, denkt ze nog eenmaal aan mammies verrassing die uiteindelijk háár verrassing werd. En een tevreden glimlach krult haar lippen.